Flatter 퓨전 판타지 장편소설

WISHBOOKS FUSION FANTASY STORY

일천회귀

일천회귀록 4

Flatter 퓨전 판타지 장편소설

초판 1쇄 찍은 날 | 2017년 9월 14일
초판 1쇄 펴낸 날 | 2017년 9월 21일

지은이 | Flatter
펴낸이 | 예경원

기획 | 위시북스
편집책임 | 이규재
편집 | 이즈플러스

펴낸곳 | 예원북스
등록번호 | 제396-2012-000132호
등록일자 | 2012. 7. 25
KFN | 제1-153호

주소 | 경기도 고양시 일산동구 호수로 646-24 위너스21 II 빌딩 206A호 (우)10401
전화 | 031-819-9431 팩스 | 031-817-9432
E-mail | yewonbooks@naver.com

ISBN 979-11-6098-461-3 04810
979-11-6098-386-9 (set)

※ 이 도서의 국립중앙도서관 출판시도서목록(CIP)은 서지정보유통지원시스템 홈페이지(http://seoji.nl.go.kr)와 국가자료공동목록시스템(http://www.nl.go.kr/kolisnet)에서 이용하실 수 있습니다.

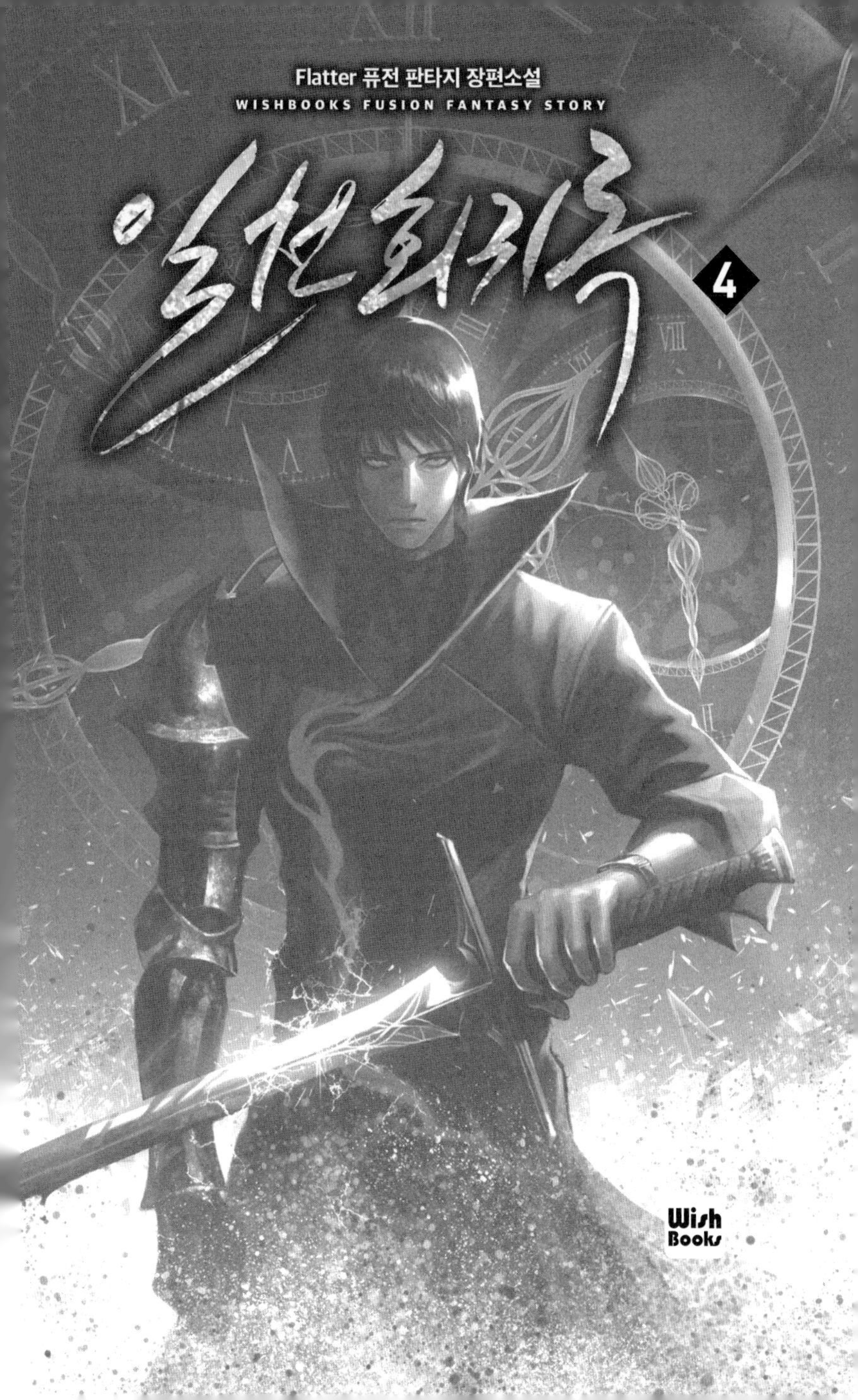
Flatter 퓨전 판타지 장편소설
WISHBOOKS FUSION FANTASY STORY
일천회귀록
4
Wish Books

일천회귀

CONTENTS

1장
본인한테만 유리한 협상

털썩-!

거구의 화염거인이 쓰러졌다. 미라 수천과 거인이 맞붙은 대접전이었다. 손실된 미라는 고작 21구가량.

그야말로 압승이었다.

"괴, 굉장합니다."

카츠는 마른침을 삼켰다.

고대왕을 깨워낸 이후 그는 줄곧 카르테온과 함께하고 있었다. 정확히는 도망칠 기회를 찾지 못했다.

'제아무리 고대의 제왕이라곤 하지만 화염거인을 쓰러뜨릴 줄이야.'

화염거인은 멸망사막의 환담이었다. 한 달 일곱 번째 신기루가 생겨날 때 드물게 만날 수 있는 희귀한 몬스터다.

키는 산 하나와 맞먹을 만큼 크고, 몸체의 불꽃은 주변의 모든 것을 태워 버린다.

카르테온은 그런 재앙이나 다름없는 존재의 사냥에 성공한 것이다.

'과연 제왕은 제왕이구나.'

카르테온은 후방에만 있었지만 그 전술은 놀라웠다.

그의 날카로운 명령을 맹목적으로 따르는 미라 군세는 강력한 화력을 보여줬다.

「열기의 재앙 화염거인 엘카나를 쓰러뜨려 시간의 힘이 147 축적되었습니다.」

「얼음거인과의 우호도가 증가합니다.」

"아직 멀었군."

카르테온은 그다지 감흥 없는 얼굴로 말했다.

카츠가 주저하다가 물었다.

"저기, 제왕께선 현재 레벨이 몇이십니까?"

"화염거인을 잡기 전까진 13이었다."

"예?"

카츠가 당황한 듯 눈을 깜빡였다.

최소한 레벨 400대 이상이라고 예상한 것이다.

그 모습이 재밌는지 카르테온은 말라붙은 입꼬리를 약간 올렸다.

"시간을 넘어 부활한 이후로 나의 육체는 쇠약해졌다. 과거에는 527이란 레벨을 가지고 있었지만, 이제는 퇴화해 버렸지. 몸에 있는 장신구 덕택에 생명력을 빨아들이는 오른손을 가지고 있다만, 과거에 비하면 미약한 힘이다. 시간부활은 사라진 생명을 되살리는 대신 나의 많은 것을 희생하지."

"지, 진짜 놀랐습니다. 레벨이 떨어졌다면 정말 힘이 드시겠습니다. 아니, 아니, 결코 제왕을 화나게 하려는 것은 아닙니다."

"그래서 과거로 회귀하려는 것이다."

카르테온은 붕대를 감은 미라 낙타의 옆구리를 찼다.

그는 재빠르게 나아갔고, 카츠는 낙타를 재촉해 그 뒤를 따라갔다.

카츠가 곁에 붙자 카르테온은 다시금 말했다.

"카츠, 나의 육체는 쇠했다. 그러니 대륙의 모든 생명을 말살해 시간의 힘을 모을 것이다. 내가 죽기 전의 과거로 돌아가 날 살해한 시리안을 죽이고, 샤르샤논을 번영케 하겠다."

카츠는 카르테온을 바라보았다.

그가 지켜보기로 고대왕 카르테온은 특이한 사내였다.

제왕의 지도력을 갖추었고 엄격하나 때론 누구보다 따뜻했다. 평소에는 매서운 지도자이나, 어떨 때는 절친한 형님이나 친구 같았다.

지금도 자신의 약점을 대놓고 말하지 않았는가.

'내가 카르테온을 죽이려 해도 불가능할 거야. 오히려 시간을 되돌리거나 멈춰서 나를 죽이겠지.'

퍼석. 퍼석.

수천의 미라 군세가 두 사람의 뒤를 따랐다.

모래 밟히는 소리가 났다. 석양빛이 사막을 붉게 물들이고 있었다. 하루가 저무는 순간, 멸망사막에서만 볼 수 있는 장관이었다.

"회귀가 꼭 올바른 정답일까요?"

카츠는 줄곧 말하고 싶었던 것을 꺼냈다.

평소라면 두려워 꺼내지도 못했을 말인데, 지금은 어째선지 입 밖으로 잘 나왔다.

카르테온이 존재하지 않는 눈썹을 흘깃 올렸다.

"그렇지 않다면 무엇이 답이란 말이냐?"

"회귀를 하려면 제왕께서 대륙의 모든 자를 죽여야 합니다."

카츠는 머리를 굴렸다.

석양빛이 머릿속까지 들어왔는지 명쾌하게 말이 나왔다.

"제왕께서 고대로 시간을 되돌리면 이 세상은 사라집니다. 저와 이 아름다운 사막도 존재 자체가 없어지겠죠. 모두가 잊은 세상을 제왕께서만 기억한다면 괴롭지 않을까요?"

카르테온은 코웃음을 쳤다.

"카츠, 그런 나약한 마음가짐으론 제왕 노릇을 할 수 없다."

"하지만 제왕께서도 인간 아닙니까?"

"너는 내가 대륙을 멸망시키지 않길 바라는군."

카츠는 뜨끔해 입을 다물었다.

카르테온은 매섭게 말했다.

"나는 대륙의 모든 생명을 죽일 것이다. 너 역시 예외는 아니다."

"뭐, 저야 보잘것없는 도굴꾼이죠. 원래 세계에서도 모자란 좀도둑이었으니 없어져도 신경 쓸 놈 없습니다. 별로 착하게 살지도 않았고요. 하지만……."

카츠는 불타는 석양을 바라봤다.

그가 울적하게 말했다.

"이렇게 아름다운 경치가 애초부터 없었던 것이 된다고 하니 왠지 서글프네요."

"고대의 경치는 지금보다 훨씬 좋았다. 그 시절 이곳은 울창한 숲이었지."

"……그랬습니까?"

카츠는 괜히 입맛을 다셨다.

이거 안 통하네.

아이리스는 깨어났다. 이른 아침이었다. 그녀는 잠든 자들을 둘러보았다. 당연히 있어야 할 두 사람이 보이지 않았다.

아이리스는 고개를 갸웃거렸다.

'이 귀여운 남자들이 어디로 갔지?'

그러자 오랜만에 안에서 대답이 들려왔다.

목소리가 아니었다.

문자로 읽혀지듯 생각이 흘러들어왔다.

서북쪽 모래언덕 위.

"고맙구나."

그녀는 느린 걸음으로 모래언덕을 올랐다.

헨릭은 숙취에 젖은 채 모래에 몸을 파묻고 있었다. 아이리스는 그를 가볍게 뛰어넘었다.

"자지 않았니?"

"어."

강윤수는 사막 저편을 응시하고 있었다. 여명이 떠올랐다. 싸늘했던 사막이 차츰 달궈져 갔다.

"밤을 지새우는 것은 좋지 않단다."

그녀가 말하자 강윤수는 고개를 돌렸다.

그는 아이리스를 바라보며 말했다.

"왜 이번이 마지막 삶이지?"

"나는 모른단다."

"물어봐."

아이리스는 가슴에 양손을 가져갔다.

그녀는 생각했다.

'흰 그림자, 어째서 강윤수의 이번 삶이 마지막이니?'

그녀는 가만히 기다렸다.

강윤수도 기다렸다.

잠시 침묵이 흘렀다.

"대답해 주지 않는구나."

강윤수는 말없이 그녀를 지나쳐 걸어갔다.

그는 취한 헨릭의 어깨를 흔들었다.

"일어나."

"세상의 모든 게으름뱅이가 일삼는 변명을 대마. 귀찮아."

"한 잔 더 마시자."

"으억! 이놈아! 넌 속이 뒤집어지지도 않냐?"

헨릭이 지겹다는 듯 질색하며 일어났다.

그가 물을 마시러 내려간 사이, 아이리스가 강윤수 뒤로 걸어왔다.

"강윤수."

"왜."

"만일 흰 그림자가 내 속에 없었더라도, 강윤수는 나와 함께 여행했겠느냐?"

"아니."

아이리스는 눈물을 글썽였다.

강윤수는 순간 침묵했다.

그는 눈을 몇 번 빠르게 깜빡이다 말했다.

"미안해."

"그래도 나는 강윤수와 함께 있고 싶구나."

"지금 함께 있잖아."

아이리스는 고개를 가로저었다.

"그런 의미와는 다르단다."

"나 너 안 좋아해."

"맙소사, 사랑 얘기도 아니란다. 나는 밤새도록 재밌는 이야기를 해주는 남자와 결혼하고 싶단다."

"그럼 뭔데."

아이리스는 발치에 있는 모래를 흘깃 바라보았다. 그녀는 모래 한 줌을 손에 쥐더니 허공에 흩뿌렸다. 태양빛을 반사하는 모래가 황금빛으로 보였다.

"강윤수가 이상한 여행자이기 때문이란다."

"뭔 소리야."

"강윤수는 무뚝뚝하고 말도 없단다. 남들한테 설명도 하지 않고 목적으로만 향하지. 남한테 자신의 비밀을 말하지 않는데, 정작 남의 비밀은 모조리 꿰고 있어. 강윤수는 정말 재미없는 남자란다."

"알아."

"그런데 어째서 우리가 강윤수와 함께 여행하겠느냐?"

강윤수는 잠시 입을 다물었다.

그는 생각하다가 말했다.

"몰라."

아이리스는 싱긋 웃었다.

밝아오는 사막의 햇빛이 그녀의 머릿결을 적셨다.

"강윤수는 소중한 사람을 위해 인생을 희생하잖느냐."

"남들은 몰라."

"알 수 있단다. 너의 수많은 회귀를 모르더라도 다들 알 수 있단다. 너의 선함을, 너의 희생을, 너의 외로움을."

"어떻게."

아이리스는 입을 열려는 순간이었다.

강윤수는 칼날을 뽑아 세차게 그었다.
서걱-!
언덕 뒤에서 그녀를 삼키려고 다가왔던 샌드웜의 머리가 두 쪽 났다. 강윤수는 무심히 칼집에 검을 꽂았다.
아이리스는 그리 놀라지도 않았다.
그녀는 강윤수를 보며 희미하게 웃었다.
"이젠 알겠니?"
강윤수는 대답하지 않았다.
그는 말없이 언덕을 내려갔다.
아이리스는 웃으며 그의 뒤를 따라갔다.
"일어나셨어요?"
샤네트가 부스스한 머릿결로 기지개를 켰다.
파이어 트롤들도 귀찮아하며 기상했다.
"일어나기 귀찮다! 10분만 더 자자!"
"안 된다! 늦게 일어나면 또 모래폭풍에 휘말린다!"
헨릭은 목이 말랐는지 물통을 들었다.
그러다가 얼굴을 괴악하게 구겼다.
"물이 없는데?"
"물이 다 떨어졌다고? 세상에!"
파이어 트롤들이 당황해 소리쳤다. 제아무리 사막에 적응한 그들이라도 물 없이 사막을 횡단할 순 없었다.
그때 칼을 꺼내든 강윤수가 말했다.
"엘프 부락에 들리자."
"하지만 엘프 부락까지는 거리가 멀다!"

"내가 가는 길 알아."

강윤수는 무심히 말하고는 샌드웜의 기다란 시체를 가져왔다. 도마뱀과 지렁이를 뒤섞은 듯한 모습의 몬스터는 피투성이였다.

헨릭이 의아한 목소리로 물었다.

"너, 지금 뭐 하냐?"

강윤수는 샌드웜의 시체를 끌어와 칼로 절단하기 시작했다. 먹기 좋은 부위가 알맞게 골라졌다.

샤네트마저 놀란 표정을 지었다.

"강윤수 님?"

"아침 만들기로 했잖아."

강윤수는 불을 피웠다.

꽤 호화스러운 아침 식사였다.

취향에 따라 징그러워 거부감이 들 수 있는 샌드웜은 적당한 육류로 손질됐다. 얄팍한 껍질을 우려낸 수프와 고기꼬치구이는 썩 괜찮은 맛이었다.

"맛있어요, 강윤수 님."

"이젠 요리시키지 마."

강윤수는 분명히 말했다.

너무 많이 만들었나 싶을 정도의 양이었으나 먹성 좋은 트롤들은 남김없이 먹어치웠다.

트롤들은 만족스럽다는 듯 배를 쓰다듬었다.
"고맙다! 여신의 신랑이여!"
"훌륭한 식사였다! 조금 모자라긴 했지만!"
"그랬다! 여신은 요리 솜씨가 훌륭한 남편이 필요했던 거다!"
일행은 짐을 정리하고 사막 횡단을 시작했다.
강윤수가 앞장서 걸어갔다.

두세 시간을 걷자 비좁은 동굴 틈새가 보였다.
"들어가자."
"너무 좁다! 우리는 천장에 머리가 걸릴 거다!"
"몸을 숙여."
파이어 트롤들은 울상을 지으며 동굴로 들어갔다.
어두운 동굴 안이 열기를 휘감은 트롤들의 피부 탓에 밝아졌다. 들어갈수록 동굴 안쪽은 넓어졌다.
"출구다!"
밖으로 나오자 밝은 햇살 탓에 눈이 따가웠다. 저편으로 낡은 천막과 사막에 알맞게 건축한 건물들이 보였다.
"엘프 부락이다!"
"사막을 빙 돌아가는 것보다 훨씬 빠르다! 사막에 오래 살았던 우리도 몰랐다!"
신이 난 트롤들이 부락으로 달려가려던 찰나였다.
야나크가 소리쳤다.
"잠깐! 뭔가 이상하다!"
"뭐가 말인가?"

"잘 봐라! 엄청 조용하고, 엘프도 안 보인다!"

그러고 보니 정말 그랬다.

평소라면 오가는 엘프 몇은 있어야 하거늘, 지금은 무척 고요했다. 간혹 부락에서 낯선 그림자가 움직였으나 보일 즈음이면 금세 사라졌다.

그제야 트롤들은 고개를 갸웃거렸다.

"다들 낮잠 자고 있는 것 아닌가?"

야나크가 손나팔을 만들어 소리쳤다.

"내가 불러보겠다! 이봐! 다들 잘 있나!"

그러나 묵묵부답이었다.

그러던 와중이었다.

쐐액—!

날카로운 화살이 대답으로써 돌아왔다.

거리가 꽤 먼데도 정확히 날아든 것을 보니 엘프의 활로 날린 것이 분명했다.

안면에 꽂힐 뻔한 화살촉을 야나크가 한 손으로 잡아 부러뜨렸다.

"무슨 일이 생긴 게 분명하다! 가서 알아보자!"

"납치단이 저 부락을 점령했어."

강윤수가 덤덤히 말했다.

트롤들은 경악했다.

"정말인가?"

"그걸 어떻게 아는가!"

"여신의 신랑은 역시 다르다!"

야나크는 씩씩대며 조바심을 냈다.

“납치단이 부락을 점령했다면, 어서 싸워야 하지 않겠는가!”

“하지만 엘프들이 인질로 쓰일 수도 있어요.”

샤네트가 상황을 가늠하며 말했다.

파이어 트롤들은 화가 났는지 피부가 달아올랐다.

“그럼 어쩌란 말인가! 이대로 여기서 가만히 있으란 건가!”

“아니.”

강윤수는 부락을 향해 홀연히 걸어갔다. 그는 혼자였고, 당연히 화살이 날아왔다.

쐐액-!

강윤수는 칼을 휘둘러 화살을 두 조각으로 잘라냈다.

연이어 화살 세 대가 날아왔다. 그는 계속 걸으며 화살을 담담히 쳐냈다.

“여신의 신랑! 그러다가 죽는다!”

“너희 동료가 아닌가! 어떻게든 말려봐라!”

트롤들이 당황하자 헨릭은 오히려 태평히 말했다.

“경험상 저렇게 혼자 나섰을 때 저놈은 절대 안 죽는다. 저놈이 누굴 죽이는 거라면 몰라도 말이야.”

강윤수는 앞을 보며 말했다.

“저들과 협상하고 오지.”

야나크가 의아한 표정을 지었다.

“협상? 우린 엘프들과 교환할 물건이 없다!”

“글쎄, 저놈이 말하는 협상은 너희가 아는 그 협상이랑은 꽤 다를걸.”

헨릭은 아예 편히 앉아 조각도로 모래 암석을 깎기 시작했다.

샤네트는 고개를 끄덕였다.

“강윤수 님 본인한테만 유리한 협상이겠죠.”

퀘카른의 별명은 눈치꾼이다.

눈치놀음으로 명줄 늘린다고 하여 붙여진 별명이다. 물건 훔치는 도둑에게는 눈치가 별것 아니지만, 사람 훔치는 도적에게는 예리한 칼이다.

‘정말 손쉽게 A급 물품을 얻었군. 사막까지 온 보람이 있어.’

퀘카른은 사로잡은 엘프들을 바라보았다.

안대를 씌우고 재갈이 물린 엘프들은 옴짝달싹 못 하도록 묶여 있었다.

퀘카른과 그의 일당은 길 잃은 모험가로 위장해 부락에 접근했다.

‘솔직히 이렇게 뻔한 수법이 먹힐 줄은 몰랐는데.’

정이 많은 엘프들은 그들을 융숭하게 대접했다.

퀘카른 일당은 엘프들의 식사에 몰래 수면제를 탔다. 엘프들은 식사를 마친 다음 날까지 잠에 취했고, 그들은 잠든 자들을 속박했다.

‘사막의 엘프들은 태생적으로 마법을 다룬다고 들었지만, 주문을 못 외우도록 재갈을 물려놓으니 별것도 아니군.’

부하 한 놈이 근질거린다는 듯 말했다.

"형님, 딱 한 년만 골라서 재미 보면 안 되겠습니까?"

엘프들 사이에서 곧바로 울먹이는 소리가 들려왔다. 대부분은 의연한 태도로 일관했으나 울음을 참지 못하는 엘프들도 적지 않았다.

"멍청한 놈. 파는 상품에 손대는 상인이 있더냐?"

"그러니까 딱 하나만 골라서 우리 노리개로 쓰는 겁니다. 당연히 형님한테 첫 번째를 양보하겠습니다."

퀘카른은 눈썹을 매섭게 세웠다.

"쓸데없는 소리 말고 도주로나 확보해라. 마차를 끌고 엘프들을 옮길 거다."

"어째서입니까? 한 녀석 빠진다고 해서 딱히 무리가 가는 것도……."

"도주로를 확보하라고 했다."

"……알겠습니다."

부하는 불만스러운 표정을 지으며 천막을 나갔다.

퀘카른은 생각했다.

'모르는 년 함부로 건드렸다가 괜히 원수 하나 늘리고 싶진 않다.'

퀘카른은 자신만의 철칙을 지니고 있었다. 납치한 노예는 판매 과정까지 절대 건드리지 않는다. 이런 철칙을 지켜왔기에 그는 지금껏 납치상으로 오래 살아남을 수 있었다.

그는 엘프들을 손가락으로 세었다.

족히 쉰 명이 넘어갔다.

'이번 건만 제대로 챙기면, 바로 은퇴다.'

이젠 악당으로 살기도 지쳤다. 다 먹고살자고 하는 거지만 이건 사람이 할 일이 못 된다. 실제로 퀘카른은 이 일을 시작한 뒤로 하루도 술을 입에 담지 않은 적이 없다.

"형님!"

방금 나갔던 부하 놈이 호들갑스럽게 들어왔다.

"무슨 일이냐?"

"처음 보는 녀석이 부락으로 오고 있습니다!"

"몇 명인데?"

"그게…… 한 놈입니다!"

퀘카른은 곧장 부하 놈의 머리를 쥐어박았다.

"그럼 냉큼 죽이면 될 것이지, 뭐 그렇게 요란이야?"

"주, 죽이는 게 쉽지 않단 말입니다!"

"대체 무슨 소리인지."

퀘카른은 칼을 쥐고 천막 밖으로 나섰다.

한 남자가 부락으로 걸어오고 있었다. 남자의 걸음은 무척 느렸다. 그도 그럴 것이 화살을 베고 부수며 접근해 오고 있었기 때문이다.

"삼발사격!"

활을 쏘던 부하 놈이 3개의 화살을 연속으로 날렸다. 가느다랗게 곡선을 그린 화살이 남자에게로 향했다. 그는 2개의 화살을 피하고, 허벅지로 향한 화살은 흰 칼로 부쉈다.

활을 쏘던 부하가 질렸다는 듯 말했다.

"젠장, 화살이 다 떨어졌습니다."

"엘프의 활로 쏜 화살을 빗겨낼 정도면, 보통 실력은 아니란 거군."

"가서 화살을 더 챙겨올까요?"

"아니, 관둬라. 엘프가 만든 화살도 다 돈이다."

퀘카르은 턱수염을 쓰다듬었다.

부하 놈이 넌지시 물었다.

"직접 가서 처리할까요?"

"아서라. 엘프 통솔하는 데만도 인원 부족이다. 괜히 부하 잃기 싫다."

"제가 이길 수 있습니다."

부하 놈이 호승심을 부렸다.

퀘카르은 코웃음을 쳤다.

"네 이름이 뭐였지?"

"헤켈입니다."

"좋다, 헤켈. 네가 무슨 기사라도 된 줄 아냐? 우린 인신매매 납치단이다. 척 봐도 네가 저놈한테 질 것 같으니 괜한 싸움 일으키지 마라."

헤켈은 자존심이 상했으나 일단 자리는 지키고 있었다.

퀘카르은 목소리 높여 소리쳤다.

"넌 어디서 굴러온 놈이냐?"

"협상하러 왔다."

강윤수가 낮게 말했다.

"무슨 협상?"

"엘프들에게 볼일이 있으니 풀어줘."

"그 대가로 뭘 해줄 거지?"

"없어."

퀘카른과 부하들은 눈을 깜빡였다.

잘못 듣기라도 한 것처럼 퀘카른이 물었다.

"지금 뭐라고 했냐?"

"대가는 없다고."

"그게 무슨 협상이냐?"

너덧 명의 부하도 황당한 표정을 지었다.

그때 퀘카른이 눈썹을 가느다랗게 올렸다.

"잠깐, 설마 저놈?"

"뭔데 그러십니까?"

"요즘 이 바닥에 도는 흉흉한 소문이 있다."

퀘카른은 강윤수를 바라보며 눈살을 찌푸렸다.

"칼십자 산적단, 마차위장 도적단. 대륙에서 나름 날리던 범죄자 조직들이 누구에게 괴멸당했는지 아나?"

"모르겠습니다."

"얼굴색 하나 변하지 않고 도적들을 털어버리는 남자가 있다고 한다. 은어로는 '도적의 원수'라고 불리지. 어떤 도적들이든지 그 남자와 연루되면 후환이 나쁘다더군. 이 업계에선 제법 유명한 이야깃거리다."

그는 기억을 더듬었다.

"칼십자 산적단의 경우는 단신으로 본거지 자체를 침수시켜 버렸다고 들었다. 고작 혼자서 말이지."

"그럼 저놈이 '도적의 원수'란 말입니까?"

"왠지 그런 느낌이 든다."

"그 말씀대로면 우리가 저 한 놈 때문에 묵사발을 당한다는 이야기인데요?"

헤켈은 어이가 없다는 듯 웃었다.

"형님, 설마 이 사막까지 그렇게 흉악한 놈이 오겠습니까? 거기다 혼자서 도적단 터는 미친놈이 어디 있습니까? 무슨 잡화점에서 파는 싸구려 소설도 아니고."

"내 감은 그렇지 않아."

퀘카른은 눈치 하나로 먹고 살아왔다.

저놈의 배짱으로 보아 보통 녀석이 아닌 것은 분명했다.

그의 촉은 저놈과 맞붙지 말라고 대답하고 있었다.

"엘프 한 놈 데려와."

"드디어 재미 보실 생각이 드신 겁니까?"

헤켈이 반색하자 퀘카른은 놈의 턱을 걷어찼다.

맞은 턱을 비비며 헤켈은 못마땅한 얼굴로 엘프 여인을 한 명 데리고 나왔다. 안대에 가려졌지만 아름다운 외모를 가진 여인이었다.

퀘카른은 엘프 여인의 목에 칼을 드리웠다.

"엘프를 구하려 하는 걸 보면, 분명 아는 사이겠지? 이년을 죽이고 싶지 않다면 당장 돌아가라!"

강윤수는 대답하지 않았고 기다렸다는 듯이 소매에서 단검을 꺼내 던졌다.

퀘카른은 재빨리 피하려 했으나 애초에 그를 노린 것이 아니었다. 단검의 궤도가 아슬아슬하게 여성의 입 주변을 스쳐

갔고 그녀의 입에 물려 있던 재갈이 떨어졌다.

"이런 망할!"

뤠카른이 재빨리 엘프의 입속으로 손가락을 쑤셔 박았다. 그러나 엘프 여인은 재빨리 그의 손가락을 세게 물고 벗어났다.

"바람 앞의 등불처럼 쇠하여라."

엘프 여인이 주문을 외우자 뤠카른 일당은 곧바로 경계 태세에 돌입했다. 그러나 아무 일도 일어나지 않았다.

"멍청하긴! 주문을 잘못 외웠구나!"

헤켈이 비웃었다.

그때 천막에서 여러 목소리가 들려왔다.

"빛나는 불꽃이 못된 자들의 몸을 불사르리라."

"뙤약볕보다 알싸한 빛이 저들을 처벌하리라."

"고스란한 모래가 저들을 뭉개리라."

여인의 마법으로 엘프들의 재갈이 풀린 것이다.

엘프들을 속박한 텐트가 날아갔다. 동시에 뤠카른 일당도 공중을 날아다녔다. 그들에게 갑자기 날개가 생긴 것은 아니고, 정말 허공으로 날려졌다. 불꽃과 얼음, 모래가 합쳐진 충격에 갈비뼈 서너 대가 순식간에 부러졌다.

"크억-!"

뤠카른은 허공을 몇 바퀴나 구르고 모랫바닥에 처박혔다.

그는 간신히 모래 더미에서 머리를 빼고 고개를 휘저었다.

어느새 강윤수가 목에 칼을 들이밀고 있었다.

"가진 것 다 내놔."

"……그 소문이 사실이었군. 정말 도적의 원수였어."

뤠카른은 쓰게 웃었다.

그가 품에 손을 넣었다.

"지금은 가진 것은 얼마 없다. 그러니 이거라도……."

뤠카른이 품에서 꺼내 든 것은 다름 아닌 시커먼 구슬이었다. 그는 곧장 구슬을 모랫바닥에 내려쳤다.

그러자 새카만 연기가 쏟아져 나왔다.

"도망쳐라! 최대한 빨리!"

뤠카른은 갈비뼈가 나갔음에도 빠르게 뛰었다. 다른 부하들도 혼신의 힘을 다해 질주했다.

강윤수는 그들의 뒤를 쫓지 않았다.

"동굴이다!"

"저곳으로 피한다!"

납치단은 동굴 틈새로 피신했다. 간신히 위기를 모면했다고 생각한 순간이었다. 몽둥이를 든 파이어 트롤 예순 명이 어둠 속에서 걸어 나왔다.

"저놈들, 예전에 내가 납치해 왔던 드워프랑 똑같이 도망쳤다! 왠지 더 화난다!"

"납치단은 혼쭐을 내줘야 한다!"

"우리의 친우인 엘프가 저놈들 때문에 팔려갈 뻔했다!"

트롤들의 응징은 평소 그들의 순한 성격과는 판이하게 냉엄했다.

헨릭이 다가와 강윤수의 어깨를 찔렀다.

"저번 마차에서도 그렇고, 넌 어째 도적들이랑 궁합이 안 좋다?"

"그러게."

강윤수는 담담히 인정했다.

"저희를 구해주셔서 정말 고맙습니다."

엘프 촌장이 강윤수의 두 손을 꼭 잡았다.

촌장이란 직위에도 불구하고 30대 초반의 남자처럼 보였다. 실상 나이는 굉장히 많을 테지만.

"그런데 명색이 엘프들이 너무 쉽게 붙잡힌 것 아닙니까?"

헨릭이 의문을 표하자 샤네트가 그의 옆구리를 팍 찔렀다.

신음을 내는 헨릭을 보며 엘프 촌장은 가볍게 웃었다.

"이젠 신의를 믿는 것이 죄가 된 세상이죠. 그러나 후회하진 않습니다. 우릴 속였던 그들이 보여줬던 악행에도 무너져 내리지 않을 만큼 우리의 믿음은 두터우니까요."

조그만 엘프 소녀가 강윤수의 무릎을 쿡쿡 찔렀다. 그가 몸을 낮추자 소녀는 목 위에 화사한 화관을 올려주었다.

"이거 가져요."

"고마워."

강윤수가 낮게 말하자 소녀는 부끄러운지 엄마 뒤로 숨어버렸다.

샤네트가 눈을 동그랗게 떴다.

"맙소사. 사막에서 화관을 어떻게 만드셨어요?"

"저희는 사막을 숲으로 재건하는 활동을 하고 있습니다."

엘프 촌장은 자랑스럽게 말했다.

"이건 사막에서도 자랄 수 있게 개량된 꽃이지요. 우린 사막꽃이라고 부릅니다. 아직 수량은 많지 않지만, 점점 수를 늘려갈 겁니다."

"사막을 숲으로 재건하다니. 그런 일이 정말 가능한가요?"

"고대에는 멸망사막도 울창한 숲이었다고 하더군요. 불가능한 일은 아니라고 생각합니다."

뒤에 있던 파이어 트롤들이 헛기침을 했다.

엘프 촌장은 싱긋 웃었다.

"아, 참. 물어보는 일이 늦었군요. 저희 부락에는 무슨 볼일이신지요?"

"물이 다 떨어졌다! 미안하지만 조금 구해갈 수 있겠나?"

"물론입니다. 저희의 은인이신데요. 넉넉히 가져가셔도 좋습니다."

엘프 촌장은 흔쾌히 수락했다.

그때 강윤수가 말했다.

"볼일은 그뿐만이 아닙니다."

"무엇이 더 있습니까? 뭐든지 말만 하세요."

"지금 이 순간부터 멸망사막에 있는 모든 파이어 트롤과 엘프들을 응집해야 합니다."

순간 엘프 촌장의 얼굴이 굳었다. 다른 사람들도 의아한 표정이었다.

"어째서죠?"

"기습해야 할 적이 있습니다."

기습이란 말에 엘프들의 표정이 변했다. 몇몇은 날카로운 경계심까지 보였다. 엘프 촌장은 약간 차가워진 목소리로 말했다.

"우리는 전쟁을 즐기지 않습니다만."

"이번에는 싸워야 합니다."

"만일 거부한다면?"

강윤수는 경험자로서 말했다.

"대륙이 멸망할 겁니다."

2장
전쟁의 준비

엘프와 트롤들은 무너진 화단을 메우고 있었다. 파이어 트롤들이 식물이 자랄 만한 토양을 퍼오면, 엘프들이 모종을 심었다.

"엘프와 트롤이 사이가 좋으니 뭔가 이상한데. 왠지 의무적으로 저 둘 사이를 갈라놓아야 할 것 같지 않냐?"

헨릭은 넓적한 나무 걸상에 걸터앉아 말했다.

샤네트가 그의 곁에 앉았다.

"전혀요. 엘프들도 그런 말은 별로 좋아하지 않을걸요?"

"어째 엘프랑 살아보기라도 한 것처럼 말한다?"

"화재로 가족을 여의었을 때 저를 거두어주신 영주님이 엘프셨어요. 이분들이랑은 조금 분위기가 달랐지만요."

"하기야 나도 술집에서 알게 된 엘프들이 몇 있는데 그놈들은 자유분방해서 전혀 엘프 같은 느낌이 들지 않았는데 말이야."

"엘프 같은 느낌이요?"

"왜 있지 않냐. 자연을 가꾸고, 신비롭고, 때 묻지 않은 분위기."

"음. 예전에 헤르미야 영주님이 말씀해 주셨어요. 엘프들은 사막에 남은 자들과 대륙을 방랑하는 자들로 나뉜다고 해요. 멸망사막에 남은 엘프들은 우리가 평소 아는 느낌과 비슷하고 대륙을 떠도는 엘프들은 격식이 자유롭다고 하더라구요."

그때 아이리스가 다가왔다.

그녀는 풀이 죽은 채로 한숨을 쉬었다.

"왜 그러세요, 언니?"

"이곳엔 호밀빵이 없다는구나."

"그냥 주는 대로 처먹어라, 좀."

샤네트의 팔꿈치가 헨릭의 옆구리를 휘갈겼다.

헨릭은 얼굴을 구기며 곡소리를 냈다.

"너 요즘 힘이 점점 세진다. 알고 있냐?"

샤네트는 못 들은 척하고 커다란 천막을 바라보았다.

"강윤수 님은 지금 뭘 하고 계실까요?"

"뭘 새삼스럽게 궁금해하냐. 그놈이라면 셋 중 하나지. 기행, 사기, 음주. 어째 말하고 보니 죄다 양아치 짓이네."

"나는 강윤수가 나름대로 잘 설득하고 있을 거라 믿는단다."

"뭘 마시나? 나도 좀 달라!"

"물이야."

강윤수는 음주를 하며 사기를 치는 기행을 벌였다.

천막 안에는 엘프 촌장, 야나크, 그리고 강윤수가 마주 앉아 있었다.

"전쟁은 용납할 수 없습니다. 우리가 무엇을 위해 사막을 숲으로 재건한다고 생각하십니까?"

강윤수는 고개를 가로저었다.

"전쟁을 벌이지 않는다면, 모든 것이 멸망할 겁니다. 당신들이 가꾸는 숲마저도."

"적이 누구기에 그렇습니까?"

"고대왕 카르테온. 고대의 제왕이 세월을 뛰어넘어 되살아났습니다."

분위기가 진지하게 변했다.

멸망사막에서 살아온 자라면 고대왕 카르테온의 전설을 모를 리 없다. 고대왕국 샤르샤논의 제왕이자 지금껏 누구도 범접하지 못했던 지도자.

그런 자가 되살아났다고?

"당신이 그걸 어떻게 알지요?"

강윤수는 신탁의 검을 테이블 위에 꽂았다.

"여신께서 신탁을 내려주셨습니다."

"거짓말이군요. 실피아 여신께서 전쟁을 조장하실 리 없습니다."

엘프 촌장은 불신했다.

그러자 야나크가 덧붙였다.

"헤론! 이자는 여신의 신랑이다!"
"여신의 신랑이요?"
헤론이라 불린 엘프 촌장은 당혹스러운 표정을 지었다.
신관에게 선택받은 여신의 신랑은 간혹 신탁을 받는다. 신탁은 대륙의 일어나는 재앙을 미연에 방지하거나, 미래의 일을 예언했다.
"당신이 여신의 신랑이라면 확실히 신빙성은 생기는군요."
일단 들어보겠다는 듯 헤론이 한숨을 쉬었다.
"고대왕 카르테온의 목적은 무엇입니까?"
"대륙을 멸망시켜 카르테온 본인이 회귀하는 것입니다."
"회귀? 카르테온이 과거로 돌아가기 위해 대륙을 멸망시키려 한다고요?"
야나크와 헤론은 둘 다 어리둥절한 표정을 지었다.
강윤수는 고개를 끄덕였다.
"고대왕 카르테온은 시간을 다룰 수 있는 능력이 있습니다."
두 사람은 뒤통수를 세게 얻어맞은 것처럼 놀랐다.
야나크가 기겁하며 물었다.
"시간을 다룬다니! 그게 대체 무슨 소리인가!"
"말 그대로입니다. 카르테온은 생명을 죽일 때마다 시간의 힘을 얻습니다. 강한 생명을 죽일수록 그는 더 많은 시간의 힘을 얻습니다. 그의 목적은 대륙의 모든 생명을 멸하고 본인이 과거로 회귀하는 것입니다."
"그렇다면 카르테온은 시간을 되돌릴 수 있단 말입니까?"
"많은 것을 희생해야 하지만, 그는 시간을 멈출 수도 있습니다."

야나크와 헤론은 서로를 마주 보며 어안이 벙벙한 표정을 지었다.

시간을 다루는 제왕이라니. 그런 강자가 대륙을 멸망시키려 한다면, 그 누구도 막을 수 없으리라.

"그럼 카르테온을 막기 위해 전쟁을 벌여야 한단 말씀이십니까?"

강윤수는 고개를 끄덕였다.

헤론은 턱을 짚더니 깊이 고민했다.

"시간을 다룰 수 있는 고대의 제왕이 깨어났다면, 우리가 그를 막을 수 있겠습니까? 투항하거나 그를 설득하는 편이 더 좋은 수일지도 모릅니다."

"헤론! 그게 무슨 소리인가! 우린 목숨을 걸고서라도 그놈과 싸워야 한다!"

"하지만 카르테온은 시간을 되돌릴 수 있습니다. 만일 우리가 적군을 섬멸했을지라도, 그가 시간을 하루 전으로 되돌린다면 우리의 위치를 파악하고 역습하는 일도 가능할 것 아닙니까?"

야나크는 말문이 턱 막혔다.

시간을 다룰 수 있는 능력 앞에선 모든 전술이 무의미했다.

그때 강윤수가 말했다.

"아니요, 카르테온은 아직 그만큼의 시간을 되돌릴 수 없습니다. 지금은 기껏해야 30~40초를 되돌릴 수 있습니다. 또한, 한 번 일정 시간을 되돌리면 그동안은 다시 시간을 되감지 못합니다."

"아직이라니요?"

"오랜 세월을 딛고 부활한 탓에 그의 육체는 쇠했습니다. 카르테온의 기력이 회복되면 되돌릴 수 있는 시간의 양도 늘어납니다. 그러니 그가 모든 힘을 되찾기 전에 서둘러 기습해야 합니다."

헤론은 그래도 의문을 거두지 않았다.

"만일 그가 시간을 멈춘다면? 그러면 무슨 수를 써도 이길 수 없습니다."

"카르테온은 시간을 멈추지 않을 겁니다. 그것으로 인한 부작용이 얼마나 큰지는 본인이 가장 잘 알고 있으니까요."

"여신께서 굉장히 많은 신탁을 내려주셨군요."

헤론이 의구심 담은 눈길을 보냈다.

신탁이라고 하기엔 그가 아는 것이 너무 많았다.

강윤수는 그 시선을 무시하며 말했다.

"어찌 됐든 한시가 급한 사항입니다. 서둘러 멸망사막의 모든 엘프와 트롤을 응집해 세력을 편성해야 합니다."

"말처럼 쉬운 것이 아닙니다. 일단 그 많은 인원을 모았다고 한들, 누가 지휘자를 맡겠습니까?"

"제가 맡겠습니다."

헤론이 눈살을 찌푸렸다.

그때 단아한 머릿결의 엘프 여성이 천막에 들어왔다.

"촌장님, 북서쪽 은방울꽃 부락에서 전서구를 보냈어요!"

헤론은 쪽지를 받아들고 펴보았다. 섬뜩하게도 쪽지에는

군데군데 핏자국이 묻어 있었다.

글귀를 읽어가던 헤론의 안색이 창백해졌다.

"서쪽의 엘프 부락들이 몰살당했다고 합니다. 이건 피신 중인 촌장이 보낸 쪽지군요."

"몰살당했다고? 누구에게 말인가!"

야나크가 격노하며 소리쳤다.

"수천 마리의 미라가 부락을 덮쳤다고 합니다. 아이, 여자 할 것 없이 모조리 죽이고 주민 하나 살려 두지 않았다고 합니다. 개중 지도자로 보이는 자에겐 '제왕'이란 호칭을 사용했다는군요."

"카르테온!"

야나크가 어금니가 부러질 듯 이를 갈았다.

대기에 긴장감이 감돌았다.

강윤수는 진중하게 말했다.

"시간이 얼마 없습니다. 우리도 서둘러 세력을 조직해 고대의 제왕과 맞서야 합니다."

"알겠습니다. 당신의 말이 못 미더운 것은 사실이지만, 이렇게까지 일이 벌어지니 믿을 수밖에 없군요. 불가피한 싸움이라면, 희생자가 더 나오기 전에 끝내야 합니다."

헤론이 씁쓸히 말했다.

"일단 저는 모든 엘프 부락에 지금 벌어지는 상황에 대해 전서구를 보내겠습니다. 가장 빠른 독수리를 보낼 테니 최소 사흘 안에는 집결할 수 있을 겁니다."

"파이어 트롤들도 금방 모일 거다! 우리의 친우인 엘프가 죽임을 당했는데, 가만히 있을 트롤은 그 어디에도 없다!"

강윤수는 고개를 끄덕였다.

"좋습니다. 일단 전투 세력이 집결하는 것이 가장 중요합니다. 두 사람은 그것에 최우선으로 초점을 맞춰주십시오."

그는 그렇게 말하고 천막을 나섰다.

샤네트가 다가와 가장 먼저 물었다.

"어떻게 됐어요?"

"전쟁을 준비해."

그녀는 마른침을 삼켰다.

헨릭도 표정이 진지하게 변했다.

"항상 그래 왔듯, 말 좀 해봐라. 이길 자신 있냐?"

"글쎄."

"뭐?"

헨릭이 얼굴을 구겼다.

"인마, 너 설마 승산 없는 전쟁을 하려는 건 아니겠지?"

강윤수는 조금 생각하다가 말했다.

"이번 상대는 미묘해."

"뭐가 말이냐?"

"내가 죽여도 기억에 없을 테니까."

"그게 뭔 소리야?"

"적이 시간을 조종해."

헨릭은 순간 멍한 표정을 지었다.

모랫바닥에 호밀빵을 그리던 아이리스가 갑작스레 고개를 들었다.

"강윤수."
"왜."
"우린 살아남을 수 있느냐?"
"너흰 아무도 안 죽어."
강윤수는 확고히 말했다.
아이리스는 다시 한번 물었다.
"강윤수는?"
강윤수는 그녀를 물끄러미 보다가 말했다.
"살 거야."
"그거면 됐단다."
아이리스는 싱긋 웃었다.
강윤수는 어느 곳을 향해 걷기 시작했다.
"어디 가세요?"
"새로운 무기 찾으러."
"그쪽은 마을 밖인데요?"
"알아."
강윤수는 홀로 부락을 벗어났다.

그는 오른팔을 내뻗었다.
"백랑괴수 화이트 소환."
"카르르릉-!"
은빛 털을 지닌 웨어울프가 모습을 드러냈다.
강윤수는 화이트 위에 탑승했다.
"달려."

"카루고르-!"

화이트는 모래사막 위를 매섭게 질주했다.

사막을 복잡하게 달리고 나자 검은색 동굴이 보였다.

강윤수가 동굴 어귀로 걸어가자 오른편의 전사 석상이 움직였다.

"멈춰라! 이곳은 고귀의 궁사 나힐렌의 휴식처이다."

"알아."

"이 주변에는 무수한 모래 구덩이 함정과 끝이 없는 폭풍이 분다. 이곳까지 무사히 당도했다는 것은 네가 멸망사막에 흩어진 9개의 수수께끼를 풀고 올바른 길을 찾아왔다는 거로군?"

"어."

"굉장하군! 나는 지혜로운 사람을 좋아한다. 빌어먹게도 날 무식한 전사로 조각한 제작자 놈을 찾으면 죽여 버리고 말 거다."

전사 석상은 불만스럽다는 듯 말했다.

석상은 강윤수를 살피더니 칼을 드리웠다.

"이곳에 출입하기 위해선 세 종류 이상의 최상급 궁술 비기를 익히고 있어야 한다. 그러나 넌 궁술에 대한 조예가 없군. 너에겐 출입 자격이 없다."

"널 지혜로운 마법사로 만들어주겠다."

"뭣이라? 그게 정말이냐! 나를 조각해 주겠다고?"

전사 석상이 혹한 듯 딱딱한 몸을 흔들었다.

강윤수는 고개를 끄덕였다.

"몸을 돌려."

"좋다! 나는 예전부터 이 등딱지 같은 갑옷이 마음에 들지 않았지."

전사 석상은 순순히 등을 내보였다.

강윤수는 칼을 들고 힘껏 내질렀다.

"심연의 검술."

콰직-!

"역시 이럴 줄 알았다! 배신자 놈! 그딴 허약한 몸놀림이 내 앞에서 통할 줄 알았더냐!"

전사 석상이 강윤수가 내지른 검을 꽉 붙잡았다.

그러나 강윤수는 조금도 놀라지 않았다.

"앞을 봐."

검의 끄트머리가 벽면을 조금 부쉈다.

갈라진 벽면 너머로 바위로 제작된 지팡이와 큼지막한 로브가 보였다.

"이게 무엇이냐?"

"널 제작한 나힐렌은 네 성향을 잘 파악하고 있었다. 그래서 일부러 입구 근처에 돌로 조각된 지팡이와 로브를 숨겨 두었다. 행여나 궁술 비기를 익히지 않은 친우가 이곳에 들릴 것을 배려해서."

"굉장하군!"

전사 석상의 모든 관심이 지팡이와 로브에 쏠렸다.

그사이 강윤수는 동굴 안으로 들어갔다.

잡다한 화살과 공예품 따위가 널려 있었다.

'나에게 필요한 무기는 저것이다.'

어두운 동굴 끝자락에 불타는 십자궁이 보였다.

강윤수는 그것을 집었다.

불을 감싼 볼트를 장전하는 독특한 십자궁이었다.

'카르테온은 이 십자궁을 가장 싫어했지.'

시간을 다루는 제왕을 죽이기에 가장 알맞은 무기였다.

3장
제왕과 도굴꾼

부락이 불탔다.

엘프 여성들은 잠든 아기를 껴안고 필사적으로 달렸다. 남편들의 희생으로 다져진 도주 길이었다.

모두의 눈가에 눈물이 맺혀 있었다.

"잠깐."

큰 그림자가 그들 앞을 가로막았다.

적이라고 생각한 엘프가 비명을 지르려던 찰나였다.

"쉿."

카츠는 입술 가운데로 손가락을 댔다.

아기를 껴안은 엘프 여성들은 두려운 얼굴로 그를 쳐다봤다.

"이쪽으로 도망치시면 안 됩니다. 저 언덕 너머로 미라들의 감시망이 널려 있어요. 북동쪽으로 도망치십시오. 유일하게 미라가 포진되지 않은 곳입니다."

“가, 감사합니다. 정말 감사합니다.”

“감사는 됐고. 애나 깨우지 않게 조심해요.”

엘프 여성들은 연거푸 머리를 조아리고 도망쳤다.

카츠는 살짝 손을 흔들어주다가 고개를 돌렸다.

불타는 엘프 부락이 보였다.

‘자비가 없군.’

카츠도 나름 도굴꾼 노릇 하며 살아왔으나 사람을 죽여본 경험은 없다.

피비린내 풍기는 학살도 모자라 카르테온은 부락에다가 불까지 질러 버렸다.

그는 주먹을 꽉 쥐었다.

‘정말 대륙의 생명을 모조리 죽이겠다는 거군.’

카르테온이 얼마나 위험한 인물인지 새삼 실감이 났다.

카츠는 마을로 걸어갔다.

미라들이 현실에서 보던 B급 영화의 좀비처럼 부락의 생존자들을 찾아다녔다.

부락의 가장 높은 곳에서 카르테온의 모습이 보였다.

“아이고. 사막에서 볼일 보기가 왜 이렇게 힘든지 모르겠네요.”

카츠는 허리춤을 긁적이며 다가왔다.

카르테온은 그를 힐끔 보았다.

“왜 살려줬나?”

“뭘 말입니까?”

카츠가 태연스레 물었다.

카르테온은 그의 목을 낚아채듯 쥐어 올렸다.

"그 엘프들을 왜 살려줬냐고 물었다."

"커, 컥! 그, 그야 불쌍하니까……."

메마른 오른손이 목덜미에 닿았다.

단지 그것만으로도 생명력이 빨리는 것 같았다.

카츠는 그 손아귀를 미친 듯이 긁었으나 그는 손을 놓지 않았다.

"하찮은 도굴꾼 주제에 대업(大業)에 참견까지 하는구나."

"끄어…… 어어어억!"

눈앞이 흐릿해졌다.

그러나 카츠는 오기가 생겼다. 까짓것 죽을 바에는 할 말은 하고 죽자는 생각이 들었다.

"그, 그럼 너는…… 이 하찮은 도굴꾼도 아는 사실을…… 왜 모르냐?"

"무슨 소리지?"

"지금…… 커헉…… 네놈이 멍청한 짓을 하고 있다는…… 걸!"

카르테온은 카츠를 내던졌다.

그는 모랫바닥을 굴렀다.

동시에 희미해졌던 의식이 얼추 돌아왔다.

"지껄여봐라."

"엘프들을…… 왜 죽였습니까?"

"엘프는 시간의 힘을 쌓기에 좋은 제물이다."

시간의 힘은 강한 힘을 가졌거나 오래 산 생물들을 죽였을 때 많이 획득한다. 수명이 긴 엘프는 다른 생명을 죽였을 때보다 얻는 시간의 힘이 월등히 많았다.

카츠는 항변했다.

"회귀하면 어차피 없는 일이 될 테니 막살아도 괜찮다, 이겁니까?"

"그럼 아닌가?"

"당신 머릿속에 고스란히 남을 겁니다!"

카츠는 머릿속에서 떠오르는 말을 모조리 짜냈다.

"당신이 회귀한다고 해서 지금 세상이 아예 없었던 것이 된다구요? 전혀 그렇지 않습니다! 그 세상은 당신 머릿속에 영원히 남을 겁니다. 잔상과 환영이 되어 당신의 머릿속을 괴롭힐 겁니다."

"어이가 없군. 전혀 논리가 없는 말이다. 카츠, 네가 직접 회귀를 겪어보기라도 했나?"

"그, 그런 것은 아니지만……."

카츠는 말문이 턱 막혔다.

카르테온은 생기를 흡수하는 오른손을 쥐었다 폈다.

"그런 식의 항변은 회귀를 겪어본 자가 해야 설득력이 있다. 만일 내 눈앞에 직접 회귀를 경험한 자가 그런 말을 지껄인다면, 한 번 정도는 생각해 보겠다. 물론 그럴 일은 없겠지만."

카르테온은 낙타 위에 올라탔다.

카츠는 일순간 고민했으나 곧장 묶어둔 낙타를 타고 그의 뒤를 따랐다.

그러자 카르테온이 픽 웃었다.

"그 꼴을 당하고서도 날 따라오는 이유가 뭐지?"

"당신이 대륙을 멸망시키는 걸 두고 볼 수 없습니다."

얼결에 카츠는 카르테온을 '제왕'이라 존칭하는 것을 잊고 말았다. 그러나 카르테온은 신경 쓰지 않았다. 오히려 재미있다는 듯 빈정거렸다.

"남의 유골이나 뒤지던 도둑놈이 갑자기 정의감에 취했나?"

카츠는 분해서 입을 다물었다.

그는 생각을 거듭한 뒤 입을 열었다.

"저는 도굴꾼입니다. 안식처에서 죽은 자의 유품 훔치는 것이 일이죠. 그런 놈이 죽었던 사람 마음 하나 못 바꾸겠습니까?"

"바꾸지 못할 것이다."

"……정말 단호하시군요."

"그래서 제왕의 자리에 올랐지."

두 남자는 불타는 부락을 뒤로 하고 빠져나왔다.

수천의 미라가 그들을 뒤따랐다. 한껏 어두워진 사막의 하늘은 빛 한 점 없었다. 밤중의 사막은 고요했다.

"다음 부락까지 가려면 시간이 꽤 걸리겠군."

카르테온이 중얼거렸다.

카츠가 슬쩍 물었다.

"시간을 멈추고 가면 되지 않습니까?"

"시간을 멈추는 행위는 내 생명력을 소모한다."

"정말입니까?"

카르테온은 순순히 인정했다.

"1, 2초 멈추는 것도 힘겹지."

"그럼 시간을 멈춰본 일이 거의 없으시겠군요."

"나는 일생에서 단 두 번 시간을 멈춰보았다."

카츠는 분위기를 바꿔야겠다는 생각이 들었다.

그는 격렬했던 감정을 식히고 호기심을 표현했다.

"시간은 언제 멈춰보셨습니까?"

"첫 번째는 멸망룡의 아가리에 내 몸이 끊어지려고 했던 순간이었다."

"멸망룡이요?"

"고대에 살았던 용이다. 그 당시 대륙을 파멸시킬 뻔했을 만큼 강대했지. 오랜 수명을 생각하면 아직까지 살아 있을지도 모르겠군."

드래곤이란 말에 카츠는 기겁했다. 그렇게 무지막지한 규모의 이야기는 도저히 상상이 가질 않았다.

"그렇게 강한 드래곤과 싸우셨습니까?"

"그래, 최후에는 거의 죽을 뻔했지. 그 커다란 아가리가 닫히는 순간, 내 생명도 끊어질 것이 분명했다. 시간의 힘도 전부 소모한 상태였지. 그래서 시간을 멈췄다."

"어떠셨습니까?"

"뭔가를 경험해 볼 새도 없었다. 시간을 멈추는 순간 내 몸은 으스러질 듯한 충격을 받았고, 간신히 놈의 입으로부터 탈출했지. 그리고 며칠간 몸져누워 있었다."

시간정지는 카츠가 생각했던 것보다 훨씬 격한 행위인 모양이었다.

"그럼 두 번째로 시간을 멈췄던 것은 언제였습니까?"

"두 번째는 세상에서 가장 아름다운 유성을 보았을 때였다."

유성?

무척 의외였다.

카츠가 의아해하며 물었다.

"유성이요?"

"그래, 유성."

카르테온은 넌지시 밤하늘을 올려다보았다.

평범한 곳에선 보기 힘든 별들로 가득했다.

"어느 날 평원을 혼자 걷다가 밤이 되었다. 하늘을 올려다보니 마침 유성이 떨어지더군. 소원을 빌려고 했지만 시간이 너무 짧았어. 그래서 시간을 멈췄다."

"그 엄청난 시간정지를 고작 그런 데다가 썼습니까?"

카르테온은 카츠를 매섭게 노려보았다.

카츠는 목덜미를 쓰다듬으며 재빨리 입을 닫았다.

고대의 제왕은 이야기를 이어갔다.

"순간 모든 것이 멈췄다. 얕게 울던 벌레들의 목소리도, 코끝을 스치던 산들바람도. 하늘에서 내려오는 유성 역시 마찬가지였다. 모든 것이 멈춘 아래 오로지 나 혼자만이 움직였다."

카르테온의 얼굴은 황폐해 표정을 구분하기 어려웠다.

그러나 그가 그 순간을 굉장히 그리워하고 있다는 것은 알 수 있었다.

"비록 짧았으나 그것은 내 인생에서 가장 가치 있는 경험이었다."

"실례지만, 무슨 소원을 비셨습니까?"

카르테온은 낮게 웃었다.

"내가 성군(聖君)이 되게 해달라고 빌었다."

카츠는 잠시 자신이 성군의 뜻을 잘못 알고 있나 하고 생각했다.

성군이라면, 올바르게 국민을 다스리는 선량한 왕이다.

카츠는 자기도 모르게 따지고 들었다.

"그러신 분이 어째서 엘프들을 죽이셨습니까?"

"이미 네가 말하지 않았나. 모두 회귀하면 없어질 일이다. 나의 죄, 그들의 죽음, 모든 것은 되돌려질 것이다."

카츠는 왠지 모르게 소름이 끼쳤다.

한참을 걷다가 카르테온이 갑자기 낙타를 멈춰 세웠다.

"쉬었다가 가지."

그의 빼빼 마른 외관처럼 카르테온은 기력이 좋지 않았다. 카르테온이 지치면 미라 전체가 행군을 멈췄다.

미라들은 모래 속에 몸을 파묻었다.

마침 야영하기 좋은 암벽 끄트머리가 있었다.

"제가 불을 피우겠습니다."

카츠가 솔선수범했다. 사실 첫날밤에는 불침번을 서는 척하다가 카르테온이 잠든 때 그를 죽일 작정이었다. 그러나 카르테온은 눈을 감고 쉴 뿐, 절대 잠드는 경우가 없었다.

"나는 이전 삶에서 수면에 들었다가 암살당했다."

카르테온이 그의 생각을 읽기라도 한 것처럼 말했다.

카츠는 뜨끔하며 불더미에 낙타의 마른 대변을 넣었다. 나무가 귀한 사막에선 낙타의 변이 훌륭한 땔감이 되었다.

"그 시리안이라는 놈에게 말입니까?"

"그렇다."

카츠는 시리안이란 인물을 어디서 들어본 것 같다고 느꼈다. 대륙인들에게서 들었던가? 그는 대륙인과 교류가 드물었기에 기억이 가물가물했다.

"오늘따라 불이 잘 지펴지는군요."

카츠는 일부러 살갑게 말했다.

그는 카르테온의 악행을 막고 싶었다. 그러기 위해선 카르테온과 더욱 긴밀한 관계가 되어야 했다.

"그렇군."

어두운 암벽 아래에 불더미가 밝았다. 희미한 빛이 짙은 어둠 속에서 유독 또렷이 보였다.

카르테온이 갑자기 물었다.

"내가 전에 죽였던 도굴꾼, 네 친구였나?"

카츠는 기억을 되새겼다.

"아. 허드슨 말입니까?"

"그래, 그때 무덤에서 너와 함께 나를 깨웠던 그 도굴꾼."

"작업은 같이했지만, 그다지 긴밀한 관계는 아니었습니다. 이 바닥에서는 흔한 일이죠."

동료의 죽음을 떠올리자 카츠는 괜스레 씁쓸해졌다. 당시 무덤에서 보석을 찾았을 때만 해도 인생의 모든 불행이 사라질 거라 생각했다.

카츠는 괜히 퉁명스럽게 말했다.

"왜요, 갑자기 미안해지기라도 했습니까?"

"그건 아니다. 하지만 너를 보니 신기하군."

"무엇을 말입니까?"

"죽음을 빨리 잊는 것 같아서."

"도굴꾼은 언제나 죽음과 함께하는 직업이죠. 아. 제가 원래 있던 세계에서 직업이 뭐였는지 아십니까?"

카르테온은 고개를 가로저었다.

"좀도둑이었습니다. 정말 찢어지게 가난했죠. 배가 고파 죽을 것 같아서 남의 먹을 것도 훔치고 했습니다. 제가 있던 나라는 무덤에 죽은 자가 좋아했던 음식을 올려두곤 했는데, 저는 그것까지도 슬쩍슬쩍 훔쳐 먹었죠."

"죽은 자의 것을 훔치는 것은 지금과 같군."

"어라, 듣고 보니 그러네요."

카츠는 머리를 긁적이며 웃었다.

잡담을 하다 보니 시간은 빠르게 흘렀다.

카츠는 고개를 꾸벅꾸벅 숙이다가 모포를 뒤집어쓰고 잠들었다.

'별자리가 달라졌군.'

카르테온은 밤하늘을 보며 생각했다. 자신이 알던 삶과는 모든 것이 달라졌다. 그렇기에 돌아가야만 했다.

'해가 밝으면 바위사막으로 가 거신을 깨워야겠군.'

그 순간이었다.

피잉-!

카르테온의 오른쪽 손등에 뭔가가 박혔다.

불타는 볼트였다.

그는 당황하기는커녕 픽 웃었다.

'기척은 전혀 느끼지 못했는데. 저격에 능숙한 놈이군.'

카르테온은 몸을 일으켜 손등에 박힌 볼트를 빼내려 했다. 그때, 그의 관자놀이에 불타는 볼트가 날아들었다.

카르테온은 재빠르게 몸을 숙여 피했다.

'누군가 나를 죽이려 한다.'

카르테온은 몸을 웅크리고 주변을 살폈다. 위장 실력이 상당한지 주위는 고요할 뿐이었다. 그는 짜증스러웠다.

'부활 탓에 레벨이 줄지만 않았어도, 이딴 저격은 몸으로 받아냈다.'

뒤에서 뜨거운 열기가 느껴진 것은 그 순간이었다.

퍼걱-!

뒤통수에 볼트가 박혀 들었다.

카르테온은 비틀거렸다.

머리뼈가 깨지고, 열기에 피부가 녹아들었다.

'누가 나를 노렸는지 확인해야겠군.'

죽음의 문턱이었으나 그는 여유로웠다. 어차피 죽을 위기라도 시간을 되감으면 그만이었다.

카르테온은 시간을 되돌렸다.

카르테온은 손등에 볼트가 박힌 순간부터 초를 셌다.

정확히 17초였다.

따라서 그는 17초의 시간을 되감았다.

!-걱퍼

뒤통수에 꽂혔던 화염볼트가 도로 뽑혀진다.

비틀거리던 카르테온은 중심을 되찾고 주위를 살핀다.

불타는 볼트 한 발이 관자놀이를 스쳐 뒤로 돌아간다.

그는 거꾸로 자리에 앉고, 손등의 박힌 볼트는 뽑혀져 역방향으로 날아간다.

!-잉피

「시간을 17초 되돌렸습니다.」

「시간의 힘을 일정량 소모했습니다.」

피잉-!

카르테온은 손등을 움직여 불타는 볼트를 피했다.

그는 바닥에 있는 돌덩이를 쥐어 던졌다.

콰직-!

돌덩이와 날아오던 볼트가 부딪쳐 박살 났다.

카르테온은 천천히 일어났다.

"숨어서 쏘면 답답하지 않나?"

정면으로 볼트 한 발이 날아들었다.

카르테온은 오른손으로 불타는 볼트를 낚아챘다. 메마른 손아귀를 꽉 쥐자 볼트의 불꽃이 사그라졌다.

"이리 와서 얘기나 나누지."

카르테온은 잠든 카츠의 허리춤에서 칼을 빼냈다.

17초가 지났다.

그는 곧장 새롭게 숫자를 세기 시작했다.

"아이고. 야옹아, 내 허리 좀 그만 간질여라."

카츠가 몸을 뒤척이며 잠꼬대를 했다.

카르테온은 어둠 속으로 걸어갔다.

"싫다면 뭐, 내가 직접 찾아가겠다."

말을 끝마치는 순간, 볼트가 날아왔다.

카르테온은 칼을 휘둘러 볼트를 갈라 버렸다.

'한 놈이군.'

여럿이었다면 여러 방향에서 일제사격을 해왔을 것이다.

한 놈이라면 물러날 이유가 없다.

카르테온은 볼트가 날아든 방향으로 천천히 걸어갔다.

서걱-! 퍼걱-! 콰직-!

카르테온은 날아든 불타는 볼트 세 발을 칼날로 여유롭게 베어냈다.

저격수는 목표물과의 거리가 줄면 당황하게 마련이다.

저 너머로 십자궁을 쥔 그림자가 보였다.

콰직-!

카르테온은 곧바로 칼을 내찔렀다. 어두운 음영 탓에 보이진 않았으나 머리칼 끝을 살짝 스쳤다. 그 순간, 그림자가 휘두른 흰 검이 카르테온의 뺨을 쑤셨다.

"커헉-!"

칼의 궤도는 척 봐도 상급 이상이었다.

저격수가 숙달된 검술 또한 익히고 있단 말인가?

그림자는 뺨에서 칼을 뽑는 동시에 세차게 내리꽂았다.

퍼걱-!

카르테온의 치아가 박살 났다. 그는 뒤로 쓰러졌다. 조금의 쉼도 없이 첨예한 칼끝이 미간으로 내려왔다.

카르테온은 눈매에 힘을 줬다.

공간의 흐름이 일순간 변화했다.

「시간을 24초 되돌렸습니다.」

「시간의 힘을 일정량 소모했습니다.」

"아이고. 야옹아, 내 허리 좀 그만 간질여라."

카츠가 몸을 뒤척이며 잠꼬대를 했다.

카르테온은 숨을 가다듬었다. 순간이었으나 위험했다. 시간을 되돌리는 것이 조금만 늦었더라면 곧장 죽었으리라.

'저격수라고 검을 다루지 못하리란 법은 없지.'

카르테온은 자신이 방심했음을 인정했다.

적이 하나란 사실과 시간조종이란 능력 탓에 거만했다.

그는 카츠의 칼을 내버렸다.

'놈이 칼을 꺼낼 틈을 줘선 안 된다. 오른손으로 생기를 빨아 즉사시켜야겠군.'

카르테온은 어둠 속으로 걸어갔다. 새카만 저 너머로 반짝이는 불꽃이 보였다. 그는 몸을 숙여 불을 휘감은 볼트를 피했다.

'볼트가 날아오는 궤도는 파악했다.'

카르테온은 볼트 세 발을 가볍게 피하며 달려갔다.

십자궁을 든 그림자가 보였다. 그림자는 곧바로 십자궁을 내버리고 칼을 뽑으려 했다.

'어림없다.'

그 동작을 예상한 카르테온이 손아귀를 내뻗었다. 놈을 즉사시키기 위해선 목덜미를 붙잡아야 했다. 그런데 그림자는 순식간에 다가온 손아귀를 꺾었다.

'격투술?'

평범한 반격 동작이 아니었다. 고수의 무술 비기와 아주 흡사한 동작이었다. 그림자는 유연하게 카르테온의 오른쪽 손목을 부러뜨렸다.

빠각-!

단순히 손목이 꺾인 것이 아니었다. 뼈의 구조를 인지하고 정확히 부러뜨린 것이었다. 메마른 살이 부서지며 오른손이 으깨졌다.

카르테온은 눈매를 일그러뜨렸다.

'이건 호신용으로 가볍게 익힌 격투술이 아니군. 최소 20년 이상 단련을 거듭한 자의 기술이다.'

그림자는 카르테온을 넘어뜨리고 사정 없이 주먹질을 해댔다. 그의 쇄골과 갈비뼈 네 대가 부러졌다.

고통보다 황당함이 앞섰다.

"궁술, 검술에다가 격투술까지 능하군."

그림자는 칭찬에 점잖게 대응했다. 검지와 엄지가 카르테온의 양 눈동자를 후벼 팠다.

끔찍한 충격과 함께 눈앞이 깜깜해졌다.

시력을 상실한 것이다.

「시간을 37초 되돌렸습니다.」

「시간의 힘을 일정량 소모했습니다.」

"아이고. 야옹아, 내 허리 좀 그만 간질여라."

카츠가 몸을 뒤척이며 잠꼬대를 했다.

시간을 되돌려 으깨졌던 오른손과 양 눈동자는 멀쩡히 복구되었다. 그러나 카르테온은 짜증이 치밀어 올랐다.

'날 세 번이나 시간을 되돌리게 만들었군. 아무리 내가 쇠약해졌다곤 하나 보통 놈이 아니다.'

정체불명 살인자의 모습을 알아내야만 했다. 그는 옷감을 찢어내 불을 붙였다.

'이번에는 놈을 죽이는 것이 아니라 정체를 알아내는 것을 목표로 한다.'

카르테온은 어둠 속으로 걸어갔다. 날아오는 볼트를 피하는 순간, 그림자가 카르테온의 어깨를 걷어찼다.

카르테온은 짓밟힌 채 쓰러졌다.

"모습을 보여라."

카르테온은 불타는 옷감을 던졌다.

아주 잠깐, 어둠이 걷혔다. 비록 짧았으나 카르테온은 적의 모습을 파악할 수 있었다.

20대 정도 되어 보이는 남자. 단말기를 차고 있는 여행자이기도 했다. 인형처럼 감정이 담겨 있지 않은 얼굴이었다.

"네 얼굴을 기억하겠다."

무표정한 남자는 무심히 십자궁을 겨누었다.

"과거로 돌아가."

피잉-!

카르테온의 얼굴에 볼트가 정통으로 꽂혔다.

뇌의 일부가 기능을 잃기 직전이었다.

카르테온은 시간을 되돌렸다.

「시간을 32초 되돌렸습니다.」

「시간의 힘을 일정량 소모했습니다.」

「시간을 짧은 간격으로 4번 되감아 육체가 소량 손상됩니다.」

"아이고. 야옹아, 내 허리 좀 그만 간질여라."

카츠가 몸을 뒤척이며 잠꼬대를 했다.

카르테온은 크게 소리쳤다.

"네놈은 내가 시간을 다루는 것을 알고 있군! 난 지금까지 4번의 시간을 되돌렸다. 대체 몇 번의 시간을 되돌려야 네놈은 만족하겠나?"

대답을 기대하진 않았다. 그러나 어둠 속으로부터 한 남자가 걸어왔다. 무표정한 남자는 십자궁을 거두고 칼을 뽑았다.

"999번."

"뭐라고?"

"나는 그만큼 회귀했어."

카르테온의 낯빛이 매서워졌다.

"넌 도대체 뭐지?"

"알아서 뭐하게."

남자의 칼이 카르테온의 얼굴을 직격했다. 피할 틈조차 없었다. 뒤통수 너머로 칼이 관통했다.

「시간을 27초 되돌렸습니다.」

「시간의 힘을 일정량 소모했습니다.」

「시간을 짧은 간격으로 5번 되감아 육체가 소량 손상됩니다.」

"아이고. 야옹아, 내 허리 좀 그만 간질여라."

카츠가 몸을 뒤척이며 잠꼬대를 했다.

카르테온은 잠시 생각하다 소리쳤다.

"네놈은 내가 시간을 다루는 것을 알고 있군! 난 지금까지 5번의 시간을 되돌렸다. 대체 몇 번의 시간을 되돌려야 네놈은 만족하겠나?"

어둠 속으로부터 한 남자가 걸어왔다. 무표정한 남자는 십자궁을 거두고 칼을 뽑았다.

"999번."

곧장 남자의 검이 자신을 노려왔다.

카르테온은 일어나 그 칼의 궤도를 피해냈다. 동시에 왼쪽 손목을 움직여 카츠의 칼을 휘둘렀다.

챙-!

분명 방어가 불가능했을 순간이었다. 그러나 남자는 믿을 수 없을 만큼 유연한 동작으로 검을 쳐 냈다. 카르테온이 오른손을 내뻗은 것은 그 순간이었다.

덥썩.

손아귀가 남자의 목덜미를 움켜쥐었다. 살결이 맞닿으면 생명력을 빨아들여 놈은 가루가 됐을 것이다.

하지만 남자의 목에는 질긴 가죽이 묶여 있었다.

"대비를 해놨군."

카르테온은 희미하게 남은 입술을 씹었다.

남자는 칼을 휘둘렀다.

카르테온의 목이 옆게 베였다.

「시간을 34초 되돌렸습니다.」

「시간의 힘을 일정량 소모했습니다.」

「시간을 짧은 간격으로 6번 되감아 육체가 소량 손상됩니다.」

"아이고. 야옹아, 내 허리 좀 그만 간질여라."

카츠가 몸을 뒤척이며 잠꼬대를 했다.

카르테온은 방금과 같은 방법으로 남자를 불러냈다.

"999번."

이번에는 칼을 휘두르되 방향을 달리했다. 카르테온이 노린 것은 남자의 목에 감긴 가죽이었다.

'목에 있는 가죽을 찢고 즉사시켜야 한다.'

가까스로 칼 끄트머리가 남자의 목에 얽맨 가죽에 닿았다. 세차게 베었지만 두꺼운 가죽은 오히려 칼날을 튕겨냈다.

카르테온이 눈매를 찌푸리자 남자가 말했다.

"이 가죽, 안 찢어져."

"……질려서 못해 먹겠군."

남자의 칼이 카르테온의 인중을 꿰뚫었다.

「시간을 39초 되돌렸습니다.」

「시간의 힘을 일정량 소모했습니다.」

「시간을 짧은 간격으로 7번 되감아 육체가 소량 손상됩니다.」

마침내 카르테온은 자존심을 거두었다.

'이대론 끝이 없다. 소모하는 시간의 힘도 아깝군. 내가 싸울 게 아니라 부하들을 이용해야 한다.'

카르테온은 왼손을 휘저었다. 암벽 너머에서 잠들어 있던 수천 마리의 미라를 깨워냈다. 모래 속에서 미라들이 몸을 일으켰다.

"제왕이시여, 무슨 일이십니까?"

"이 주변에 나를 죽이려는 놈이 있다. 잡으면 죽이지 말고 내 앞으로 데려와라."

미라들은 주변으로 흩어졌다. 가능하면 놈을 직접 죽이고 싶었다. 고작 한 놈을 상대로 수천 명의 부하를 동원하는 것도 자존심 상하는 짓이었다. 그러나 무슨 수를 써도 다재다능한 재주로 역습해 버리니 방법이 없었다.

'이상하군.'

카르테온은 의아해했다.

고작 하룻밤 새에 일곱 번이나 죽을 뻔했다.

단순히 방심해서가 아니었다.

'놈은 정확한 시기를 노려 나를 기습했다.'

아직 몸의 기력이 회복되지 않아 시간을 많이 되돌릴 수 없다.

기껏해야 40초가량.

'마치 나중을 위해 나를 미리 제거하려는 것 같군.'

시간을 되돌리는데도 이렇게 고된 싸움은 간만이었다. 자신을 죽이려 했던 남자의 얼굴이 떠올랐다.

'외모는 젊지만, 전혀 빈틈이 없었다.'

그놈의 말이 떠올랐다.

'999번 회귀했다고?'

카르테온은 고개를 가로저었다.

그럴 리가 없다. 그 말대로라면, 그놈은 대륙을 일천 번이나 살아가고 있단 의미였다.

'일천 번의 삶을 산다면, 누구라도 진즉 미쳐버릴 거다.'

일단 휴식을 취해야 했다.

카르테온은 저릿한 몸을 만졌다.

그는 새삼스럽게 느꼈다.

'과거로 돌아가는 것도 반복되니 힘겹군.'

고요한 어둠 속이었다.

강윤수는 조용히 십자궁을 거두었다. 목에 휘감은 프로스트 데몬의 가죽조각도 벗었다.

'미라들을 불러냈군.'

카르테온은 자존심이 드높고 정면승부를 즐긴다. 그가 부하들을 불러낸 것은 자존심을 접었다는 의미였다.

'나는 기억할 수 없지만, 카르테온은 시간을 계속 되돌렸겠지. 나에게 심하게 당했을 테고.'

정작 강윤수 본인은 십자궁으로 볼트 몇 발을 날렸을 뿐이다. 자신이 무슨 수로, 어떻게 싸웠는지는 카르테온만이 알고 있으리라. 그러나 자신 탓에 여러 번 시간을 되돌렸다면 조금이라도 깨달았을 것이다.

반복되는 회귀의 고통을.

'오늘 밤은 전주곡에 불과해.'

진짜 고통은 곧 벌어질 전쟁에서 보여줄 것이다.

'이번 전쟁은 반드시 승리로 이끌어야 한다.'

미라들이 느린 발걸음으로 주변을 정찰하기 시작했다. 그는 그들의 시선을 피해 움직였다.

강윤수는 가파른 암벽을 타고 올라갔다.

"백랑괴수 화이트 소환."

"가마쿠르아. 러미르쿠. 오르노로."

화이트는 은색 털을 꼿꼿이 세우며 기지개를 켰다.

해석하자면, 요즘 자신이 늑대인지 말인지 헷갈린다는 말이었다.

"넌 웨어울프야."

강윤수는 화이트 위에 탑승했다.

화이트는 드넓은 암벽 사이를 높이 뛰었다.

'전쟁에 승리하기 위해선 반드시 그녀를 데려와야만 한다.'

그는 가볍게 손을 풀었다.

'전설적인 대도로서 세상의 모든 귀중품을 훔쳤던 삶.'

4장
지원군

사막의 밤은 차갑다. 보통 영하의 기온이 사막을 휩쓴다.

그러나 화이트는 달릴수록 찌는 듯한 열기를 느꼈다.

"고룩!"

그것은 '덥다!'라는 웨어울프 언어였다.

강윤수는 짧게 말했다.

"참아."

"우르노크라-!"

저 멀리 증기를 뿜어내는 거대한 산이 보였다.

샤리에르 활화산(活火山).

밤에도 불구하고 사나운 열기가 느껴지는 이유가 바로 저것이었다.

"화산을 오르자."

"카루토루그!"

화이트가 기겁했다. 단순히 더위 탓이 아니었다. 활화산으로부터 위험하고 강대한 존재의 체취가 느껴졌다.

"괜찮아."

"라디루쟈스?"

그것은 '정말 괜찮나?'라는 의미였다.

강윤수는 고개를 끄덕였다.

"여기선 죽어도 고통을 못 느껴. 금방 녹거든."

"우르노크라-!"

화이트는 죽을 각오를 하고 화산을 올랐다. 거친 암반 밑에서 뜨거운 증기가 솟아났다. 간혹 뜨거운 용암이 흘러내린 지반도 보였다.

"캬르르륵! 캬르륵!"

활화산에는 위험한 몬스터가 많았다. 이글거리는 몸을 가진 코뿔소, 불길을 먹는 도마뱀, 불꽃 칼을 든 전사들도 보였다. 때론 불을 휘감은 수수께끼의 생명체들이 그들 뒤를 쫓아왔다.

"먹잇감이다!"

"새까맣게 태워서 먹자!"

강윤수는 화이트에 탑승한 채로 십자궁을 들었다. 고귀의 궁사 나힐렌의 휴식처에서 발견한 십자궁. 열화의 십자궁이라 불리는 아이템이었다.

열화의 십자궁은 열기를 흡수해 불타는 볼트를 생성한다. 활화산의 끔찍한 열기면 장전할 필요가 없었다.

강윤수는 쫓아오는 불꽃 생명체들을 향해 볼트를 연사했다.

피잉-! 콰직-! 퍼걱-!

불꽃 생명체들이 머리에 볼트를 맞고 픽픽 쓰러졌다. 급소를 맞은 녀석들은 금방 죽었지만 다른 놈들은 미친 듯이 돌격해 왔다.

강윤수는 아클을 소환했다.

"으악! 뜨, 뜨거워! 너, 너, 제정신이야? 날 이딴 곳에서 불러내다니! 소환계로 돌아갈 거야!"

아클이 곧바로 오만상을 지었다. 활화산처럼 뜨거운 환경은 얼음의 정령에게 지옥이나 다름없었다.

강윤수는 배낭에서 서릿발 왕관을 꺼냈다.

"그, 그건!"

아클이 침을 꿀꺽 삼켰다.

강윤수는 서릿발 왕관을 휙 던졌다.

"빌려줄게."

아클은 허겁지겁 왕관을 머리 위에 척 올렸다.

얼음의 정령은 잔인하게 웃었다.

"흐하핫! 이젠 내 세상이다! 얼음폭풍!"

아클이 손을 휘두르자 서슬 퍼런 냉기가 매섭게 뿜어졌다. 세찬 한기의 폭풍이 쫓아오는 불꽃 생명체들을 휩쓸었다.

"이, 이게 뭐야!"

"난생처음 느껴보는 감각이다!"

불꽃 생명체들은 얼음을 맞고 얼어붙었다. 태어나서 단 한 번도 활화산을 벗어나 본 적 없는 생명체들은 냉기에 취약했다.

강윤수는 신탁의 검을 뽑아 들고 불꽃 생명체들을 베었다.
콰지직-!

「활화산의 수수께끼 생명체를 죽였습니다.
고대 탐험가 클래스 전직에 관한 실마리를 얻었습니다.
레벨이 2 올랐습니다.」

아클은 마력을 한껏 끌어모았다.
서릿발 왕관은 냉기마법의 효력을 폭발적으로 증진시켜 주었다.
"크히힛! 서리조형!"
허공에서 얼음의 대검 스무 자루가 만들어졌다. 얼음의 대검은 바닥에 차례로 내리꽂히며 불꽃 생명체를 학살했다. 불꽃 생명체들은 죽을 때마다 새빨간 핵을 남겼다.
'괜찮은 재료지. 샐리에게 도움이 되는 아이템을 만들 수 있겠군.'
강윤수는 남김없이 불꽃의 핵을 챙겼다. 그러곤 신나게 깽판을 부리는 아클의 머리에서 왕관을 훔쳐냈다.
손놀림이 어찌나 교묘한지 아클은 왕관이 사라졌는지 눈치도 못 챘다.
"끄아악! 내 왕관 내놔!"
뒤늦게 아클이 성을 냈다.
강윤수는 덤덤히 서릿발 왕관을 배낭에 넣었다.
"다음에도 도와줘."

"흥! 그럴 일은 없어!"

잔뜩 삐친 아클은 소환계로 사라졌다.

얼추 화산을 오르자 화이트가 헥헥 대며 움직임이 느려졌다. 이젠 발길이 닿는 곳마다 열기가 치솟았다.

"저곳이야."

강윤수는 새빨간 화산의 봉우리를 가리켰다. 그는 화이트의 입에 아클이 만든 얼음을 넣어주었고 자신은 배낭에서 술병을 꺼내 홀짝였다.

"가로코므?"

화이트가 얼음을 으적으적 씹으며 물었다.

저곳에는 뭣 하러 가냐는 물음이었다.

"훔칠 게 있어."

봉우리에 다다르자 커다란 석영 동굴이 보였다. 암반 밑으로 화끈거리는 붉은 용암이 흘렀다. 발을 헛디디는 순간 녹아 없어지리라.

"인간이다! 인간과 웨어울프가 왔어!"

"거기다 남자잖아! 둥지의 주인이 화나면 어쩌려고 저런담?"

"하지만 우리 일이 아니니 신경 쓸 필요 없어!"

동굴 어귀에서 수많은 불의 정령이 모습을 드러냈다.

샐러맨더들이었다.

어린 소녀인 샐리와 달리 동굴의 정령들은 요염하고 성숙한 여성이었다. 샐러맨더들은 호기심 많은 표정으로 강윤수를 바라봤다.

"나는 안으로 들어가려고 한다. 보내줘."

정령들은 놀란 얼굴로 소곤거렸다.

"일개 미물이 둥지에 들어오려 한다고?"

"맙소사! 목숨 아까운 줄 모르는 인간이로군."

"자기 발로 찾아온 것조차 오만해. 썩 꺼져!"

샐러맨더들은 활과 망치를 꺼내 들었다. 오랜 정령이 몸소 제작한 무기는 뛰어난 잠재력을 지녔다. 화살 한 대가 적중하면 바위조차 부서질 것이다.

"샐러맨더 샐리 소환."

샐리가 머리칼을 찰랑거리며 나타났다. 그러자 정령들의 분위기는 금세 바뀌며 화색이 돌았다.

"어머, 어린 정령이잖아?"

"귀여운 꼬마 아가씨야, 너는 어디서 왔니?"

"너처럼 조그만 아이를 보면 선물이 주고 싶어져. 이 활은 어떠니?"

샐리는 눈을 동그랗게 떴다.

"나랑 비슷한 언니들이 되게 많아!"

정령들은 꺄르르 웃었다.

"귀여운 정령을 데리고 다니는 정령사였구나."

"동족과 계약한 자를 죽일 순 없어."

"이번만 못 본 척해 줄 테니 어서 지나가. 하지만 다음에 오면 죽일 거야."

물론 강윤수는 정령사가 아니었다. 정령사 클래스는 자연 깊숙한 곳에 사는 정령과 직접 계약을 맺는다. 계약한 정령은 정령사와 마음을 공유하며 힘을 빌려준다.

반면 강윤수는 직접 정령을 창조한 경우였다.

"가자."

"히잉, 샐리는 언니들이랑 놀고 싶어."

샐리는 울상을 지으며 강윤수의 곁으로 따라붙었다.

화이트는 깊숙한 곳으로 갈수록 낮게 으르렁거렸다. 강대한 자의 체취가 점점 강해졌기 때문이다.

화이트가 걸음이 느려지자, 강윤수는 덧붙였다.

"지금은 둥지의 주인이 자리를 비웠으니 괜찮아."

중간 즈음에 들어서자 길이 여러 갈래로 나뉘었다.

샐리가 가장 왼편의 석실을 가리켰다.

"아빠! 아빠! 저기에 반짝이는 것들 엄청 많아!"

번뜩이는 재화가 한가득 쌓인 석실이었다. 황금빛 금화 사이로 뛰어나 보이는 검과 장신구들이 산더미처럼 쌓여 있었다.

그러나 강윤수는 고개를 가로저었다.

"저건 훔치면 죽어."

"왜?"

"이 둥지의 주인이 저주를 걸어놨으니까."

"여기 둥지의 주인이 누구인데?"

"그런 게 있어."

강윤수는 가장 심층부로 향했다. 갈수록 열기는 더욱 뜨거워져 신발 밑창이 타버릴 수준이 되었다.

화이트는 혀를 쭉 뻗고 탈진했다.

"라미루츠크……!"

"아빠! 멍멍이가 쓰러졌어!"

"알아."

화이트는 소환계로 돌아갔다.

강윤수는 땀을 닦고 술을 마셨다. 내색하지 않았지만 이젠 그도 버티기 힘든 상태였다.

유일하게 샐리는 주위가 뜨거울수록 생기가 넘쳤다.

"아빠! 아빠! 힘들어?"

"어."

샐리가 걱정 가득한 표정을 지었다. 소녀는 열기가 가득한 몸으로 다가왔다.

"아빠! 아빠! 힘드니까 샐리가 꼭 안아줄게."

"저리 가."

"왜, 왜?"

샐리가 충격받은 얼굴로 눈물을 글썽였다.

강윤수는 낮게 말했다.

"네가 있으면 더 더워."

"으아앙! 아빠 미워!"

샐리는 울면서 소환계로 돌아갔다. 강윤수는 혼자 깊숙한 곳까지 걸어갔다. 끔찍한 열기에 살가죽이 익어버릴 수준까지 도달했다.

'손가락 끝이 익어버리는군.'

몸이 비틀거렸다. 석벽에 손이 닿는 순간 타버릴 것만 같았다. 강윤수는 술병을 떨어뜨렸다. 바닥에 닿은 술병은 깨지는 동시에 녹아버렸다.

주르륵.

코에서 피가 흘렀다. 안구가 후끈거려 눈꺼풀조차 들어 올릴 수 없었다. 매서운 열기는 결코 사그라지지 않았다.

"카그라아악-!"

맞은편에서 불타는 대검을 쥔 괴물이 걸어 나왔다.

붉은 살가죽을 가진 근육질의 오우거. 화염 오우거가 매서운 기세로 강윤수를 향해 돌격해 왔다.

'……어쩔 수 없군.'

강윤수는 예전에 얻었던 전리품을 꺼냈다.

작고 푸른 보석 조각이었다.

「프로스트 데몬의 겨울조각」

차가운 타락의 힘이 담긴 보석 조각. 어디에 쓰이는지 용도를 알 수 없다.

프로스트 데몬을 죽이고 얻은 물품.

강윤수는 간신히 겨울조각을 입에 넣고 삼켰다.

「프로스트 데몬의 겨울조각을 삼켰습니다.
정체불명의 힘이 몸속에 생겨납니다.」
「30일간 끔찍한 저주가 밤마다 당신을 괴롭힙니다.」

강윤수는 호흡을 가다듬었다.

온몸을 태워버릴 듯한 열기가 사그라졌다.

강렬한 기운이 솟구쳤다.

"카랴오오오옥-!"

"심연의 검술."

둘은 서로에게 맞부딪혔다.

강윤수는 튕겨 오르듯 뛰어올라 오우거의 목구멍을 꿰뚫었다.

"크랴오오옷-!"

오우거의 대검 귀퉁이가 강윤수의 옆구리를 강타했다. 그는 칼자루를 세게 움켜쥐었다. 강윤수는 검을 세차게 올려쳐 오우거의 턱주가리를 깨부쉈다.

콰직-!

"카르로로옷……!"

화염 오우거는 쓰러졌고, 불타는 대검은 녹아 없어졌다.

레벨도 6이나 올랐다.

"커헉."

강윤수는 피를 토해냈다.

불길한 기운이 몸속에 피어났음을 느낄 수 있었다.

'한 달간은 잠자기 글렀군.'

그는 주먹을 꽉 쥐었다.

밤이야 지새우면 그만이다.

'마지막 삶이다. 모든 걸 완벽히 해내야 해.'

강윤수는 둥지 가장 깊숙한 곳에 도달했다. 용암이 담긴 돌무더기 아래에 둥그런 물건이 파묻혀 있었다. 함부로 물건을 가져갈 수 없도록 최상급 봉인마법이 걸려 있었다.

'이걸 해제하는 일만 아니었다면, 샤네트나 샐리를 보냈겠지.'

강윤수는 마법 글귀를 재배치했다.

대도로 활동했던 삶, 로그마스터의 무덤에 침입했던 시절에 비하면 손쉬웠다.

그는 봉인을 해제했다.

'찾았다.'

마침내 강윤수는 목표했던 보물을 훔쳐 왔다.

고대왕 카르테온의 소식은 사막 각지로 퍼졌다.

오천의 파이어 트롤과 엘프가 한곳에 집결했다. 급하게 모은 병력인 만큼 최소한의 규율도 정해져 있지 않았다. 갑작스러운 징집에 불만을 가진 자들도 적지 않았다.

"나는 하루에 먹여 살려야 할 가족들이 널려 있다! 그런데 왜 전쟁을 위해 나서야만 하는가?"

"무슨 소리입니까? 희생자가 더 나오기 전에 어서 전쟁을 치러야 합니다."

"하지만 죽은 것은 엘프뿐 아닌가!"

"지금 뭐라고 했습니까?"

평소 온순한 트롤과 엘프들이 극도로 예민해졌다.

족장과 촌장들이 진정시키려 해봐도 역부족이었다.

샤네트는 무수한 군중 사이에서 넘어지지 않기 위해 애를

썼다.

“예상외로 엄청 많이 모였네요.”

“일단 일은 벌어졌다. 이제 저놈이 이 소란을 어떻게 진정시킬지가 문제지.”

“너무 시끄럽구나.”

청력이 뛰어난 아이리스는 귀를 막으며 몸을 웅크렸다.

흥분한 군중 사이에서는 폭언과 주먹질이 일어나기 시작했다.

헨릭은 뺨을 긁적였다.

“이거, 아무리 그놈이라도 혼자 해결 보긴 힘들겠는데?”

“왜요? 강윤수 님이라면 평소처럼 간단히 해결하시지 않으실까요?”

“분노한 군중 앞에 장사 있냐? 연설은 사냥이나 도적 퇴치랑은 다르지. 그런데 넌 아까부터 뭘 자꾸 몸을 감싸고 있냐?”

아이리스가 몸을 웅크린 채 고개를 살짝 들었다. 그녀는 큼지막한 바구니를 감싸고 있었다.

“이게 웬 바구니예요?”

“나도 모르겠구나. 강윤수가 소중히 지키고 있으라고 했단다.”

“열어보면 알겠지.”

헨릭은 바구니를 열어보았다. 그 안에는 커다란 알이 있었다.

“이게 무슨 알이냐?”

“글쎄요?”

그들은 의아한 표정을 지었다.

오천 명의 병력 앞에는 커다란 제단이 놓여 있었다. 제시간에 강단을 마련하지 못해 대체품이 된 제단이었다. 제단 중앙에는 연설자의 목소리를 증폭시키는 마법이 걸려 있었다.

"다들 조용히 해주십시오! 병력을 이끌 여신의 신랑께서 올라갑니다!"

헤론이 목청껏 소리쳤다. 불행히도 몸을 가다듬고 경청하는 자는 아무도 없었다.

강윤수가 제단 위로 올라왔다.

"모두 저를 주목하십시오."

그러나 누구도 연설을 듣지 않았다. 오히려 그의 낮은 음색이 대중의 소음에 파묻힐 지경이었다. 그러자 강윤수는 손가락으로 저편을 가리켰다.

처음에는 고작 몇 명만 그쪽을 바라봤다. 그러고 터져 나온 비명과 울음소리에 수백 명이 고개를 돌렸다. 이윽고 거대한 그림자가 수천 명의 군중을 뒤덮었을 때, 모두가 강윤수가 가리킨 곳을 바라봤다.

"으, 으아아아아아악-!"

"이, 이럴 수가! 이럴 수가!"

다들 본능적으로 도망쳐야 한다는 위기감을 느꼈다. 그러나 압도적인 살기에 휘감겨 오금을 저릴 뿐이었다.

쿠웅-

커다란 몸체가 내려오자 대지가 진동했다. 가벼운 날갯짓 한 번으로 모래폭풍이 휘날렸다. 하늘조차 뒤덮는 위용의 검붉은 드래곤이 독기를 담은 눈빛을 쏘았다.

"내 새끼를 훔쳐간 녀석이 어디 있느냐!"

이그누스 드래곤의 울부짖음이 사막을 통째로 울렸다.

샤네트는 창백한 얼굴로 바구니에 담긴 알을 바라봤다.

"그, 그럼 설마 이게?"

아이리스는 벌써 엉엉 울기 시작했다.

반면 헨릭은 강윤수를 진지하게 바라봤다.

"저 자식은 언젠가 내가 꼭 죽인다. 진심으로 맹세해."

드래곤 앞에 선 대부분의 사람들은 오줌싸개를 비웃을 권리를 박탈당한다.

첫째는 본인이 실금해 버린 비참한 경우다.

둘째는 드래곤이 눈앞의 미물을 밟아 으깬 경우다.

불행히도 후자가 압도적으로 많다.

짜증은 강자 앞에서 사라지는 법이다.

방금까지 소란스러웠던 주위가 거짓말처럼 고요해졌다. 개미의 날숨소리마저 들릴 듯한 적막이 맴돌았다.

"내 새끼를 훔쳐간 녀석이 어디 있느냐고 물었다! 알에서조차 부화하지 못했거늘!"

이그누스 드래곤이 괴성을 질렀다.

맨 앞쪽의 엘프들은 귓속에서 피가 배어 나왔다. 몇몇은 뒷걸음질을 치기 시작했다.

"누구라도 대답 없이 도망친다면, 이 자리에 있는 놈들을 모조리 태워 버리겠다!"

거대한 아가리에서 맹렬한 열기가 요동쳤다. 저 호흡에 스치기만 해도 팔 한 짝이 불타 없어지리라.

세상 어떤 미친놈이 드래곤의 알을 훔쳤단 말인가?

적막이 감도는 가운데, 한 남자가 입을 열었다.

"제가 알고 있습니다."

모든 시선이 강윤수에게 몰렸다.

이그누스 드래곤이 사납게 물었다.

"말해라, 내 새끼를 훔쳐간 녀석은 어디 있나?"

"그 도둑은 바로 이 자리에 있습니다."

군중이 웅성거리기 시작했다.

이그누스 드래곤은 숨을 거칠게 쉬었다.

"그 오만방자한 놈이 누구인가-!"

강윤수는 제단 위에 서서 당당히 말했다.

"당신의 알을 훔친 것은 저입니다."

"오호라-!"

드래곤의 아가리에서 불길이 확 치솟았다. 수많은 사람이 유언, 주마등, 해보지 못한 것들을 떠올렸다. 고작 수어 초 만에 모든 것이 타버리려는 순간이었다.

"지금 저를 죽인다면, 당신은 영원히 새끼를 찾을 수 없습니다."

이그누스 드래곤의 불길이 멎었다.

군중들은 안도했다.

방금까진 있으나 마나였던 강윤수가 이제는 확실한 존재감을 뿜어냈다.

"말해라-! 이 지리멸렬할 미물 같으니라고-! 나의 새끼는 어디 있나?"

대기가 쩌렁쩌렁 울렸다.

가벼운 엘프 몇 명은 뒤로 날아가 버렸다.

강윤수는 고개를 가로저었다.

"가르쳐 드릴 수 없습니다."

"죽-어-라-!"

이번에야말로 아가리에서 커다란 불꽃이 휘감겼다.

대부분의 군중은 눈을 질끈 감았다.

진짜 죽겠구나!

"이그누스 드래곤이시여, 어째서 새끼를 훔쳤다고 말씀하시는 겁니까?"

이그누스 드래곤은 불길을 되삼켰다.

이 미칠 듯한 상황에 적응하지 못하고 혼절한 행운아들은 몇 명 되지 않았다.

"그게 무슨 소리지?"

"당신의 알은 수십 년째 부화하지 않고 있지 않습니까? 그것은 새끼라고 볼 수 없습니다."

이그누스 드래곤은 잠시 침묵했다.

드래곤이 약간 누그러진 태도로 물었다.

"네가 그것을 어떻게 알지?"

"아직도 알이 부화할 수 있다고 믿으십니까?"

곧바로 이그누스 드래곤은 격노했다.

"감히 네가 나에게 되묻느냐-!"

한편 헨릭은 바구니에 담긴 알을 보며 속삭였다.

"수십 년째 부화하지 않은 알이면, 이거 그냥 폐란(廢卵) 아니냐?"

"쉿! 듣겠어요!"

이그누스 드래곤의 거대한 발톱이 제단으로 내리꽂혔다.

콰앙-!

거대한 제단이 순식간에 박살이 나버렸다. 그러나 강윤수는 어느새 드래곤의 발톱 위에 안착해 있었다.

"당신의 알은 부화할 수 없습니다."

"그걸 네놈이 어찌 장담하지? 어느 날 알을 깨고 새끼가 고개를 내밀지도 모르는 일이다!"

강윤수는 고개를 가로저었다.

"그건 당신이 어미로서 바라는 멍청한 바람일 뿐입니다."

콰앙-! 콰지지직-!

제단이 거의 조각이 나버렸다.

군중은 떨어지는 잔해를 피해 움직였다.

헨릭은 헛웃음을 지었다.

"저놈이 이젠 남의 명줄까지 태우려고 작정을 했구나."

아이리스는 몸을 덜덜 떨며 샤네트에게 꼭 안겼다.

"무섭구나. 드래곤은 너무 무섭구나."

"괜찮아요, 언니."

샤네트는 아이리스를 두고 일어났다.

그녀는 이상하게도 지금 상황이 두렵지 않았다.

"샤네트?"

아이리스가 고개를 들었다.

드래곤을 향해 걸어가는 샤네트의 뒷모습이 보였다.

이그누스 드래곤이 포효했다.

"네놈이 감히 내 새끼를 모독하느냐—!"

보이지 않는 살기가 주위를 잠식했다. 건축물들의 지붕이 갈라지기 시작했다. 폭풍과도 같은 숨결이 내려오자 공포가 증식되었다.

"당신은 저를 죽여선 안 됩니다."

강윤수는 드래곤 앞에서 조금도 압도당하지 않았다. 오히려 그는 드래곤과 정면으로 마주 서 있었다.

"너 따위 미물이 내 앞에서 어찌 그토록 만용을 부리느냐—!"

드래곤의 포효가 강윤수의 짧은 머리칼을 휘날리게 했다.

그는 담담히 말했다.

"저는 당신이 두렵지 않기 때문입니다."

"이런 건방진—!"

강윤수는 드래곤의 불호령을 무시했다.

"왜 당신의 알이 부화하지 않는다고 생각하십니까?"

"크어어억—!"

마침내 아가리에서 불꽃이 작렬했다.

세찬 화염숨결이 강윤수를 휩쓸었다.

"세, 세상에!"

군중들이 놀라서 눈을 크게 떴다.

자욱한 연기가 걷혔다.

다들 살가죽이 녹고 뼈조차 타버린 그를 예상했다.

"진정하세요. 이그누스 드래곤님."

샤네트가 양팔을 벌린 채 강윤수 앞을 가로막고 있었다. 그녀는 화염숨결을 맞고도 멀쩡히 견뎌냈다.

이그누스 드래곤은 눈을 가늘게 떴다.

"나의 힘을 물려받은 년이로구나."

"그래요."

샤네트는 맹약의 보주로부터 이그누스 드래곤이 남긴 힘의 조각을 물려받았다.

그래서일까.

그녀는 거대한 드래곤이 전혀 두렵지 않았다.

"어째서 그놈을 보호하느냐-! 당장 비켜라! 네 뒤에 있는 녀석을 죽지 않을 만큼만 태워 녹이리라-!"

"아뇨. 그럴 순 없어요."

이그누스 드래곤은 자신의 발톱보다 작은 샤네트를 노려보았다.

"이유가 무엇이냐?"

"이분은 제게 소중한 분이세요. 그러니 죽이게 둘 수 없어요."

"그럼 자식을 빼앗긴 어미가 그 범인을 앞에 두고 방관하라는 것이냐?"

샤네트는 순간 할 말을 잃었다.

그가 철저히 나쁜 짓을 한 것이 맞다. 아무리 강윤수가 했다곤 해도 악행을 정당화할 순 없다.

"뭐, 뭐라고 할까요?"

괜히 궁색해진 샤네트가 고개를 돌렸다. 그러자 강윤수가 앞으로 나섰다.

"잠시만 그 분노를 거두어주십시오."

"부당한 요구다. 나의 힘을 물려받은 년이 막지 않았다면, 즉시 네 살가죽을 태웠을 것이다."

이그누스 드래곤이 낮게 울었다.

강윤수는 말했다.

"한 가지 묻겠습니다. 당신은 어째서 수십 년간 부화하지 않는 알을 깨버리지 않고 둥지에 두었습니까?"

"너는 걷지 못하는 자식을 집 밖으로 내버리느냐?"

"그럼 당신은 자식을 걷게 할 수 있는 의사를 죽이시겠습니까?"

이그누스 드래곤은 코웃음을 쳤다.

"네가 내 알을 부화시킬 방법이라도 알고 있다는 거냐?"

"예."

강윤수는 고개를 끄덕였다.

이그누스 드래곤은 잠시 침묵했다.

"그것은 불가능하다."

"아니요, 저는 당신의 새끼가 태어나도록 할 수 있습니다."
강윤수는 분명히 말했다.
드래곤은 약간 고개를 내렸다.
"인정하마, 알에 담긴 내 새끼는 죽었다."
샤네트는 놀라서 숨을 들이마셨다.
이그누스 드래곤은 차갑게 격노했다.

"폐란을 왜 둥지에 남겨 놓았느냐고? 왜냐하면 그것은 나의 자식이기 때문이다. 죽은 알을 훔쳐갔는데 어째서 분노하느냐고? 그것이 나의 자식이기 때문이다!"

격노한 드래곤의 울음이 퍼졌다.
당장에라도 고막이 찢길 것만 같았다.
어미의 슬픔을 토로하듯 울음소리가 탱천했다.
"하루라도 나의 부주의로 죽은 새끼를 잊은 적이 없다-! 시간이 흘러 알의 내부는 썩어들었겠지. 하지만 나는 알에서 태어나지조차 못한 그 불쌍한 것을 믿을 수 없었다-!"
강윤수는 드래곤을 향해 말했다.
"이그누스 드래곤이여, 나는 당신의 멍청한 바람을 이해합니다."
"무슨 소리냐-!"
강윤수는 샤네트를 흘깃 곁눈질했다.
"저 역시 멍청한 바람을 위해 살아가고 있기 때문입니다."
그는 이어 말했다.

"자식을 볼 수 없는 그 슬픔 역시 이해합니다."

강윤수 자신도 그랬다.

이제는 볼 수 없는 자식을 잊어버렸다.

"논지가 무엇이냐-! 미물-!"

이그누스 드래곤이 크르릉거렸다.

그래서 강윤수는 본론만 말했다.

"전쟁에 협력해 주신다면, 알이 부화할 수 있도록 만들겠습니다."

"하지만 나의 새끼는 죽었다-!"

"시간을 거스를 수 있다면 어쩌시겠습니까?"

이그누스 드래곤은 입을 다물었다.

그녀는 진지하게 강윤수를 내려다보았다.

"그런 일이 가능한가?"

강윤수는 말했다.

"시간을 되돌려, 죽음을 돌이킨 사내가 있습니다. 그를 죽이면, 한 생명을 소생하는 권능을 얻을 수 있습니다."

어느새 거대한 드래곤은 얘기를 진지하게 귀담아듣기 시작했다.

오천 명의 군중이 보는 앞에서, 강윤수는 이그누스 드래곤을 꼬드겼다.

광활한 암석사막.

지표에 노출된 암반 탓에 바위 가루가 흩날렸다.

모래바위로 이뤄진 골렘들은 침입자들을 경계했다.

"너는 누구냐?"

"너희를 죽일 자다."

수천 마리의 미라가 골렘을 부쉈다. 카르테온은 차근차근 골렘 학살의 마무리를 짓고 레벨과 시간의 힘을 축적했다.

"여, 여기는 왜 온 겁니까?"

카츠는 마른침을 삼켰다.

바위사막은 위협적인 몬스터들이 많았다.

카르테온이 점잖게 말했다.

"조용히 따라와라, 카츠. 놈을 섣불리 깨우고 싶지 않다면."

"누굴 깨우는데요?"

카츠가 겁을 잔뜩 먹고 말했다.

카르테온 낮게 웃었다.

"두려워할 것은 없다. 나의 수하가 될 놈이니."

카르테온 무리는 바위사막의 정중앙에 도달했다. 그곳에는 복잡한 술식과 희미한 팔각형 문양이 그려져 있었다.

"고대부터 갇혀 있던 놈이 아직까지 이곳에 있군."

카르테온은 혀를 차더니 손가락을 깨물었다. 옅은 핏방울이 팔각형 문양의 중앙으로 떨어져 내렸다.

쿠르릉-!

그들이 서 있던 암반이 진동했다. 드넓은 사막에서 뭔가 거대한 것이 움직였다.

"저, 저게 뭐야!"

카츠는 뒤로 벌러덩 넘어졌다.

모랫바닥으로부터 무지막지한 생명체가 몸을 일으켰다. 온몸에 문신이 형상화되어 있고, 피부가 강철처럼 견고한 거인이었다. 미간에는 커다란 보석이 파묻혀 있었다.

"놀랐나?"

카르테온이 픽 웃었다.

카츠가 덜덜 떨며 말했다.

"놀란 정도가 아닙니다! 기절할 뻔했다구요. 저 커다란 거인은 대체 뭡니까?"

이전에 쓰러뜨렸던 화염거인은 땅꼬마처럼 보일 정도였다.

카르테온은 너무 높아 머리가 잘 보이지 않는 생물체를 바라봤다.

"저것은 거신이다."

거신.

일반 거인들보다 몇 배는 커다란 자. 거인들의 신이라 불리는 종족. 간혹 발견되는 드래곤이나 황금 고블린 같은 존재들과는 달리 신화에서만 존재하는 자들이었다.

"거, 거신이 어째서 갑자기 나타난 겁니까?"

거신은 한 주먹에 태산을 가르고, 힘만으론 그 강력한 드래곤조차 압도한다고 전해진다.

"이곳은 과거 나의 왕국 샤르샤논이 존재했던 곳이다. 저 거신은 수도의 지반을 지탱했지."

정말 옛이야기에서나 나올 법한 설화였다.

믿을 수 없다는 눈빛의 카츠를 뒤로하고 카르테온은 말

했다.

“그리 놀랄 것 없다. 세상 어딘가에는 거신들이 모여 사는 마탑이 있지. 저놈은 그중에서 제일 약해 낙오된 거신이다.”

“나, 낙오요? 그냥 몸집만 봐선 드래곤보다도 클 것 같은데요?”

“대륙을 멸망시키기 위해선 저 정도 녀석이 필요하지.”

제왕은 왼손을 들어 올렸다.

그러자 거신이 그 커다란 몸을 움직였다.

‘999번을 회귀했다고?’

카르테온은 눈매를 세웠다. 일천 번째 삶을 사는 놈이 있다면, 그 또한 흥미로운 적수다. 그처럼 훌륭한 숙적을 상대하기에 멸망사막만큼 최적의 전장도 없다.

시간 역행과 거신을 사용해 모든 걸 짓밟으리라.

‘모든 생명을 죽이고, 나는 최후에 회귀할 것이다.’

멸망사막은 유폐된 시체들이 많다. 사막을 거닐다 보면 백골이 되어버린 여행자나 몬스터를 쉽사리 볼 수 있다. 그런 뼛골들이 모여 하얗게 변한 사막 구역이 존재했다.

‘사체의 분묘.’

강윤수는 홀로 사체의 분묘로 들어섰다. 곱게 갈린 뼛가루와 마른 시체들이 사막을 희게 덮고 있었다.

“살아 있는 자다……!”

"너무 외로웠어……!"

"우리와 함께 지내자……!"

회색 피부를 가진 좀비들이 하나둘씩 접근했다. 망자의 분묘는 그 많은 시체만큼이나 언데드가 들끓는다.

강윤수는 흰 검을 휘둘러 좀비들을 처리했다.

「신탁의 검이 되살아난 자들에게 강한 위력을 발휘합니다.」

신탁의 검은 죽음을 거스른 자들에게 높은 피해를 입힌다.

카르테온 역시 예외는 아니었다.

"꼬마 리치 소환."

붉은 로브를 걸친 땅딸막한 해골이 소환되었다.

"무엇을 해야 하는가?"

"언데드와 싸워."

꼬마 리치는 지팡이를 모랫바닥에 푹 찍었다.

"죽은 자들이여. 내가 너희의 친구가 되어주겠다."

"오오……!"

"위대하신 리치시여……!"

일부 좀비들이 적개심을 잃고 도리어 같은 좀비를 공격했다. 하급 언데드를 지배하는 꼬마 리치의 권능.

'리치가 성장하면, 중급 이상의 언데드들도 지배할 수 있다.'

그들은 좀비들을 모조리 해치웠다.

학구열이 대단한 꼬마 리치가 좀비 파편을 돌아보았다.

"지금 이것들을 연구해도 되겠는가?"

"나중에 해."

"알겠다."

착한 꼬마 리치는 군말 없이 강윤수의 말을 따랐다.

백골이 무성한 사막이 드러났다. 형체를 알아볼 수 없을 정도로 부서진 사체가 있는가 하면, 모래언덕보다 커다란 뼈도 보였다.

"죽음의 기운이 짙게 느껴진다."

꼬마 리치가 즐거워하며 말했다.

강윤수는 손을 내뻗었다.

"다중시체부활."

몰골이 성한 시체 170구가량이 일어났다. 삭았거나 뼈의 일부가 손실된 시체들은 언데드로 되살아나지 못했다.

'현재 일으킬 수 있는 언데드는 중하급 수준.'

스켈레톤 트롤이나 좀비 엘프, 혹은 다크 샌드웜이 대부분이었다. 훗날 죽은 드래곤까지 일깨우기 위해선 정진해야 할 길이 한참이었다. 강윤수는 마나를 회복하며 일대의 시체를 1,000구가량 되살렸다.

「다중시체부활의 스킬 레벨이 올랐습니다.
한층 높은 등급의 언데드를 일으킬 수 있게 됩니다.」

다중시체부활의 스킬 레벨이 5가 되었다.

보통 스킬 레벨은 15레벨까지 정해져 있다. 모든 숙련도를 채우면 스킬을 마스터하게 된다.

'네크로맨서 비기 마스터를 위해선 단순히 시체를 일으키는 것만으론 안 돼.'

그저 시체를 되살리는 것만으론 모자라다. 더욱 강하고 희귀한 언데드를 일으키고, 시체들의 군단을 이끌어야 한다.

'굳이 네크로맨서 스킬뿐만이 아니다. 대륙 각지의 뛰어난 스킬을 손에 넣고 정점까지 성장해야 한다.'

강윤수는 꼬마 리치를 불렀다.

"리치."

"왜 그러는가."

"너의 연구에 도움이 될 서적을 주겠다."

"정말인가?"

꼬마 리치가 반색했다.

본래 리치란 족속은 영악하고 교활하기 짝이 없다. 언데드 군주로서 뛰어난 특성을 지녔으나, 소환수로 부리기는 부적합하다.

'하지만 꼬마 리치는 그럴 일이 없다.'

대마법사의 시체를 사용하지 않아 꼬마 리치는 불완전하게 탄생했다. 비록 지식은 모자라나 순박한 성격을 지니게 된 것이다.

강윤수는 배낭에서 나크론의 일기장을 꺼내 줬다.

"이것을 읽고 더 많은 연구를 거듭해라."

"고맙다, 주인. 언데드에 관해 상세히 서술된 책은 처음이다."

「꼬마 리치가 나크론의 일기장을 탐독하고 연구합니다.

리치의 연구력이 증가합니다.
일기장에 감춰져 있던 마법서의 기능이 밝혀집니다.」

「나크론의 일기장」
등급-희귀
최후의 네크로맨서 나크론이 서술한 서적. 언데드의 구조에 관해 상세히 적혀 있다. 영리한 네크로맨서만이 숨겨진 기능을 일깨울 수 있다.
+현재 연구 진척도: 0%

나크론의 일기장은 연구 진척도가 완벽히 채워지면 유일 등급 마법서로 변한다.

'꼬마 리치가 연구 진척도를 100%로 채우면 내가 사용해야겠군.'

언데드 연구는 귀찮고 많은 시간을 소모한다. 학구열 많은 꼬마 리치는 연구를 통해 지식도 늘릴 수 있으니 여러모로 이득이었다.

"정말 대단한 책이다! 이 책을 쓴 사람을 스승으로 삼고 싶어진다."

꼬마 리치는 흥분하며 책장을 넘겼다.

강윤수는 말했다.

"실험해 봐."

"좋다! 일기장에 나온 토대로 언데드를 만들고 싶다."

"도와줄게."

"정말 고맙다, 주인!"

꼬마 리치는 하나라도 더 배우고 싶어 안달이 난 학생처럼 책을 펴 보였다.

"나는 대재앙의 뼈 무더기 괴수를 만들어보고 싶다!"

"그건 지금 못 만들어."

대재앙의 뼈 무더기 괴수는 제작에 필요한 뼈다귀 개수만 1억 개였다.

강윤수는 페이지를 넘겨 적절한 언데드를 짚어줬다.

[그레이브 솔저]

강윤수는 언데드에게 명령해 사체의 분묘에서 시체들을 모아 왔다. 고대왕국의 인장이 새겨져 있거나, 군인의 것으로 보이는 낡은 제복을 착용한 신체 부위들을 선별했다.

꼬마 리치는 어설프게 마법진을 그리고 지팡이를 내리찍었다.

"되살아나라."

군인들의 시체가 붙으며 새로운 언데드가 탄생했다. 온몸에 독특한 십자가 무늬를 박은 검사 언데드였다.

「꼬마 리치가 첫 언데드를 창조했습니다.

리치의 두개골이 조금 커집니다.

나크론의 일기장 연구 진척도가 1% 늘어났습니다.」

"성공했다, 주인!"

꼬마 리치가 뛸 듯이 기뻐했다.

그레이브 솔저는 눈을 뜨고 주위를 천천히 둘러봤다.

"이곳이 세상이군."

"네게 명령을 내리겠다."

강윤수가 말하자 그레이브 솔저가 칼을 빼 들었다.

"누굴 죽이면 되나?"

"언데드들을 이끌고 서쪽으로 가라. 그곳에서 고대왕 카르테온의 세력을 기습해라."

"카르테온!"

그레이브 솔저가 격노했다.

"카르테온을 아는가?"

"아니, 모른다. 그러나 나의 오른팔을 이룬 자는 고대의 제왕에게 깊은 원한을 품고 있다."

현재 그가 일으킬 수 있는 언데드는 중하급이다. 그러나 나크론의 일기장을 이용해 재료를 조합하면, 상급의 언데드도 창조할 수 있었다.

그레이브 솔저는 고대 군인의 시체들로 이뤄진 상급 언데드. 고대왕에게 깊은 원한을 품고 있었으며, 지휘력이 뛰어나다. 언데드 부대를 통솔하기에 이만한 적임자가 없었다.

"카르테온은 내가 죽일 것이다!"

그레이브 솔저는 언데드 부대를 이끌고 행진했다.

사체의 분묘에서의 볼일은 끝났다.

강윤수는 꼬마 리치를 바라봤다.

"주인, 할 말이 있는가?"

어째선지 마음에 걸리는 것이 있었다.

"날 주인이라고 부르지 마."

"어째서 말인가?"

강윤수는 잠시 침묵했다. 원래라면 이런 말은 꺼내지도 않았다. 마황 살해에 불필요하니까.

하지만 어느새 자신은 말하고 있었다.

"그 말, 듣기 싫어."

"왜 주인이란 말이 듣기 싫은가? 보통 인간들은 그 말을 아주 좋아한다. 내가 주인의 하인이란 의미다."

"넌 내 하인이 아니야."

꼬마 리치는 이해할 수 없다는 듯 고개를 갸웃거렸다.

"내가 하인이 아니라면, 주인의 무엇인가?"

"몰라."

"주인은 이상한 인간이다."

꼬마 리치는 동공 없는 눈구멍을 긁적였다.

"그럼 무엇이라고 불러야 하는가?"

"마음대로 해."

꼬마 리치는 주저 없이 말했다.

"친구라고 부르겠다."

"딴 거."

"……."

꼬마 리치는 깊이 고민했다.

땅딸막한 해골은 턱뼈를 달그락거렸다.

"나는 바보다."

"알아."

"그래서 항상 더 배우고 싶다. 나는 늘 내게 가르침을 줄 수 있는 스승이 있으면 했다."

꼬마 리치는 강윤수를 올려다보았다.

"주인이 내 스승이 되어주었으면 한다."

"스승?"

"주인은 정말 대단한 인간이다. 이 세상에 아는 것도 많고 뭐든 잘한다. 그러니 내게 세상을 가르쳐주는 스승이 되어 달라."

배우고 싶은 의지가 풍부한 꼬마 리치다운 말이었다.

강윤수는 조금 생각하다가 고개를 끄덕였다.

"좋아."

"다음에 보자, 스승."

꼬마 리치는 나크론의 일기장을 꼭 쥐고 소환계로 돌아갔다.

홀로 남은 강윤수는 의문에 잠겼다.

'내가 왜 그런 말을 했는지 모르겠군.'

주인이나.

스승이나.

무슨 호칭으로 불리든 그게 무슨 상관이란 말인가.

'모르겠어.'

이번이 마지막 삶이어서일까. 자신은 조금씩 변하고 있었다. 그리고 고개를 가로저었다.

'이런 생각에 휘둘릴 때가 아니다.'

강윤수는 단말기의 버튼을 눌렀다.

전설 의뢰가 새롭게 갱신되어 있었다.

【전설 의뢰-시간의 제왕】

고대왕 카르테온이 세월을 넘어 부활했다. 카르테온은 범접할 수 없는 능력으로 대륙을 멸망시키려 하고 있다. 그의 야망을 막아내라.

보상-지배의 권능, 혹은 시간의 권능.

강윤수는 전쟁을 준비하기 위해 움직였다.

연기가 피어오르는 야영지.

카츠는 졸린 눈을 비볐다.

"거신은 어디 갔습니까? 그 커다란 놈이 자고 일어나니 보이질 않네요."

"너는 알 필요 없다."

카르테온은 사막 저편을 주시하고 있었다. 수천 마리의 미라가 주위를 헤매고 있었다. 저들이 사냥감을 찾으면 메마른 사막은 또다시 피로 물들 것이다.

"카츠, 내가 멍청한 짓을 하고 있다고 생각하나?"

카츠는 본능적으로 거짓말을 해야 함을 알았다. 그러나 이놈의 주둥아리가 주인을 닮아 도통 말을 듣질 않았다.

“예, 그렇습니다.”

“회귀란 것이 그렇게 잘못됐단 말인가?”

“그보단 남겨진 세상은 될 대로 되라는 식의 마음가짐이 참 뭣 같죠.”

카츠는 수통을 들어 물을 꿀꺽 삼켰다.

슬쩍 수통을 내밀자 카르테온은 고개를 가로저었다.

“어렵군.”

“물 마시는 법 모르십니까?”

카르테온은 희미하게 남은 눈썹을 찌푸렸다.

“그것 말고, 회귀 말이다.”

“농담한 겁니다.”

카츠가 어깨를 으쓱였다.

카르테온은 어이가 없어 웃었다.

“제법 능청스러워졌군.”

“목덜미를 졸려 봤더니 제왕의 씁쓸한 외로움을 알겠더군요.”

“무슨 소리지?”

“내 목을 졸랐을 때, 당신은 날 곧바로 죽일 수 있었어요. 내 도굴꾼 동료를 죽였듯이. 하지만 결국 날 살렸죠. 지금까지도.”

카츠가 진지하게 말했다.

“당신은 말동무가 필요했던 겁니다. 안 그렇습니까?”

카르테온은 고개를 살짝 까닥였을 뿐, 긍정도 부정도 하지 않았다.

카츠는 염려스럽기도 하고, 궁금하기도 했던 것을 물었다.

“이런 나도 죽일 겁니까?”

“이미 대답했다. 대륙의 모든 생명을 죽일 것이라고.”

카츠는 얼굴을 괴상하게 찌푸렸다.

카르테온은 픽 웃었다.

“넌 도굴꾼으로 살긴 참 아까운 놈이다.”

“그렇습니까? 그럼 나중에 묘비라도 하나 그럴듯한 놈으로 세워 주십쇼.”

“묘비명은?”

“글쎄요. 배운 것이 없어 뭘 새겨야 할지 모르겠습니다.”

“하나 추천하지. 사자(死者)의 물건을 훔치던 자, 최후에 죗값을 치르리라.”

“윽, 그럼 제 무덤을 다른 도굴꾼들이 죄다 털어갈 것 같은데요? 뭐, 훔쳐갈 것도 없겠습니다만.”

“유품을 절도하는 것은 좋으면서 도난당하는 것은 싫나?”

“당연한 것 아닙니까?”

“내가 회귀를 바라는 것과 비슷한 맥락이군.”

카츠는 뒤통수를 얻어맞은 표정을 지었다.

그는 괜히 부끄러워져 주제를 바꾸었다.

“제왕께선 묘비명, 생각해 두셨습니까?”

“난 이미 한 번 죽었다. 내 관이 있던 곳에 묘비명이 새겨져 있었지.”

카츠는 기억을 되새겼다. 그러고 보니 무덤에 알 수 없는 문자들이 빼곡하게 적혀 있긴 했다.

"그 묘비명이 뭐였는데요?"

카르테온이 무어라 입을 열려던 순간이었다.

순간 제왕은 곧바로 미간을 찌푸렸다.

"기습이다."

"예?"

주위는 고요했다.

카츠는 주위를 둘러보다가 불현듯 저 너머에서 피어오르는 흙먼지를 보았다. 족히 일천 마리가 넘는 언데드 떼가 줄지어 돌격해 오고 있었다.

"뭐, 뭐야! 갑자기 언데드 떼라니?

"저놈들 하나로 오늘 하루가 저물진 않을 거다."

카르테온은 기다렸다는 듯 모래언덕을 내려가 미라들을 소집했다. 카츠는 얼른 그 뒤를 따라갔다.

시간의 제왕과 회귀자.

그 전쟁의 서막이 올랐다.

5장
얼마든지 회귀해라

카르테온의 미라들은 강력하다.

이들의 특이점은 언데드이면서도 드높은 충성심을 가지고 있다는 것이다. 규율에 맞춰 진형을 이루고, 고대왕의 명령에 맹목적으로 충성한다.

"적들을 죽여라."

카르테온의 명령이 떨어지자 미라들은 돌격했다.

수천의 미라는 각양각색이었다. 인간 크기의 미라가 있는가 하면, 오우거보다 커다란 미라가 쾅쾅 거동하기도 했다. 강력한 힘으로 적을 파쇄하거나, 핏빛 붕대를 풀러 적을 오염시키기도 했다.

"놈들은 미라들이다! 속박당하지 말고 싸우는 것에 집중하라-!"

그레이브 솔저는 선두에서 명령을 내렸다. 번뜩이는 칼이 미라들을 단칼에 베어갔다.

"우두머리는 고대왕 카르테온이다! 원거리 공격을 할 수 있는 언데드는 모조리 놈을 노려라-!"

스켈레톤 궁사들이 활을 들고 시위를 당겼다.

카르테온은 왼손을 휘둘렀다. 그러자 미라들이 방패처럼 화살을 막았다.

"놈들은 고작 일천에 불과하다! 칠천 이상의 병력 앞에선 무력할 뿐! 두려워 말고 결사하라!"

수적으론 언데드 부대가 훨씬 부족했다. 실제로 전황 역시 카르테온에게 유리하게 돌아갔다.

그러나 제왕은 긴장을 풀지 않았다.

'너무 쉽군. 하나 마나 한 기습을 함부로 시도했을 리가 없다.'

갑작스레 그들의 위치를 파악하고 기습을 해왔다. 지휘자가 존재하니 단순한 언데드 몬스터들의 기습은 아니었다. 누군가 의도적으로 카르테온에게 전쟁을 선포한 것이다.

'누가 오든 마찬가지다. 가루가 되도록 밟아버릴 뿐.'

그 순간이었다.

그레이브 솔저가 힘차게 돌격해 미라 세 마리를 연속으로 베었다. 언데드의 힘찬 칼날이 카르테온의 목덜미를 훱쓸었다.

"카르테온-!"

그러나 카르테온은 시간을 5초 뒤로 되돌렸다.

그레이브 솔저의 칼을 회피하고 오른팔로 놈을 붙잡았다.

"커, 커헉-!"

"그 칼부림, 익숙하군. 고대에 활동했던 누군가가 너를 이루고 있나?"

"너, 너를 증오한다!"

"뭐, 상관없지."

카르테온은 그레이브 솔저를 말려 죽였다.

레벨 다섯 개가 올랐고, 언데드가 쓰던 검을 손에 넣었다.

「레막시아의 칼」

'내가 예전에 사형시켰던 부패 군인의 칼이군.'

세월이 흘러도 칼날의 예리함은 변함이 없었다. 지휘자를 잃은 언데드 부대는 삽시간에 초토화됐다. 카르테온은 언데드들의 마무리를 지으며 시간의 힘을 축적했다.

카츠는 이러지도 저러지도 못한 채 그의 뒤를 따라왔다.

"휴우. 빨리 끝나서 다행입니다."

"놈들의 전략이 너무 진부해서 코웃음도 못 치겠군."

"예? 뭐가 말입니까?"

"언데드들은 유인책이었다."

카르테온은 칼을 들어 주위를 가리켰다. 이곳은 높은 모래 언덕이었다. 네 방향에서 동시에 모래 먼지가 피어오르고 있었다.

"와아아아-!"

파이어 트롤과 엘프 연합군이 카르테온 격퇴를 위해 돌격해 왔다.

강윤수는 흙의 지팡이를 들었다.

사막의 모래를 다지고, 흔들어 함정을 제작했다. 마나를 회복해 가며 계속 마법을 썼다.

「지팡이의 한계를 지나치게 이끌어냈습니다.」

「더 이상 사용하면 지팡이의 내구력이 줄어 파괴됩니다.」

강윤수는 아랑곳하지 않고 지팡이의 힘을 최대한으로 이끌어냈다. 얇은 모래막 아래로 구덩이들이 깊게 파였다.

동시에 흙의 지팡이가 타각- 하고 부러졌다.

"이쪽으로 유인하라."

엘프 마법사들은 고개를 끄덕이고 강윤수의 명령을 부대원들에게 전달했다.

선두에 선 파이어 트롤이 달려드는 미라 부대에 맞부딪혔다. 제대로 힘의 정도를 측정하기도 전에 미라들의 모랫바닥이 푹 꺼졌다.

푸석-!

미라 몇몇이 구덩이로 빠졌다.

그 덕에 앞으로 돌진할 구실이 생겨났다.

파이어 트롤들은 몸에서 열기를 잔뜩 내뿜었다.

"간만의 전장이다!"

"온몸의 힘이 끓어오른다!"

트롤들은 핏줄이 새파랗게 선 팔뚝을 휘둘러 미라들을 산 채로 뜯어버렸다.

"허약한 것들이군."

거구의 미라 부대가 진형을 바꾸며 나타났다. 커다란 덩치를 지닌 미라들은 강력한 완력으로 트롤을 집었다. 가장 선두에서 돌진하던 파이어 트롤 스무 마리가 순식간에 몸이 꺾여 죽었다.

"크, 크루퀴!"

"이 자식! 감히 내 동생을!"

파이어 트롤들이 흥분해 나서려는 것을 야나크가 진정시켰다.

"흥분하지 말고 진열을 지켜라! 거대한 미라들은 엘프들이 처치할 거다!"

후열에서 주문을 외우던 엘프들이 지팡이를 휘둘렀다.

"흉포한 자에게 화염의 철퇴를."

"빛남보다 어둠을 즐기는 자들이여, 쇠퇴하리라."

힘차게 쏘아진 마법들이 거대 미라의 몸에 직격했다. 빛에 닿아 몸이 불타거나 휘감은 붕대에 기름칠이 됐다.

"제1부대, 3열 전력사격."

강윤수가 명령을 내리자 엘프들이 동시에 불화살을 날렸다. 무척 먼 거리였으나 엘프의 활은 원거리 저격이 가능할 만큼 뛰어난 성능을 갖췄다.

거대 미라 다섯 마리가 불에 타 사막에 쓰러졌다.

'역시 쉽지 않군.'

강윤수는 높은 언덕에서 두 세력의 싸움을 지켜보고 있었다. 네 방향으로 갈라진 부대들은 카르테온의 군세를 한 곳에 몰아뒀다. 그럼에도 미라들의 숫자는 크게 줄어들지 않고 있었다.

'카르테온의 능력이 출중해서다.'

강윤수가 명령을 내리고, 그것을 판단해 따르는 파이어 트롤과 엘프와는 다르다.

카르테온은 왼손을 휘둘러 미라들을 조종할 수 있다.

'왼손을 사격하거나 잘라 버린다고 해도 시간을 되돌려 복구할 테지.'

시간을 다루는 제왕.

단지 그것만으로도 까다롭기 짝이 없는 상대였다. 밀리는 전세를 역전하기 위해선, 전력 증강이 답이었다.

강윤수는 오른손을 내뻗었다.

"샐러맨더 샐리 소환. 백랑괴수 화이트 소환. 아이시클 아클 소환. 꼬마 리치 소환."

강윤수가 현재 데리고 있는 소환수들이 모두 소환되었다.

"뭐야? 또 사막에서 날 불러낸 거야?"

아클이 곧장 심통을 부렸다. 그러자 샐리가 자기보다 큰 소년의 옷깃을 잡아당겼다.

"아클, 아빠한테 그렇게 말하지 마."

"흥! 나보다 약한 녀석의 말 따윈 안 들어."

"으아앙! 아빠, 아클이 샐리 놀렸어!"

"남매끼리 싸우지 마라, 싸우면 아프다."

착한 꼬마 리치가 중재를 했다. 여러 소환수를 한꺼번에 불러내니 난잡하기 짝이 없었다. 굳이 병력을 네 개로 나눈 이유가 바로 이것이었다.

"모두 부대를 하나씩 맡아 전쟁에 참전해."

"리마리코로?"

화이트가 묻자 강윤수가 고개를 끄덕였다.

"적의 우두머리는 시간을 다룬다. 그러니 미라들을 처리하는 걸 우선시해."

세 소환수는 각자의 부대로 흩어져 싸움에 참가했다.

혼자 멀뚱멀뚱 남은 아클을 강윤수는 물끄러미 바라봤다.

아클은 새빨개진 얼굴로 소리쳤다.

"젠장! 뭘 봐! 그래, 난 사막에선 쓸모없단 말이다!"

"이걸 빌려주지."

강윤수는 배낭에서 서릿발 왕관을 꺼내 던져주었다.

아클이 왕관을 쓰며 더듬더듬 말했다.

"음, 너, 생각보다 괜찮은 녀석이네?"

"그 왕관은 너무 많이 쓰면 미치니까 조심해."

아클까지 내려가자 강윤수는 몸을 일으켜 세웠다.

방금까지 밀렸던 전세가 조금씩 회복되었다.

사막의 열기를 흡수한 샐리는 불의 파도를 일으켰고 꼬마 리치는 시체를 되살려 아군을 늘렸으며, 화이트는 폭풍처럼 전장을 누볐고 아클은 신나게 얼음폭풍을 일으켰다.

'소환수들도 성장했군.'

각자의 특성을 살려 싸움을 이끌 수 있게 되었다.

「백랑괴수 화이트가 스무 마리의 미라를 물어 죽여 야성이 폭주했습니다.」
「새로운 스킬, 울브즈 피어를 배웠습니다.」

화이트는 새 스킬까지 획득했다.
전쟁은 참혹하지만, 아이러니하게도 성장의 밑거름이 됐다.
'지금까진 잘해내고 있다.'
본래 카르테온은 지금 만나서 해치울 수 있는 상대가 아니었다. 싸운다고 할지라도 전쟁이 아니라 암살을 시도하는 편이 안전했다.
'카르테온 혼자만 죽이는 것은 간단했지.'
과거 강윤수가 가장 깔끔하게 카르테온을 처치했던 방법은 바로 수면제였다.
그는 몰래 붕대를 휘감고 미라들 사이에 잠입해 음식에 수면제를 타뒀다. 카르테온은 시간을 되돌릴 새도 없이 잠이 들고, 강윤수는 그사이 제왕을 죽였다.
'하지만 그렇게 해치워선 얻을 수 있는 보상이 얼마 없다.'
카르테온은 세월을 뛰어넘어 부활한 탓에 레벨이 떨어져 있다. 죽인다고 해도 레벨은 거의 오르지 않는다. 하지만 제왕의 부하들은 훌륭한 보상을 떨어뜨리고 경험치도 많이 준다.
'암살을 시도했다면, 희생자는 없었을 테고 전쟁도 일어나지 않았다. 그러나 마황과 싸우기 위해선 가장 높이 성장해

야 해.'

강윤수는 일부러 험준하고 어려운 길을 택했다.

카르테온은 엘프들을 학살했다.

그는 알면서도 막지 않았다. 본래 죽지 않았을 자들이 그의 선택 아래에 희생됐다. 울지 않았을 자들도 울게 됐다.

'변명하지 않겠다.'

이제 와서 죄책감과 동정심이 들기에는 너무 오래 살아왔다.

강윤수는 맹목적으로 되새길 뿐이다.

그저 모든 문제를 해결할 방법은 단 하나.

'마황을 죽이는 것이다.'

치열한 접전이 이어졌다.

그러나 강윤수는 후방에서 명령만 지시했다.

'아직 내가 참전할 순간이 아니다.'

그는 해가 떨어지는 간격을 가늠했다.

예정된 시각이 되었다.

'이제 나타날 시간이군.'

불현듯 어두운 그림자가 사막을 집어삼켰다. 커다란 울음소리가 사막을 뒤흔들었다.

"크라아아아앗-!"

자신이 어느 편인지 혼동되어 도망만 다니던 카츠가 비명을 내질렀다.

"이, 이그누스 드래곤! 멸망사막의 지배자!"

검붉은 비늘로 뒤덮인 드래곤이 하늘을 주행해 오고 있었다. 그저 그것만으로도 사막의 대부분이 그늘로 덮였다.

카르테온은 순수한 의미로 감탄했다.

"고대의 용들보다 훨씬 거대해졌군."

"지금 감탄하고 있을 때입니까?"

카츠는 말하면서도 당황했다.

지금 카르테온의 군대가 몰살당하면 오히려 다행 아닐까? 그런 생각을 읽기라도 한 듯 카르테온이 낮게 웃었다.

"결코 나의 군세가 지는 일은 없다. 설령 적이 드래곤일지라도."

제왕은 드래곤 앞에서도 전혀 당황하지 않았다. 이그누스 드래곤은 수천의 미라 앞으로 내려왔다. 거친 풍압이 모래를 휩쓸었고, 드래곤은 아가리를 열었다.

화아아악-!

지옥 불만큼 뜨거운 화염숨결이 미라들을 덮쳤다. 카르테온은 왼손을 휘저어 진형을 고쳤으나 수백의 미라가 순식간에 타버렸다.

"사, 살려줘!"

한 엘프가 대형 미라에게서 도망치며 소리쳤다. 드래곤은 발톱으로 미라를 짓눌렀다. 수십 명이 동원해서 싸워도 부족했던 대형 미라가 으깨졌다.

이그누스 드래곤은 크게 날갯짓을 했다.

"사막의 폭풍이여, 모든 걸 휩쓸어라."

드래곤의 마법.

일반 마법사의 그것과는 비교도 할 수 없는 수준이었다. 날갯짓 끝에서 시작된 바람이 모래를 집어삼키며 폭풍으로 변모했다.

서거거거걱-!

수많은 미라가 모래폭풍에 휩쓸려 몸이 찢겨 버렸다. 아군조차 폭풍에 휩쓸리지 않도록 각별히 조심해야 했다.

"저것이 바로 드래곤이다!"

"위대한 존재가 함께하신다!"

고작 등장 한 번만으로 우위를 점해 버렸다.

전쟁의 결과는 뻔해 보였다.

카르테온이 왼손을 들어 올린 것은 그 순간이었다.

"강대한 드래곤 하나 탓에 끝나 버리는 전쟁이라니. 너무 진부하고 시시하단 생각이 들지 않나?"

폭풍 아래의 모래사막에서 거대한 형체가 몸을 일으켰다. 거센 폭풍이 일었지만 아무 소용 없었다. 그 형상은 마치 사막 전체가 무너지는 것처럼 보였다.

"맙소사!"

"거인? 아냐! 거인보다 훨씬 커다랗다!"

거신은 달렸다.

지진이 일어난 것처럼 사막이 거칠게 울렸다.

"크라라라-!"

이그누스 드래곤은 곧장 불길을 내뿜었다.

화아아악-!

거신은 불꽃을 헤치고 돌진했다. 커다란 손아귀가 이그누스 드래곤의 날개를 움켜쥐고, 찢어버렸다.

"크라라락-!"

이그누스 드래곤이 괴성을 내질렀다. 피가 폭포수처럼 흘러내리고, 찢긴 날개가 떨어졌다. 그러나 물러나기는커녕 눈매가 사납게 세워졌다.

"태고부터 무지했던 존재가 힘만 믿고 나서는구나!"

드래곤은 송곳니 같은 이빨로 거신의 어깨를 깨물었다. 어깨뼈가 으스러지는 굉음이 고막이 찢어질 정도로 크게 울렸다. 거신은 끔찍한 비명을 내지르며 드래곤의 목을 후려쳤다.

콰직-! 퍼거걱-!

거대한 두 존재가 맞붙으며 전쟁의 판도가 바뀌었다.

양측 모두 거신과 드래곤의 혈투를 바라볼 수밖에 없었다. 함부로 움직였다간 그대로 묵사발이 날 것이 분명했기 때문이다.

"크으워어엇-!"

거신이 기합성을 내뱉곤 주먹을 날렸다. 드래곤의 아가리가 깨지며 기둥 같은 이빨이 부러져 나갔다.

두 존재가 부딪힐 때마다 대기가 쩌렁쩌렁 울렸다.

"나의 이빨이여, 대지의 육신과 겹쳐 새로운 힘을 얻으라-!"

이그누스 드래곤이 대마법을 시전했다.

떨어져 나간 이빨들이 형체를 이루어 일어났다. 바로 용아병 군단이었다.

"거신을 해치운다-!"

용아병들은 커다란 대검을 들었을 뿐만 아니라 엄청난 근육질이었다. 일전 맹약의 보주에서 나왔던 허상과는 비교도 안 될 만큼 지독한 괴력이 거신의 발을 휩쓸었다.

"우, 우리도 돕자!"

"계속 멍하니 있을 순 없어!"

뒤늦게 엘프들이 활을 집었다. 그러나 화살은 거신의 살가죽조차 꿰뚫지 못하고 튕겨 나왔다. 파이어 트롤들은 짓밟힐까 봐 감히 접근조차 못 했다.

'거신의 레벨은 600 이상이다. 제아무리 드래곤이라도 쉽지 않은 상대지.'

카르테온은 여유롭게 웃었다.

드래곤이 강대한 존재란 것은 인정한다. 그러나 저 거신은 고대에 보유했던 전력 중 가장 강력한 존재였다.

'질 리가 없다.'

날개 한 짝이 뜯긴 이그누스 드래곤은 점차 밀리고 있었다.

카르테온의 미라들도 다시 공격을 시작했다.

두 거대한 존재 아래에서 세력끼리의 전쟁이 치열해졌다.

우위가 상대편으로 넘어갈 즈음, 강윤수는 마침내 행동을 개시했다.

'이제 시간이 됐군.'

그는 호흡을 가다듬고 몸속 깊이 간직된 힘을 일깨웠다.

「프로스트 데몬의 겨울조각이 힘을 발휘합니다.」

「이 힘은 빌리는 것입니다. 훗날 격통으로 대가를 치러야 합니다.」

「악마화가 이루어집니다.」

강윤수의 등에 잿빛 날개가 펼쳐졌다. 머리에는 작고 견고한 두 개의 뿔이 솟아올랐다. 별안간 그의 낯빛이 차가워졌다.

「종족이 서리악마로 변환되었습니다. 오늘의 유지 시간은 자정까지입니다.」
「평소 행실이 악마 종족과 지나치게 어울립니다. 악마의 힘을 확고히 이끌어냅니다.」
「악마로 변해 있을 동안 444가지의 악행을 벌이면, 악마군주를 물색하는 세력이 초대장을 보냅니다.」
「악마화는 66일에 한 번씩 가능하며, 횟수를 초과했을 시 다신 인간으로 돌아올 수 없습니다.」

서리악마는 흑마법뿐만 아니라 괴력까지 갖춘 종족이다.
거신과 드래곤에 대응할 특성을 지닌 종족은 오로지 하나.
악마뿐이었다.
'우선 거신을 죽인다.'
뜨거운 사막 아래 냉혹한 악마가 날개를 펼쳤다.
강윤수는 하늘로 날아올랐다. 무기가 부딪치고, 피가 뿜어지는 전장이 한눈에 보였다.
드드드-!
신탁의 검이 울렸다.
본래 순백이었던 칼이 손아귀에서 검게 변하고 있었다.
'신탁의 검은 악마 상태에선 쓸 수 없지.'
신탁의 검은 여신의 신랑에게 주어지는 성물. 악마의 손아귀에선 그 힘을 잃고 만다. 강윤수는 검을 칼집에 넣고 아클에게로 날아갔다.

"아클."

"에이씨, 한창 싸우는데 왜 그래! 엇! 너 왜 갑자기 날아다녀? 박쥐랑 이종교배라도 한 거야?"

"얼음으로 여덟 자루의 검을 만들어줘."

"췟! 귀찮으니까 대충 만들어줄 거야!"

아클은 심혈을 기울여 여덟 자루의 얼음대검을 조형했다.

강윤수는 손가락 사이로 칼자루를 하나씩 끼웠다. 결론적으로 총 여덟 자루의 검을 양손으로 든 모양새가 되었다.

'이종족으로 변했을 때만 가능한 검술이지.'

얼음대검은 서리악마와도 상성이 좋은 무기였다.

강윤수는 다시 날아올랐다.

서리악마로 변하며 일시적으로 얻게 된 스킬들이 표시되었다.

「넘치는 악마의 괴력(Lv11)」

「콜드 아머(Lv9)」

「지옥생물소환(Lv8)」

「아이스 터치(Lv12)」

"지옥생물소환."

일시적으로 차원이 뒤틀렸고 흉측한 괴물들이 튀쳐나왔다.

"쿠루와아아악-!"

판데모니엄의 공기를 들이마셔 미쳐 버린 괴물들. 뿔이 돋아난 코볼트나 보랏빛 점박이가 된 고블린들이었다.

'이놈들은 누구의 명령도 듣지 않지.'

강력하나 통제 불가능한 괴물. 그러나 강윤수가 뭐라 하지 않았음에도 지옥생물들은 거신에게 돌격했다.

"크다! 푸하핫! 살점! 많다!"

"크로아아아악! 전부 뜯어먹어 주겠다!"

거신의 살점은 지옥생물들이 좋아하는 독소가 풍부했다. 화살조차 먹히지 않던 살가죽을 지옥생물들은 이빨로 콱콱 찢어 먹었다.

거신은 괴성을 지르며 발을 휘저었다.

콰지직-!

일대가 휩쓸리며 지옥생물들이 짓밟혀 터졌다. 그 틈을 노려 강윤수는 거신의 복부에 안착했다. 동굴처럼 커다란 배꼽이 보였다.

'대륙의 광부로서 예순일곱 개의 보석 광산을 정복했던 삶.'

강윤수는 여덟 자루의 칼로 살점을 파냈다.

드래곤과 혈투를 벌이던 거신이 갑자기 비명을 내질렀다.

"크어어억!"

거신은 몸을 거칠게 흔들었지만 강윤수는 떨어지지 않았고 오히려 이그누스 드래곤에게 공격권을 빼앗겨 팔뚝을 물리고 말았다.

카득! 카드득!

강윤수는 바위 같은 살가죽을 칼로 그었다. 누구나 그렇듯 배꼽에 바늘을 꽂는 것은 명백한 고문 행위다.

거신이라고 별다르진 않았다.

'몸집은 커도 체형은 인간과 같다.'

"크어어억!"

거신은 괴성을 지르며 복부를 퍽퍽 내려쳤다. 그 탓에 강윤수는 밖으로 튕겨나 갔다.

"크아아앗-!"

거신의 손아귀가 다가왔다.

그는 날개를 살짝 접어 비행 궤도를 비틀었다.

"학살연무."

강윤수는 모든 방향으로 검을 휘둘러 다섯 손가락을 차례로 베었다.

거신이 한눈 팔린 사이 이그누스 드래곤이 세찬 불길을 내뱉었다.

"크아악-!"

거신의 눈동자에 뜨거운 화염이 닿았다.

강윤수는 숨도 쉬기 힘들 정도로 높이 날아올랐다.

"거신의 약점은 미간이다."

이그누스 드래곤은 눈가에서 나는 그를 성가시다는 듯 보았다. 그러나 이내 아가리를 벌리고 세찬 불길을 거신의 미간에 꽂았다.

화아악—!

거신은 필사적으로 미간을 가렸다.

손등으로 불길을 쳐낸 뒤 강력한 주먹으로 드래곤의 아가리를 후려쳤다. 이빨 너덧 개가 부러지고, 거신은 드래곤의 목덜미를 붙잡았다.

콰직—! 퍼걱—! 퍼거걱—!

거신이 거센 주먹질을 갈겼다. 비늘과 살점이 으깨지는 소리가 잔혹하게 울렸다. 핏물이 떨어지고 흉상은 진득하게 남았다. 드래곤의 얼굴이 점차 뭉개졌다.

"이그누스 드래곤이시여!"

용아병들은 포효했으나 드래곤이 당하는 것을 보고 있을 수밖에 없었다.

트롤과 엘프들도 비참한 광경에 차마 눈을 뜨지 못했다.

절대적 강함의 증표인 드래곤이 처참히 몰락하고 있었다.

"죽어라, 드래곤이여!"

카르테온이 양팔을 벌리며 소리쳤다.

거신이 피범벅이 된 주먹을 높이 들었다. 마무리 일격이 전쟁의 종막을 선포하려던 순간이었다. 거신의 미간 위로 악마 한 마리가 내려앉았다.

"절대영도."

극악의 추위가 거신의 미간을 얼어붙게 했다. 거신은 괴성을 지르며 미간을 손으로 휩쓸었다. 그러나 강윤수는 빠른 날갯짓으로 손아귀를 피해 갔다.

"아이스 터치."

양손에서 시퍼런 한기가 뿜어져 나왔다. 얼음대검이 견고히 얼어붙어 더욱 예리해졌다.

"심연의 검술."

강윤수의 공격이 거신의 약점을 가격했다. 두꺼운 살가죽을 눈부신 칼놀림이 관통했다. 여덟 자루의 얼음칼이 핏물을 삼켜 붉게 물들었다.

"크아아악-!"

거신은 드래곤을 쥔 손아귀를 놓고 미친 듯이 미간을 내려쳤다. 그러나 강윤수의 날갯짓은 벌새처럼 빨랐다.

강윤수는 날아다니면서 매서운 검격을 퍼부었다.

"심연의 검술. 심연의 검술. 심연의 검술."

붉어진 얼음칼이 핏빛 폭풍을 자아냈다.

미간의 살가죽이 뜯기며, 커다란 보석이 드러났다.

바로 거신의 약점이었다.

"크라라라라-!"

너덜너덜해진 드래곤이 피를 뚝뚝 흘리며 달려들었다. 드래곤의 피로 물든 송곳니가 짐승처럼 거신의 미간을 물어뜯었다.

거신은 비명을 내질렀으나 이그누스 드래곤은 악착같이 물고 버텼다.

거신의 보석에 쩌적 하고 금이 갔다.

"크허허허헉—!"

커다란 몸이 비틀거렸다. 거신이 애원하듯 눈동자 위의 그를 바라봤다. 강윤수는 검으로 미간의 보석을 내려쳤다.

"죽어."

콰지지지지직—!

거신의 보석이 무참히 깨졌다. 커다란 몸뚱이가 뒤로 넘어갔다. 지진이 일 듯 사막의 모래 먼지가 거칠게 올라왔다.

콰가강—!

「거신의 수호석을 파괴했습니다.」

「거신에게 마무리 일격을 가했습니다. 인간이란 작은 종족으로서 믿을 수 없는 업적을 세웠습니다.」

「악마군주를 탐색하는 세력은 당신을 눈여겨볼 것입니다.」

거신이 죽었다.

트롤과 엘프들은 믿을 수 없다는 듯 눈앞의 광경을 직시했다.

잠시간 침묵이 흘렀다.

가장 먼저 입을 연 것은 피범벅이 된 야나크였다.

"으아아아!"

파이어 트롤의 포효가 울렸다.

그제야 모두가 함성을 터뜨렸다.

"거신이 죽었다!"

“이겼다! 우리가 이겼어!”

“마침내 죽은 엘프들의 원수를 갚았다!”

살아남고 승리한 자들은 서로 얼싸안았다.

카르테온의 미라들도 더 이상 공격하지 않고 물러났다.

이그누스 드래곤은 지친 듯 눈꺼풀을 감았다.

“이래도 내 새끼를 살리지 못한다면 네놈을 먹을 것이다.”

“살릴 거야.”

“왜 반말이지?”

“그럴 때도 됐잖아.”

이그누스 드래곤은 어처구니가 없다는 듯 웃었다.

강윤수는 거신의 시체를 내려다보았다.

‘오랜 세월 탓에 늙어버린 거신이라 다행이었군.’

이번에 상대한 거신은 일반 거신의 10분의 1조차 못 되는 힘을 가졌다. 마탑에 서식하는 거신은 드래곤조차 이길 수 없는 힘을 지녔다. 만일 진정한 거신이 왔다면, 이 자리에 있는 모두가 죽었으리라.

‘경험치가 제법 올랐군.’

강윤수는 마무리 일격만 지었을 뿐이다.

그럼에도 레벨이 25나 올랐다.

모두가 승리의 환희에 취해 있을 때였다.

순간, 침묵이 일었다.

일상 속 시끄럽던 공간에 갑작스러운 조용함이 스치는 것처럼 자연스러웠다.

한 남자의 박수 소리가 울렸다.

짝. 짝. 짝. 짝.

"훌륭하군. 진심으로 감탄했다."

카르테온이었다.

제왕의 진중한 목소리가 전장에 깊게 울려 퍼졌다. 모두가 긴장을 늦추지 않고 그를 노려봤다.

카르테온은 아랑곳하지 않고 하늘 위의 강윤수를 바라봤다.

"드래곤까지 불러온 것도 모자라 악마로도 변할 줄이야. 전쟁이 끝나면 꼭 네놈의 정체를 파악해야겠군."

이그누스 드래곤은 크르렁거렸다.

"닥치고 허세는 버려라. 멸절할 놈. 네놈은 패배했다."

"그래, 나의 패배였다."

카르테온은 차갑게 말했다.

"그러니 다시 시작하지."

시간의 제왕은 죽은 거신을 향해 왼손을 들어 올렸다.

"시간부활술."

「시간의 힘을 50,000 소모했습니다.」

「수많은 시간의 힘을 소진하여, 하나의 생명을 되살립니다.」

「강력한 생물체인 만큼, 부활 시간이 길어집니다.」

「현재 보유한 시간의 힘:60,213」

목숨을 잃은 거신 주위의 공간이 일그러졌다. 흡사 저 혼자만 흘러가는 시간이 다른 것처럼.

「사망한 거신, 라우잔의 시간이 되감기고 있습니다.」
「거신이 완전히 부활하면, 획득한 경험치가 사라집니다.」
「거신이 부활하기까지 앞으로 500초.」

"뭐, 뭐냐! 저게!"
"그 고생을 해서 쓰러뜨린 거신이 다시 일어난다고?"
"빌어먹을! 안 된다!"
"거신이 되살아나면 모든 게 수포로 돌아간다!"
엘프들은 주문을 외우고 시위를 당겼다. 그러나 이미 카르테온의 주위로 미라들이 원형을 그리고 있었다.
파이어 트롤들이 목숨을 불사르며 돌격했으나 방어진은 견고했다.
"크라라라라-!"
이그누스 드래곤이 격노하며 달려들었다.
카르테온은 여유롭게 말했다.
"방호벽은 견고하다."
주술의 힘을 가진 미라들이 결계를 펼쳤다. 허공까지 이어진 두꺼운 결계가 드래곤의 발톱을 막아냈다.
이그누스 드래곤의 화염 브레스조차 결계 앞에 막혔다.
"이 결계는 반 시간 동안 유지된다. 그동안은 그 누구도 이곳에 접근할 수 없지."
결계가 카르테온과 미라들을 보호했다.
거신의 상처가 수복되고, 점차 몸을 일으키기 시작했다.

모두가 절망했다.
시간을 지배하는 제왕.
저자를 누가 이길 수 있겠는가?

"자, 모든 걸 재시작하지. 이번에는 누가 죽을지 기대되는군."
거신의 부활 시간이 40초 밑으로 떨어졌다.
강윤수가 말했다.
"너는 죽는다."
"근거 없는 허세인가?"
그는 짧게 대답했다.
"아니."
카르테온은 순간 살기를 느꼈다.

서걱-!

등 뒤에서 검은 낫을 든 미라가 카르테온을 베었다.
순간 시간부활술의 시전이 풀릴 뻔했지만, 카르테온은 간신히 주문을 유지했다.
'뭐지?'
재빠르게 몸을 숙인 덕에 상처는 없었다.
그 순간, 앞에 있던 미라가 기다란 마나의 실을 뽑아 들었다. 서른 개가 넘는 전투인형이 튀어나와 카르테온에게 돌진했다.
'젠장!'
다른 미라들이 카르테온의 앞을 방패처럼 막아섰다. 개중

한 미라가 갑자기 뒤돌더니 카르테온을 모래에 처박았다.

"커헉-!"

괴력이었다.

카르테온의 머리뼈가 갈라졌다.

「시간부활술이 취소됩니다.」

「시간의 힘은 되돌려 받지 못합니다.」

미라는 말했다.

"답답해 죽는 줄 알았구나."

"그러게 말이에요. 아무리 잠입이라곤 해도 전쟁 초반부터 계속 미라처럼 다녔다구요."

낫을 든 미라가 한숨을 쉬었다.

헨릭은 몸에 휘감은 낡은 붕대를 벗었다.

"그런데 저놈은 또 왜 악마처럼 변해 있는 거야? 잘 어울리긴 한다만."

강윤수는 핏물에 휘감긴 카르테온을 내려다봤다.

그는 말했다.

카르테온이 그 누구에게서도 듣지 못한 말이었다.

"네가 원하는 만큼 회귀(回歸)해도 좋다."

카르테온은 시간을 되돌렸다.

숨을 헐떡였고 눈앞은 희미했다.

'이번에야말로 벗어난다.'

강윤수가 말했다.

"너는 죽는다."

카르테온은 곧장 몸을 돌이켜 칼을 뽑았다.

미라로 위장한 샤네트를 베려고 한 순간, 전투인형들이 그를 덮쳤다. 다섯 개의 인형을 박살 내고, 다른 미라들을 불러냈으나 아이리스가 다가와 그를 박살 냈다.

「시간을 40초 되돌렸습니다.」

「시간의 힘을 일정량 소모했습니다.」

「시간을 56번 되감아 육체가 상당량 손상됩니다.」

강윤수가 말했다.

"너는 죽는다."

카르테온은 재빠르게 도주했다.

그러나 자신이 친 결계 앞에서 맥없이 막히고 말았다. 보호를 위해 쳐둔 결계가 오히려 퇴로를 차단하고 있었다.

"젠장!"

도망칠 수 없단 것을 알면서도 카르테온은 결계를 주먹으로 세게 쳤다. 이번에는 헨릭의 전투인형이 다가와 그의 가슴을 베었다.

「시간을 40초 되돌렸습니다.」

「시간의 힘을 일정량 소모했습니다.」

「시간을 94번 되감아 피부가 조금 갈라집니다.」

강윤수가 말했다.

"너는 죽는다."

본래 레벨이었다면 저딴 놈들에게 깨지는 일 따윈 없었을 것이다. 결계를 세운 미라들을 죽일지라도, 결계는 반 시간 동안 유지된다.

미라들을 방어벽으로 세울지라도 놈들이 자신을 죽이는 것은 결코 막을 수 없었다.

'뭔가, 뭔가 방법이 있을 거다.'

그리고 아이리스에게 턱뼈가 깨졌다.

「시간을 40초 되돌렸습니다.」

「시간의 힘을 일정량 소모했습니다.」

「시간을 178번 되감아 두통이 시작됩니다.」

강윤수가 말했다.

"너는 죽는다."

카르테온은 이를 갈았다.
'뭘 어떻게 해도 벗어날 수가 없다!'
40초를 간격으로 두고 똑같은 상황이 연이어 반복됐다.

같은 상황.
같은 적.
같은 죽음.

동일한 것들이 백 번 넘게 반복되니 미칠 것만 같았다.
헨릭의 인형이 쏜 화살이 가슴을 관통했다.

「시간을 40초 되돌렸습니다.」
「시간의 힘을 일정량 소모했습니다.」
「시간을 217번 되감아 미각이 사라집니다.」

강윤수가 말했다.
"너는 죽는다."
"커헉!"
카르테온은 넘어져 구토했다.
제왕이란 직위를 잊을 만큼 카르테온은 피폐해졌다.
시간을 되돌릴 때마다 들려왔다.

너는 죽는다.
너는 죽는다.
너는 죽는다.

벗어날 수 없는 굴레.
지옥 같은 회귀.
반복되는 시간.

"빌어먹을!"

카르테온은 고역이 담긴 비명을 내질렀다.

그렇게라도 하지 않고서야 버틸 수 없었다.

샤네트는 그 모습을 보고 의아해했으나 사이드를 쥐고 걸어왔다.

"커헉!"

카르테온은 그 모습이 낫을 들고 오는 사신처럼 보였다.

그의 몸이 사이드에 깊이 베였다.

「시간을 40초 되돌렸습니다.」
「시간의 힘을 일정량 소모했습니다.」
「시간을 349번 되감아 후각이 손실됩니다.」

강윤수가 말했다.

"너는 죽는다."

카르테온은 무릎을 꿇었다.

지쳤다.

1만가량 되는 시간의 힘을 소모했다.

시간을 되돌리는 것도 이제는 몸의 부담이 커져 불가능했다. 제왕은 실성한 듯 떨리는 목소리를 짜냈다.

"내가…… 졌다."

「시간부활술이 취소됩니다.」

「시간의 힘은 되돌려 받지 못합니다.」

모두가 의아한 표정을 지었다. 그들 눈에는 갑작스레 카르테온이 전의를 잃은 것으로 보였다.

강윤수는 담담히 물었다.

"몇 번 돌아왔지?"

"……349번."

"얼마 회귀하지도 않았군."

"……."

아군은 승리의 환호성을 내질렀다.

"와아아아!"

샤네트, 헨릭, 아이리스가 다가와 카르테온을 구속했다.

제왕이 힘을 잃자 미라들은 모래로 사라졌다.

반 시간이 지나고 결계는 풀렸다.

손발이 묶인 카르테온 앞으로 강윤수가 걸어왔다.

"네놈은…… 얼마의 시간을 주기로 뒀지?"

강윤수는 남들에게 들리지 않도록 말했다.

"20년."

카르테온은 말문이 막혔다.

고작 40초를 주기로 349번 회귀한 자신조차 실성할 지경이었다. 그런데 20년을 주기로 999번을 회귀했다고?

"……어떻게 미치지 않고 버텼나?"

"이미 미쳤어."

카르테온은 질렸다는 눈빛으로 그를 바라봤다.

"지금 그게 미친 모습인가?"

"평온하게 미쳤지."

"……그럴듯한 논리군."

강윤수는 얼음칼 한 자루로 제왕의 목을 겨누었다.

이그누스 드래곤이 조바심을 냈다.

"어서 카르테온을 죽이고 내 새끼를 되살려라!"

카르테온은 쓰게 웃었다.

"카츠의 말이 옳았군. 회귀 따윈 시도조차 하지 말았어야 했는데."

회귀.

수없이 시간을 되돌린 뒤에야 카르테온은 깨달았다.

'참으로 어리석은 짓이었다.'

시간을 되돌려 과거로 돌아간다. 잘못됐던 실수를 되잡고 인생을 부흥시킨다. 얼마나 한심한 바람이란 말인가.

'회귀란 원래 세상을 버리고 남의 성취를 빼앗는 것일 뿐.'

경험한 세상을 또다시 살아간다. 남이 이룬 것을 빼앗고 싶어하던 자들을 벌한다. 돌아온 인생에 긴장감 따윈 없다.

이 어찌나 지겨운 인생인가.

카르테온은 마침내 인정했다.

"회귀는 기회가 아니군."

강윤수는 얼음칼을 쥐며 마무리 동작을 취했다.

"누군가는 다르게 생각하겠지. 하지만 우리에겐 달라."

카르테온은 느낀 바를 말했다.

"돌아온 인생이란, 그저 남들을 보며 대리만족을 느끼는 삶에 불과하다."

강윤수는 살짝 고개를 끄덕였다. 지겹도록 회귀를 겪은 자들만이 공감할 수 있었다.

"이제 죽어."

강윤수가 얼음칼을 높이 들었다.

바로 그 순간이었다.

"자, 잠깐 기다리십시오!"

한 남자가 헐레벌떡 뛰어와 카르테온의 앞을 가로막았다.

바로 카츠였다.

"카츠, 어째서……?"

카르테온이 의아한 듯 그의 등을 바라봤다.

카츠는 거친 숨을 몰아쉬었다.

"죽이지 마세요! 카르테온을 죽이지 마십시오!"

곧장 트롤과 엘프들의 반발이 터져 나왔다.

"그게 무슨 소리냐!"

"저놈이 얼마나 많은 엘프를 죽였는지 알고서 그러는 거야?"

카츠는 입술을 깨물었다. 자신이 왜 나섰는지 스스로도 이해하기 힘들었다. 하지만 그는 힘차게 소리쳤다.

"죽은 엘프들도 카르테온의 능력으로 되살릴 수 있습니다!"

순간 트롤과 엘프들의 눈동자에 당혹감이 깃들었다.

이그누스 드래곤이 피범벅이 된 머리를 내렸다.

"네놈의 생각을 말해 봐라."

"카, 카르테온은 시간을 되돌릴 수 있습니다. 아직 몸 상태가 좋지 않아 40초에 불과하지만 컨디션을 회복하면 훨씬 더 많은 시간을 되감을 수 있습니다."

카츠는 안간힘을 짜내 소리쳤다.

"카르테온을 살려 두고, 그를 회복하게 두는 겁니다. 그렇게 훗날 카르테온이 며칠, 아니, 몇 달의 시간을 되감고 학살을 멈추면 됩니다. 그럼 엘프들의 죽음과 이 전쟁까지도 없었던 일이 됩니다!"

트롤과 엘프들이 웅성거렸다.

이그누스 드래곤은 코웃음을 쳤다.

"어리석은 선동이구나! 네 눈에 저놈이 개과천선할 자식으로 보이느냐! 저놈은 그저 악인이다. 시간을 되돌리면 좀 더 철저히 전쟁을 준비해 대륙을 멸망시키려들 것이다."

카츠는 말문이 막혔다.

그때 카르테온은 힘없이 말했다.

"아니, 나는 몸을 회복하더라도 시간을 되돌리지 않을 것이다."

카츠가 경악하며 고개를 돌렸다.

"그런 말을 하면 어떻게 합니까? 어떻게든 잘못된 걸 되돌려야지요!"

"회귀의 무의미함을 설명하던 것은 네가 아니었나, 카츠."

카츠는 뒤통수를 얻어맞은 듯 얼이 빠진 표정을 지었다.

카르테온은 시간을 되돌리고 싶지 않았다. 차라리 삶의 미련이 사라졌다고 하는 편이 나을 것이다.

"지금 시간은 내가 존재해선 안 됐다. 그래, 나는 다시 평안히 죽음을 맞이할 것이다."

"하, 하지만……!"

"이젠 됐다! 너무 많은 시간을 지체했어!"

이그누스 드래곤이 격노하며 앞으로 나섰다.

"카르테온을 죽여라! 그리고 내 새끼를 살려내라! 저놈이 또 시간을 갖고 장난치기 전에!"

드래곤의 발톱이 세차게 내려왔다.

그러나 카츠는 이를 악물고 버텼다. 그의 몸이 발톱 아래에 짓밟히려 했다.

'안 돼.'

카르테온은 미간에 힘을 줬다.

카츠가 짓밟히려는 순간, 제왕의 마음이 처음으로 움직였다.

'저놈만은…… 죽게 할 수 없다.'

이윽고, 모든 것이 멈췄다.

시간이 멈췄다.

드래곤이 세차게 내려치던 발톱.

몸을 덜덜 떨던 카츠.

그 광경을 커다란 눈으로 지켜보던 군중.

모든 것이 정지했다. 현재 움직이는 것은 카르테온뿐이어야만 했다.

그러나 또 한 명. 정지된 시간 아래 활동하는 인간이 보였다.

"넌 어떻게 움직이는 거지?"

"몰라."

강윤수는 주위를 둘러봤다.

카르테온의 시간정지능력은 알고 있었다. 그러나 시간이 멈춘 세상을 조우한 것은 이번 삶이 처음이었다.

"놀랍군."

강윤수는 얼음칼을 가볍게 휘저었다. 그러자 얼음이 서리처럼 부서져 햇빛에 반짝였다. 수압을 견디지 못하는 심해처럼 멈춰진 세상 속에선 모든 것이 연약했다.

"카츠를 옮겨줘라."

강윤수는 카르테온을 물끄러미 보았다.

제왕이 명령이 아닌, 부탁을 해왔다.

"왜."

"모르겠군."

강윤수는 카츠를 드래곤의 발톱이 닿지 않는 곳으로 가져다 뒀다.

카르테온이 발끝부터 바스라지기 시작했다.

정지된 시간이 지나친 악영향을 끼쳤다.

"너는 시간의 섭리를 거슬렀군. 그래서 멈춘 세상에서 움직일 수 있는 거다."

"뭔 소리야."

"설명하지 않아도 너 스스로 알게 될 것이다."

카르테온은 피를 토해냈다.

그가 숨을 힘겹게 쉬곤 물었다.

"너는 나처럼 시간을 다루는 능력이 없군. 그럼 무엇으로 회귀를 하지?"

"마황."

강윤수의 목소리는 낮고 깊었다.

"나는 마황 탓에 회귀해 왔다."

카르테온은 쇳소리를 냈다.

"네게 무슨 일이 벌어졌는지 대충 알겠군, 불쌍한 놈."

"뭔 소리야."

"혹시 이전 삶과 다른 일이 벌어지고 있지 않나?"

강윤수의 눈동자가 살며시 떨렸다.

카르테온은 천천히 말했다.

"네 삶은 이번이 마지막이다."

"알아."

"그리고 마황은 이전보다 일찍 네 앞에 나타날 거다."

처음 듣는 소리였다.

순간 강윤수의 눈동자가 떨렸다. 그는 카르테온에게 다가가 멱살을 잡았다. 무미했던 목소리가 사나워졌다.

"그게 무슨 말이지?"

"말 그대로다. 20년 주기로 네가 마황에게서 회귀를 당했다면, 이번에는 그보다 일찍 나타날 거다."

"이유를 말해."

"글쎄…… 왜일까."

회귀의 반복을 복수라도 하듯 카르테온은 대답을 늦췄다.

강윤수는 움직여 카츠의 목을 감싸 쥐었다.

"대답하지 않으면 이자를 죽이겠다."

그러자 카르테온이 입을 열었다.

"나는 일전에 마탑에서 마황과 조우한 적이 있다."

"그래서."

"마황에게 덤볐다가 모든 것을 잃을 뻔했지. 가까스로 살아남았다. 아니, 마황이 나를 살려준 것이라고 봐야겠군."

카르테온의 하반신이 모조리 가루가 되어 사라졌다.

그리고 상반신마저 갈라지기 시작했다.

"마황에게서 살아남은 뒤 나는 시간을 다룰 수 있게 됐다."

"요점만 말해."

"거신들의 마탑으로 가라."

강윤수는 눈살을 찌푸렸다.

거신들의 마탑.

멸망룡의 둥지와 더불어 절대 가지 말아야 할 대륙의 금역이다.

"내가 어째서 그곳에 가야 하지?"

"나를 죽였던 자가 마탑에 있다. 그가 네게 일어난 이변을 해결해 줄 것이다."

강윤수는 이해할 수 없었다.

"왜 유독 일천 번째 삶에서만 변화가 일어나지?"

"누군가 네놈을 의도적으로 방해하고 있다. 더 이상 회귀할 수 없도록. 그것 외에는 해줄 말이 없군."

강윤수는 그를 노려봤다.

"실질적인 도움은 전혀 없군."

"악역에게서 뭘 바라나?"

카르테온은 죽어 가며 웃었다.

강윤수는 가루가 되어 사라지는 제왕의 머리를 붙잡았다.

카르테온은 짜증을 냈다.

"마지막은 편히 죽게 해줄 수 없나?"

"보상 얻어야 돼."

강윤수는 카르테온의 머리를 으스러뜨렸다.

멈췄던 시간이 도로 흘러갔다.

「시간의 제왕 카르테온이 숨을 거두었습니다.」

「멸망사막에 평화를 가져왔습니다.」

6장
사막의 묘비

단 하루 만에 전쟁은 끝이 났다.

카르테온은 패배했고, 트롤과 엘프 연합군은 승리를 거머쥐었다. 강윤수의 지휘가 아니었다면, 결코 얻어내지 못했을 성과였다.

"승리했다!"

"우리가 사막을 고대왕으로부터 지켜냈다!"

메마른 사막에 모처럼 기쁨에 찬 환희가 들어찼다. 트롤과 엘프들은 종족을 막론하고 술잔을 나눴으며, 때론 희생자들을 위해 깊이 묵념했다.

모두가 기쁨에 젖어 있는 가운데, 한 남자가 등짐을 메고 사막을 걷고 있었다.

'여기쯤이면 되려나?'

카츠는 땀을 닦고 등짐을 내렸다.

아름다운 꽃이 잔뜩 핀 사막이었다.

엘프들이 사막을 숲으로 가꾸기 위해 개량하고 있는 곳이었다.

"아저씨, 누구예요?"

"으악!"

카츠는 깜짝 놀라 뒤를 돌아봤다.

언제 왔는지 어여쁜 엘프 소녀가 자신을 보고 있었다.

"여기서 뭐해요?"

"어, 음. 사막꽃한테 비료를 좀 주려고."

"응? 볼일 보게요?"

"아니, 아니."

카츠는 등짐을 열어 뼛가루가 담긴 단지를 꺼냈다.

"어디서 듣기론 뼛가루가 비료로 쓰인다고 하더라고."

"흠, 이건 괜찮겠네요. 꽃은 해치지 말고 조심히 뿌려요."

꽃지기 엘프 소녀는 다른 곳으로 걸어가 버렸다.

카츠는 한숨을 쉬고 안도했다.

이 유골이 카르테온의 것이란 걸 알았다면, 저 소녀가 어떻게 반응했을지 궁금했다.

"죽고 나선 착한 일 좀 하십쇼."

카츠는 뼛가루를 사막꽃 주위로 뿌렸다.

부드러운 꽃잎이 살랑살랑 움직였다.

카르테온의 유골을 뿌리는 것은 별다른 이유가 있어서가

아니었다.

"솔직히 우리가 그렇게까지 친한 사이는 아니었습니다. 당신은 나를 몇 번 죽이려고도 했구요."

카츠는 턱을 긁적였다.

"근데 이상하게 당신은 내 기억에 괜찮게 남아 있더랍니다."

카르테온이 악당이란 것도 알고 많은 자를 죽였던 것도 안다.

"내가 드래곤한테 짓밟힐 뻔했을 때, 당신이 도와줬죠? 눈 떠보니 제가 살아 있더라구요. 당신이 시간을 멈췄겠죠."

물론 그것만으로 카르테온의 범죄가 정당화될 순 없다. 범죄자를 미화하는 것은 용서받을 수 없는 행위다.

그러나 카츠는 그를 좋게 기억하기로 했다.

"어차피 나 혼자만 마음속에 묻어 두는 건데, 뭐 어때."

까짓것 도굴꾼 출신인데 죄목 늘어봤자 10년 감옥살이 더 하고 말지 않겠나.

카츠는 뼛가루를 모두 흩뿌리고 말했다.

"이봐요, 제왕님. 그래도 우린 꽤 좋은 말동무 아니었습니까?"

대답은 없었다.

카츠는 등짐에서 가느다란 묘목을 꺼냈다.

사막에선 굉장히 찾기 어려운 식물이었다.

묘목을 사막꽃 한가운데에 묘비처럼 세웠다.

"아, 그러고 보니 묘비명이 뭐였더라?"

카츠는 뒤통수를 긁었다.

생각해 보니 결국 카르테온에게서 묘비명을 무엇으로 할지 듣지 못했다.

"그냥 내가 지어서 새겨야겠네."

카츠는 도굴꾼 장비를 꺼냈다.

보통 열쇠 따기에 쓰이는 락픽인데 끝이 날카로워 뭔가를 새기기에 알맞았다.

그는 묘비명을 묘목 기둥에 새겼다.

《보잘것없는 도굴꾼을 위해, 세상을 멈춰준 제왕을 기리며.》

혹시 모른다.

제왕의 무덤이 머지않아 울창한 숲이 될지.

사막꽃이 모래바람에 날려 너풀거렸다.

거신의 시체는 먼지가 되어 사라졌다.

오랜 세월을 견뎌온 육체가 바스러진 것이다.

「【전설 의뢰-시간의 제왕】을 완수했습니다.」

카르테온을 죽이고 나서 단말기에 떠오른 문구였다.

전설 의뢰의 보상이 떠올랐다.

「지배의 권능과 시간의 권능 중 하나를 선택하십시오.」

강윤수는 이전 삶에서 두 가지 권능을 각각 선택해 본 적이 있다.

지배의 권능은 카르테온이 부렸던 미라들을 부하로 삼을 수 있다. 제법 괜찮지만 전쟁을 통해 수천이었던 미라들은 수백으로 숫자가 줄어 있었다.

경험상 시간의 권능이 좋았다.

"시간의 권능."

「카르테온이 지니고 있던 시간 관련 스킬 중 하나를 손에 넣을 수 있습니다.」

세 가지 스킬이 떠올랐다.

「시간역행」
「시간부활술」
「시간정지」

「시간역행」은 말 그대로 시간을 되돌리는 기술이다.

강윤수는 회귀라면 이골이 나 있었다.

또한 시간역행을 손에 넣은 상태로 마황과도 겨뤄봤지만

정신력만 손상됐을 뿐이었다.

「시간정지」는 누구나 꿈꾸는 스킬이다.

그러나 시간을 멈춘 대가가 너무 컸다. 1초를 멈추더라도 수명과 육체가 깎여 일주일을 몸져눕게 될 것이다.

강윤수는 시간부활술을 선택했다.

「시간부활술(마스터)」

스킬 레벨-lv15(100.00%)

소모 시간의 힘-50,000

죽은 시체의 시간을 되돌려 살려낸다. 역사적 위인이나 흉악한 괴물을 되살려낼 수도 있다.

*죽은 지 오래됐거나 강대한 생명일수록 대기시간이 늘어난다.

「카르테온이 지니고 있던 시간의 힘 50,017이 이전됩니다.」

시간부활술은 유용한 스킬이다.

과거에 죽었던 대마법사나 매서운 기사를 되살려 전략으로 활용할 수도 있다. 그러나 자신은 부활할 수 없고 시간의 힘을 무려 5만이나 소진해야 했다.

'카르테온과 달리 나는 시간의 힘을 쌓을 수 없다.'

쉽게 말해 일회성 스킬이다.

강윤수에게 옮겨진 시간의 힘은 5만 근처. 시간부활술을 한 번 쓰고 나면 다시는 이 스킬을 사용할 수 없다.

'하지만 지금 써야만 해.'

이그누스 드래곤은 애타는 심정으로 그를 바라봤다.

"네놈, 조심해라! 자칫해서 내 새끼가 다치지 않도록 무조건 조심해라!"

"시끄러워."

"너무 걱정이 돼서 그런다!"

이그누스 드래곤은 눈물까지 글썽였다.

강윤수는 죽은 알을 향해 손을 내뻗었다.

"시간부활술."

차갑게 식은 알에 빛이 깃들었다.

시간이 되감기고 점차 알은 온기를 되찾아갔다.

이그누스 드래곤은 초조히 물었다.

"이제 된 건가? 내 새끼는 살아난 건가?"

"기다려."

커다랗고 둥근 알이 조금 흔들렸다.

알껍데기가 조금씩 박살 나고, 체액이 울컥 쏟아졌다. 조그맣고 검붉은 새끼 드래곤이 머리를 내밀었다.

"뀨왁!"

"내 새끼!"

이그누스 드래곤은 조그만 새끼 드래곤을 정신없이 핥기 시작했다.

샤네트가 코를 훌쩍였다.

"감동적이에요."

"그러게."

"그럼 표정으로 좀 나타내세요."

"잘 안 돼."

그녀는 장난스럽게 주먹을 꽉 쥐었다.

"눈물 나게 해드릴까요?"

"아니."

강윤수는 진심으로 질색했다.

한편 헨릭은 드래곤의 등 위에서 곡소리를 냈다.

"거, 움직이지 좀 마쇼! 봉합하기 힘드니까!"

헨릭은 인체세공도구를 창날에 매달고 있었다. 창대 끝에다가 마나의 실을 잇고, 날갯죽지에 찢긴 날개를 꿰매 붙였다.

"이봐, 밑에 있는 놈들! 찢어진 날개 좀 잘 들고 있어 봐!"

"우리도 최선을 다하고 있다!"

야나크가 성을 냈다.

파이어 트롤들은 드래곤의 한쪽 날개를 짊어지고 있었다.

한편 아이리스는 걱정스러운 표정으로 소리쳤다.

"헨릭! 서두르렴! 시간이 얼마 없단다!"

"왜 그러냐?"

그녀는 심각하게 소리쳤다.

"만찬 시간이 10분밖에 남지 않았단다!"

"야, 인마! 이런 대규모 바느질이 그렇게 쉬운 줄 아냐!"

그렇게 왁자지껄 시간을 보내다 보니 어느새 석양이 기웃거렸다.

엘프들은 사막에서 보기 드문 만찬을 차렸다.

파이어 트롤들은 사납게 식사에 열중했다.

강윤수는 그답게 말했다.

"술."

"사막의 이슬과 선인장즙을 정제한 술입니다."

헤론이 싱긋 웃으며 맑은 술을 따라줬다.

헨릭은 날개를 이어붙이고 간신히 드래곤의 등에서 내려왔다.

"제3대 황제 조각상 이후로 이런 대규모 작업은 오랜만이구만."

그는 뻐근한 어깨를 비틀었다.

검붉은 머리칼이 여인이 그에게 술을 따랐다.

풍만한 가슴 위로 빛나는 아뮬렛이 보였다.

"네게 진심으로 감사를 표한다, 헨릭."

"술 따라주니 나야 고맙지. 그런데 아가씨는 예쁘장한 얼굴을 어디서 그렇게 다치셨나?"

문득 헨릭은 강윤수를 제외한 주변의 모두가 경악한 표정을 짓고 있음을 깨달았다.

불길한 예감이 들어 뒤를 돌아보니 아니나 다를까.

이그누스 드래곤이 사라져 있었다.

"아가씨, 설마?"

"다치고 회복할 때는 작은 종족으로 변하는 편이 효율적이다."

"……드래곤이 따라준 술을 먹다니. 세상 오래 살고 볼 일이군."

헨릭은 독한 술을 한입에 털어 넣었다.

여인으로 변한 이그누스 드래곤이 새끼 드래곤을 안았다.

"뀨왁!"

"사랑스러운 것."

그 거칠었던 드래곤이 모성애가 듬뿍 담긴 눈길로 새끼를 바라봤다. 다들 놀랐지만 딱딱했던 분위기는 부드럽게 풀렸다.

야나크는 강윤수의 잔에 술을 콸콸 따라줬다.

"고맙다! 여신의 신랑! 네가 아니었다면 우린 몽땅 죽었을 거다!"

만찬의 주인공은 전쟁을 승리로 이끈 강윤수였다. 그래서 웬만한 참석자들은 모두 강윤수의 잔에 술을 따라줬다.

샤네트는 불만스러운 표정으로 말했다.

"과음하시지 마세요."

"따라주는 거잖아."

강윤수는 모처럼 합법적 과음(?)을 했다.

헨릭은 알딸딸하게 취한 얼굴로 픽 웃었다.

"저놈 아주 신이 났구만. 아, 맞아. 날개 단 건 괜찮습니까? 지금은 인간으로 변해서 안 보이는데."

이그누스 드래곤은 고개를 끄덕였다.

"봉합이 잘되어 날갯짓을 해도 떨어지지 않았다. 뛰어난 손재주로군, 헨릭."

"뭐, 칭찬해 주시면 저야 좋습니다만. 솔직히 우리가 이놈들처럼 어리지도 않지 않습니까? 좀 더 실질적인 보상이 오가면 훨씬 좋을…….”

퍼억-!

샤네트의 팔꿈치가 헨릭의 옆구리를 강타했다.

“어억!”

“헨릭 아저씨, 많이 취하셨네요?”

“인마, 너 때문에 내 갈비뼈가 안 남아난다!”

헨릭이 곡소리를 냈다.

한편 이그누스 드래곤은 입술을 매만졌다.

“실질적인 보상이라.”

그녀는 끌어안은 새끼를 내려 보았다.

“내 새끼여, 새 아빠가 필요하지 않니?”

“뀨왁?”

순간 만찬 자리가 충격에 휩싸였다.

헨릭은 술이 확 깼다.

“뭐라고 하셨습니까?”

“농담이다, 다른 종족의 술자리에 끼는 것도 재미있군.”

이그누스 드래곤은 유쾌하게 웃었다.

헨릭이 꼬부라진 목소리로 속삭였다.

“내가 드래곤과 이종교배를 하는 첫 번째 남자가 된다면 어떨 것 같냐?”

“꿈 깨세요.”

“농담이었어, 인마. 뭘 그리 정색해.”

“반은 진담인 것 같던데요.”

“반까지는 아니고 한 30퍼센트?”

퍼억-!

"으억!"

강윤수는 술을 홀짝이며 이그누스 드래곤을 마주 보았다.

"나는 멸망룡의 둥지에 들릴 생각이다."

"멸망룡?"

이그누스 드래곤이 코웃음을 쳤다.

"멸망룡은 드래곤 사이에서도 재앙이라 불리는 놈이다."

"알아."

"그놈의 둥지에 가면 드래곤도 못 살아남는다."

"안다고."

이그누스 드래곤은 눈살을 찌푸렸다.

"알면서 왜 그곳을 가려는 거지?"

"볼일 있어."

강윤수도 그곳만큼은 내키지 않았다.

거신들의 마탑만큼이나 위험한 곳이 멸망룡의 둥지다.

이전 삶에서도 몇 번 가 봤지만 너무 위험해 웬만해선 가려고 하지 않았다.

'이번이 마지막 삶이니 어쩔 수 없다.'

위험천만한 것은 사실이다.

그래서 막대한 보상이 기다린다.

'거기다 카르테온의 말이 마음에 걸려.'

마황이 예정보다 일찍 나타난다.

대체 어째서?

강윤수는 술잔을 꽉 쥐었다.

'갈수록 어려워지는군.'

마지막 삶이라면, 마황이 나타나는 20년 동안 최선을 다해 성장하면 그만이다.

그러나 마황이 일찍 나타난다고? 그 말이 사실이라면 일정에 더욱 박차를 가해야만 했다.

'그 시기를 모르는 것도 문제다.'

카르테온의 말이 사실이라면 내일 당장 마황이 나타난다고 해도 이상할 것이 없지 않은가.

"멸망룡의 둥지는 언제 갈 예정이지?"

"다른 장소 몇 군데 들리고 갈 거야."

"아직 멸망룡은 수면기다. 섣부른 짓으로 그 드래곤의 잠을 깨우지 마라."

"그래서 멸망룡과 알을 낳은 당신의 비늘이 필요해."

"……그걸 어떻게 알지?"

이그누스 드래곤이 그를 노려봤다.

강윤수는 대답 없이 술만 홀짝였다.

그녀는 질렸다는 듯 말했다.

"정체 모를 놈이군."

이그누스 드래곤은 목에 걸린 아뮬렛을 벗어주었다.

"비늘보다 이것이 효과가 더 좋을 것이다."

강윤수는 드래곤의 아뮬렛을 받아들였다.

해 질 녘까지 만찬은 이어졌다.

몇몇이 고주망태가 되어서야 술자리가 끝이 났다.

이그누스 드래곤은 다시 원래 모습으로 돌아왔다.

"네게 감사한다, 강윤수."

커다란 드래곤이 그에게 머리를 조아렸다.

그때 샤네트에게 목소리가 들려왔다. 힘의 조각을 물려받은 그녀는 이그누스 드래곤의 속삭임을 읽어낼 수 있었다.

'본래 드래곤은 다른 종족의 싸움에 끼지 않는 것이 원칙이다.'

'하지만 그 원칙을 깨셨네요?'

'저 남자의 언변이 좋더군.'

'강윤수 님은 원래 그래요.'

'이번은 상대가 시간을 거슬러 부활한 자이기에 협력했다. 나의 새끼를 되살리고픈 마음도 있었지. 다음에는 기적을 기대하지 마라.'

'물론이에요.'

'네게는 내가 남긴 힘의 조각이 있다. 저 남자를 따라 여행을 계속해라. 언젠가는 나보다 높은 경지에 오를 것이다.'

'네? 제가요?'

'네 자신의 힘을 믿어라.'

이그누스 드래곤은 새끼를 소중히 껴안고 하늘 저편으로 날아갔다.

야나크와 헤론 일행도 강윤수에게 몇 번이나 감사 인사를 전하고 떠나갔다.

강윤수는 말했다.

"이제 사막을 떠날 거야."

헨릭은 기지개를 쭉 켰다.
"드디어 끝났냐?"
"정말 끝났네요."
"시원하고도 섭섭하구나."
멸망사막.
이곳에서의 여행은 황폐하고 고되나 잊을 수 없는 경험이 되었다.
문득 헨릭이 물었다.
"아, 그러고 보니 네가 멸망사막에선 이그누스 드래곤이랑 싸운다고 하지 않았냐?"
"같이 싸웠잖아."
"……함께 싸운다는 의미였냐?"
"어."
헨릭은 엄숙히 조각도를 들었다.
그 순수한 아이리스조차 이번에는 그를 말리지 않았다.
샤네트가 날카롭게 말했다.
"죽여요."
강윤수는 이미 저편을 걷고 있었다.
헨릭이 그 뒤를 매섭게 쫓았다.
"내가 오늘 네놈을 죽이고 만다!"
"죽기 싫어."
사막의 흐드러진 달빛이 내려왔다.

7장
실피아

전지전능한 신은 어디 있는가?

-마황

강윤수는 눈을 떴다.

잠든 일행을 두고 그는 혼자 일어났다.

멀리 걸어가다가 넘어지듯 무릎을 꿇었다.

"커헉."

강윤수는 핏물을 토해냈다. 몸 상태가 정상이 아니었다.

프로스트 데몬의 겨울조각. 거신과 싸우며 악마화를 이뤘던 몸은 원상태로 돌아와 있었다.

하지만 그 대가로 밤마다 저주의 시간이 찾아왔다. 몸속 깊은 곳에 있는 겨울조각이 폐부를 찔렀다.

'도무지 적응이 안 되는군.'

강윤수는 바위에 손을 짚고 간신히 일어났다.

몸 하나 제대로 가누기가 힘들었다.

"크헉……."

강윤수는 또다시 핏물을 뱉어냈다. 목구멍에서 진득한 피맛이 배어 나왔다. 폐와 심장이 찢어질 듯 아팠다.

'나를 왜 버렸어요?'

뒤쪽에서 들려왔다.

아이의 낮은 목소리는 소름 끼치는 구석이 있었다.

강윤수는 식은땀에 젖은 눈꺼풀을 감았다.

'저건 허상이다, 신경 쓰지 마.'

'나를 왜 버렸냐구요.'

아이의 말이 강윤수의 마음을 사납게 파버렸다. 그는 도저히 참지 못하고 눈을 떴다. 핏빛으로 물든 아이는 새까매 얼굴조차 분간할 수 없었다.

그는 차갑게 말했다.

"나는 너를 잊었다."

'당신이 나를 태어나게 했잖아요. 나는 당신의 자식이에요.'

샤네트와 결혼했던 삶.

이제는 볼 수 없는 나의 아이.
강윤수는 피에 젖은 입술을 깨물었다.
"꺼져."

'날 잊을 거면 왜 낳았어요? 어차피 지켜주지도 못했으면서.'

"꺼지라고."
강윤수는 칼자루를 움켜쥐었다.
그러자 아이의 시커먼 형체가 사라졌다.
그는 가슴을 움켜쥔 채 호흡을 가다듬었다.
'버티자. 정신을 놓으면 더 힘들어진다.'
시간이 흘러 여린 여명이 어둠을 밝혔다.
동이 터오자 고통도 사라졌다.
'오늘은 이걸로 끝이군.'
강윤수는 땀을 닦았다. 온몸이 흠뻑 젖어 있었다.
밤마다 이러한 고통이 이어졌다.
'견뎌야 한다.'
강윤수는 관자놀이를 짚었다. 단순히 육체적 고통뿐만이 아니었다. 극도로 싫어하는 허상까지 나타나 그를 괴롭혔다.
'버텨야 해.'
강윤수는 끊임없이 되뇌었다.
견디고 버틴다.
이번이 마지막 삶이니까.
"또 술 필요하냐?"

강윤수는 고개를 돌렸다.

헨릭이 구부정한 자세로 자신을 내려 보고 있었다.

"볼일 보러왔다가 너 보고 오줌 줄기 끊길 뻔했다, 인마. 뭘 그렇게 혼자 아파해?"

"술 줘."

헨릭은 품속에서 큼지막한 양주 한 병을 꺼냈다.

그의 안주머니는 마법이라도 걸렸는지 술병 몇 개를 넣어 놔도 깨진 적이 전혀 없었다.

"술꾼의 요령인 셈이지."

강윤수는 술잔이 없어 그냥 병째로 마셨다.

헨릭도 조그만 술병의 마개를 땄다.

"크으, 모래 씹히는 사막 벗어나니 술맛도 산다."

멸망사막을 벗어난 지 사흘째였다.

술을 마시고 돌아가니 두 여자도 일어나 있었다.

샤네트가 기센 고양이처럼 눈동자를 좁혔다.

"이 시간에 두 분이서 술 드셨어요?"

헨릭은 어깨를 으쓱였다.

"남자 둘이서 새벽에 마시는 술은 의미가 깊은 법 아니겠냐."

아이리스가 눈을 반짝였다.

"헨릭과 강윤수는 서로 사랑하느냐?"

"……그런 의미 말고, 인마."

샤네트는 두 남자에게서 고개를 휙 돌렸다.

"안 되겠어요. 내일까지 두 분 다 금주예요. 가지고 계신 술, 전부 여기에 담아요."

샤네트는 강압적으로 여분의 배낭에 술병을 가득 채웠다.
“앞으로 술병 담긴 배낭은 제가 보관할 거예요.”
“네가 무슨 우리 엄마냐? 술도 마음대로 못 먹게 하네.”
“두 분은 정도가 심해요. 말 타고 가다가 낙마하면 어쩌실 거예요?”
헨릭은 신음했고 강윤수는 맑은 술이 담긴 물통을 챙겼다.
일행은 처음 들렀던 도시인 라비에스크를 거쳐 새로운 지역으로 향하고 있었다. 마차는 되찾았으나 형세가 험준한 길이라 말만 타고 이동했다.
아이리스는 백마의 목을 꼭 끌어안았다.
“백설이와 다시 만나 정말 행복하구나.”
“그러냐? 나는 그 말의 존재 자체를 잊고 있었는데.”
아이리스는 헨릭을 노려보더니 백마의 갈기를 쓰다듬었다.
백마는 기분이 좋은지 푸르릉거렸다.
강윤수는 배낭에서 슬그렁 거리는 아뮬렛을 꺼냈다.

「이그누스 드래곤의 아뮬렛」
등급-??
강대한 능력이 잠겨 있다. 오직 드래곤만이 힘을 해방할 수 있다.

이그누스 드래곤이 준 아뮬렛.
밝은 보석 중앙에는 드래곤 발톱 무늬가 새겨져 있었다.
훗날 큰 도움이 될 아이템이었다. 사실 샤네트와 가장 잘 맞는 물건이지만 아직 능력이 잠겨 있었다.

'일단 내가 착용하고 있어야겠군.'

강윤수는 빛나는 아뮬렛을 목에 걸었다.

현재 그의 레벨은 217이었다.

멸망사막에서 40레벨가량을 올렸다.

몬스터 서식지를 돌거나 밤새워 사냥을 한다면 더욱 빠르게 레벨을 올릴 수 있다. 하지만 결코 레벨에만 집착해선 안 됐다.

'남들이 얻지 못하는 히든 피스를 획득하는 것이 가장 중요하다.'

중요한 것은 레벨이 아니라 전체적인 성장이다. 레벨이 아무리 높다고 한들 귀중한 아이템을 챙기지 못했다면 의미가 없고, 그 반대도 마찬가지다.

'때론 높은 등급의 아이템이 레벨 차이를 넘기도 하니까.'

강윤수는 자신도 모르게 입술을 깨물었다.

'이렇게 20년을 대비해도 빠듯한데, 마황이 일찍 나타난다고?'

20년간 철저히 준비해 마황을 상대할 생각이었다. 그러나 더 일찍, 가령 내일이라도 마황이 나타난다면 세상은 그대로 파멸이다.

'카르테온은 마탑에 이변을 해결할 사람이 있다고 했지.'

강윤수도 대충 예상이 가는 인물이었다.

그 위험한 마탑에 사는 인물은 단 한 명뿐이었으니까.

'타락한 만물의 왕 시리안.'

과연 그가 자신에게 해답이 되어줄 것인가?

마탑에 도달하면 알게 될 것이다.

'무엇이 됐든 최선을 다하겠다. 마지막 삶이 후회되지 않도록.'

위기감이 짙어졌다.

그러나 한층 목적은 확고해졌다.

'나는 반드시 마황을 죽인다.'

그때였다.

"히이이잉!"

일행은 말을 멈춰 세웠다.

제복을 차려입은 사람들이 줄지어 길을 막고 있었다.

덩치 큰 남자기 다가와 송골매 휘장을 내보였다.

"바쁜 길 가시는 와중에 죄송합니다. 샤프휠 수사본부에서 파견된 수사관 할벤이라고 합니다. 잠시 검문이 있겠습니다."

"검문이라니요? 무슨 일이 있었나요?"

"최근 이 근처에서 여행자들이 실종되는 사태가 많아져서 말입니다. 가벼운 절차니 걱정 마십시오."

말단 수사관들이 일행에게 질문거리를 던지거나 가볍게 몸을 수색했다.

샤네트가 고개를 갸웃거렸다.

"여행하는 사람이 아니라 다른 세계에서 온 사람들을 뜻하는 그 여행자 말인가요?"

"그렇습니다."

할벤은 피곤했는지 시커먼 눈 밑을 비볐다.

"이곳이 숲과 계곡이 연결되어 있는 길이라서 행인들이 그리 많진 않죠. 그런데 유독 여행자들만 계속 이 근처에서 실종 신고가 들어오고 있지 뭡니까?"

"확실히 이상하네요. 여행자들만 실종된다니."

"안 그래도 여행자, 대륙인 가르며 차별주의를 일삼는 놈들 소행이 아닐까 의심하고 있습니다. 뭐, 이런 일이 한두 번도 아니고, 검문까진 호들갑이라고 생각합니다만."

꽤 입이 심심했는지 할벤은 그 후로도 수다를 꽤 떨었다.

검문에서 수상한 것은 발견되지 않았다.

할벤은 단말기를 찬 강윤수를 보며 말했다.

"형씨도 조심하시길 바랍니다. 듣자 하니 여행자들은 우리랑은 사고방식이 많이 다르다던데."

강윤수도 할벤을 마주 보았다.

"과거, 미궁에 빠졌던 3대 미제 사건의 범인과 그 증거품이 숨겨진 위치를 알려드리겠습니다."

"예?"

"그냥 가서 보고만 하십시오. 공적은 당신의 것으로 해도 좋습니다. 그 대신."

강윤수는 말했다.

"일주일 뒤, 이 숲에 1급 수사 인력을 파견해 주십시오. 전염병을 퍼뜨리는 흑마법사가 있습니다."

"뭔 소립니까?"

할벤이 얼떨떨한 표정을 지었다.

강윤수는 그의 가슴에 손가락을 가져갔다.

할벤은 움찔했으나 그는 앞주머니에서 종이와 펜을 자연스레 꺼내 갔을 뿐이다.

"각 범인은 생존해 있으며 개중 한 명은 수사본부 고위층에 소속되어 있습니다."

강윤수는 빠르게 메모를 해 넘겼다.

시큰둥한 표정을 짓던 할벤은 종이에 적힌 줄글을 보더니 일순간 눈빛이 변했다.

"……당신, 이런 사실을 어떻게 아는 거요? 고위 수사관도 함부로 접근 못 할 극비 정보인데."

"하나 충고하겠습니다. 수사본부에는 비밀간부들이 많습니다. 대부분은 신분을 숨기고 각자의 수사를 지속하고 있지요."

"그렇다면 설마……!"

할벤은 마른침을 삼켰다.

강윤수는 고개를 끄덕였다.

"저 역시 그중 한 명입니다."

"하지만 수사관 중에서 여행자 출신이 있다곤 듣지 못했는데……."

"여행자 출신만이 가능한 수사는 생각보다 많습니다. 실제로 저 외에도 여행자 출신 수사관이 두 명 있지요."

할벤이 감탄했다.

그는 찔리는 구석이 있는지 뒤통수를 긁적였다.

"하지만 이런 귀중한 공적을 제 것으로 해도 되겠습니까? 당신이 피땀 흘려 한 수사일 텐데……."

"저는 세간의 주목을 받길 원하지 않습니다."

할벤과 부하 수사관들의 눈빛에 존경심이 담겼다. 완벽한 잠입수사를 위해 공적까지 돌리는 수사관이라니! 마치 신입 시절 동경해 마지않던 수사관의 인물상이지 않은가.

"당신의 이름은 무엇입니까?"

"강윤수입니다. 하지만 저를 만났다는 사실은 반드시 비밀로 해주셨으면 합니다."

"어, 음. 그런데 한 가지 걸리는 것이 있습니다."

할벤은 턱을 긁적였다.

"잠입수사라도, 보통은 신분증을 갖고 다니지 않습니까? 제가 들고 다니는 4급 송골매 휘장처럼요. 실례지만, 신분증을 좀 보여줄 수 있으시겠습니까?"

강윤수는 옷깃 밑에 뒀던 아뮬렛을 들어 보였다.

할벤뿐만 아니라 숨을 죽여 지켜보던 부하 수사관들까지 탄성을 내질렀다.

"0급 드래곤 발톱 아뮬렛!"

"이것으로 됐습니까?"

"네, 네, 꼭 진짜 드래곤의 물건처럼 발톱 무늬가 선명하군요."

할벤은 다시금 감탄했다.

수사관의 계급은 9급까지 존재했고 계급마다 상징하는 동물이 새겨져 있었다.

0급 드래곤 발톱 아뮬렛은 수사본부 하나를 대동할 만큼 뛰어난 수사관만이 지닐 수 있었다.

할벤은 진심으로 안타까워했다.

"이렇게 뛰어나신 분이 세간에 묻혀 있어야만 하다니. 정말 안타깝습니다."

"도리어 그렇기에 단독수사가 수월하지요."
일행은 말에 다시 올라탔다.
할벤과 수사관들은 절도 있는 경례를 했다.
강윤수는 마주 경례를 해준 뒤 말을 몰았다.

수사관들이 멀어지자 샤네트가 슬그머니 물었다.
"당연히 그럴 리는 없겠지만…… 정말 잠입수사관이세요?"
"아니."
"더럽게 재수 없는 놈. 그렇게 사기를 쳐대면 후환이 두렵지 않냐?"
"어."
"강윤수는 정말 많은 것을 아는구나. 그럼 사과파이와 고기파이 중 어느 것이 더 맛있는지도 아니?"
"몰라."
아이리스는 풀이 죽었다.
샤네트가 킥킥 웃었다.
"제가 나중에 둘 다 구워드릴게요, 언니."
"정말이니?"
아이리스가 반색했다.
강윤수의 귓가에 속삭임이 들려온 것은 그때였다.

-말을 멈추거라.

그는 주위를 돌아보았다.

익숙한 여자의 속삭임.
이번에도 목소리를 들은 것은 자신뿐이었다.

-드디어 왔군. 말을 멈추고, 나에게 오렴. 이쪽이란다.

강윤수는 말을 멈춰 세웠다.
세 사람이 뒤를 돌아보자, 그는 말했다.
"잠깐 다녀올게."
"왜 그러냐?"
"만나야 할 사람이 있어. 오래 걸릴 거야."
강윤수는 서둘러 말을 왼편으로 돌렸다.
당황한 샤네트가 소리쳤다.
"강윤수 님! 나중에 어디서 만날 건데요?"
"너희가 어디 있든 내가 찾아갈게."
강윤수는 말고삐를 비틀어 숲속으로 달려갔다.
헨릭은 고개를 끄덕였다.
"저놈이 존경스럽군."
"왜요?"
그는 턱 끝으로 샤네트의 말에 달아놓은 짐을 가리켰다.
술이 담긴 배낭만 사라져 있었다.

강윤수는 말의 고삐를 쥔 채 술을 들이켰다.

승마 중에 음주를 할 사람도 몇 없겠지만, 위험천만하기 짝이 없는 짓이다. 그러나 강윤수는 흐트러지지 않고 올곧이 나아갔다.

'속삭임의 정체를 파악해야 한다.'

일천 번째 삶에서 일어난 이변은 한둘이 아니었다.

자신의 정체를 아는 흰 그림자, 마지막 삶, 일찍 나타날 것이라는 마황. 그리고 이러한 이변을 예고한 의문의 속삭임.

'방향을 알 수 있다.'

강윤수는 속삭임이 들려온 순간부터 가야 할 방향을 직시했다. 마치 누군가 자신의 머릿속에 초대 장소를 주입한 것만 같았다.

그는 말을 빠르게 몰았다.

지이잉-!

허리춤에 걸려 있는 신탁의 검이 진동했다.

흰 칼날이 점차 빛나고 있었다.

울창한 나무가 걷히고, 넓은 호숫가가 드러났다.

'여기는…….'

강윤수는 주위를 둘러보았다.

깨끗한 백사장. 거울처럼 맑은 호수 표면.

'내가 모르는 호수군.'

강윤수가 대륙에 모르는 장소는 거의 없다고 해도 과언이 아니었다. 즉, 이곳은 일반적으로 들어오지 못하는 장소다.

강윤수는 말에서 내려 호수 주위로 걸어갔다.

'조용하군. 나밖에 없는 건가.'

놀랍도록 맑고 깨끗한 호수였다.

그러나 산새 지저귀는 소리조차 들리지 않았다. 아름다우나 이질적인 공간이란 생각이 들었다.

철썩…… 철썩…….

강윤수는 호수 아래를 내려다보았다.

속이 비칠 만큼 맑았으나 물고기는 한 마리도 보이지 않았다. 그는 손가락 끝을 호수 아래로 담가보았다.

"하찮은 피조물아, 성수를 더럽히지 마."

강윤수는 곧바로 고개를 돌렸다.

그러나 주변에는 아무도 없었다.

"넌 바보구나. 이쪽이야. 이쪽."

목소리는 하늘에서 들려왔다.

강윤수는 고개를 들어 위를 올려다보았다.

새하얀 날개를 가진 여자가 날갯짓을 하며 공중에 떠 있었다.

"넌 뭐지?"

"보면 모르니?"

"천사군."

"응."

강윤수는 다른 곳으로 시선을 돌렸다.

헐벗은 천사는 의아해했다.

"반응이 뭐 그리 무덤덤해?"

"어."

"보통 인간들은 천사를 만나면 너처럼 반응 안 해. 기절할 듯 놀라거나 무릎을 꿇거든."

천사는 태양처럼 밝은 머리칼을 만지작거렸다.

"어, 음. 넌, 뭐, 궁금한 것 없어?"

"네가 내게 속삭였나?"

"무슨 소리야?"

하기야 목소리가 달랐다.

강윤수 자신에게 속삭였던 여성은 중후한 어조였다.

그는 관심을 거두고 호수를 걸었다.

"뭐야, 너 나한테 정말 관심 없어?"

"어."

천사가 날갯짓을 하며 그의 곁으로 따라붙었다.

"날 앞에 두고 이렇게 덤덤한 인간은 처음 봐. 네게 관심이 생기는걸. 하찮은 피조물아, 넌 어떻게 여기로 들어왔니?"

강윤수는 무시했다.

천사는 놀라서 눈을 동그랗게 떴다.

"지금 내 말을 무시한 거야?"

강윤수는 그 질문도 무시하고 말했다.

"여긴 어디지?"

"13개의 천사들의 성전 중 하나야."

"천사들의 성전?"

강윤수는 턱을 매만졌다.

과거, 이곳과 비슷한 이질감의 장소를 가본 듯한 느낌이 들었다. 그러나 천사들의 성전이란 것까진 알지 못했다.

"오늘 이곳에서 잔치가 있을 거야. 다른 천사들은 게으름뱅이고 나는 제일 부지런해서 일찍 왔지."

강윤수는 계속 걸었다.

자신을 무시해서 화가 났는지 천사가 그의 앞을 가로막았다.

"그런데 넌 뭐야? 천사도 아니면서 여긴 어떻게 왔어?"

"몰라."

"뭐? 어떻게 그럴 수가 있지? 원래 하찮은 피조물들은 여기 못 와. 나는 네가 죽어서 여기 온 거라고 생각했는데."

"뭔 소리야."

"생전에 아주 위대한 업적을 세운 피조물은 가끔 이곳에 초대돼."

천사는 아름다운 눈동자로 강윤수를 바라봤다.

그녀는 이 신기한 인간과 좀 더 애기를 해보고 싶었다.

"난 유리엘이야. 무뚝뚝한 피조물아, 넌 이름이 뭐니?"

"알아서 뭐하게."

강윤수는 천사와 마주한 것이 처음이었다.

그래서 일단 경계했다. 겉모습이야 어찌 됐든 적일지 아군일지는 알 수가 없다.

"넌 레벨이 몇이지?"

"레벨? 하찮은 피조물들이 세운 강함의 잣대 말이구나. 600이 조금 넘어."

"중급 악마들 수준이군."

"뭐? 그게 무슨 소리야?"

유리엘은 호기심이 일었다. 악마들 애기는 어떤 천사들에게서도 들어본 바가 없었다.

강윤수는 역시 무시하고 말했다.

"잔치는 언제 시작되지?"

"안 가르쳐 줄래."

강윤수의 눈썹이 찌푸려졌다.

유리엘은 히히 하고 웃었다.

"네가 악마들 얘기를 해주면 나도 가르쳐 줄게."

강윤수는 천사를 물끄러미 보다가 입을 열었다.

무뚝뚝하고 불친절한 이야기를 유리엘은 귀를 쫑긋거리며 경청했다.

강윤수가 말을 끝내자 유리엘은 감탄했다.

"와! 너처럼 재미없게 얘기하는 피조물은 처음이야!"

"잔치는 언제 시작되지?"

"흐음. 너무 본론만 얘기해서 정말 재미없었어. 그래도 약속은 지킬게. 잔치는 곧 시작될 거야."

하늘로부터 여명이 쏟아졌다.

흰 날개를 가진 천사들이 하나둘씩 내려왔다.

강윤수가 세어본 바로는 정확히 48명의 천사였다.

"어머, 유리엘! 네 옆의 피조물은 뭐야?"

"어떻게 천사들의 성전으로 들어왔담?"

강윤수는 칼자루 근처로 손가락을 가져갔다. 그러나 천사들은 신기해하기만 할 뿐, 딱히 적의는 보이지 않았다. 하기야 정면승부를 벌인다면 강윤수에게 승산은 거의 없다.

“나도 몰라. 그런데 우리를 대하는 태도가 무지 신기해.”
천사들은 강윤수 주위로 내려왔다.
모두 헐벗은 나신들이었다.
“정식으로 초대받은 피조물은 아닌 것 같은데.”
“신기하군. 꼭 인형처럼 무표정해.”
“한 번 만져봐야겠어.”
천사들이 강윤수에게로 다가오자 유리엘이 그들을 막아섰다.
“오지 마! 피조물은 연약해서 우리가 함부로 만지다간 죽을지도 몰라.”
천사들은 공감하며 뒤로 물러났다.
유리엘은 킥킥대며 그에게 속삭였다.
“실은 거짓말이야. 나는 내가 관심 가는 걸 남이 만지는 게 제일 싫거든!”
강윤수는 자신 앞에 선 유리엘의 머리칼을 매만졌다.
“왜 그래?”
“천사들의 머리칼은 항시 빛나는군.”
“그게 그렇게 신기해?”
“잘라서 제작 재료로 쓰면 괜찮을 것 같아.”
“우와, 나빠. 너는 피조물이 아니라 악마 같아.”
“나흘 전에는 잠깐 악마였지.”
“거짓말!”
그때 호숫가가 옅게 떨렸다.
호수 정중앙으로부터 새하얀 성전이 공중으로 떠올랐다.

천사들은 날갯짓을 하며 입구로 들어섰다.

"흐음, 너도 같이 가. 여신님께 네 정체를 여쭈어봐야겠어. 넌 못 나니까 내가 같이 가줄게."

유리엘이 선심을 쓰듯 손을 내밀었다.

"저곳에 여신이 있나?"

"그럼 누가 있겠니? 자, 어서."

그녀는 자신보다 키가 큰 강윤수를 끌어안고 날개를 펼쳤다.

하늘은 대기가 깨끗하고 상쾌했다. 사막에서 악마로 날 때와는 또 다른 감각이었다.

「천사들의 성전에 도달했습니다.

빛의 축복이 사흘간 몸에 어립니다.

고갈되지 않는 신성력이 흐르는 성소입니다.

인간으로서 도달할 수 없는 미지의 영역을 탐방합니다.

이곳에서의 경험을 알린다면 대륙의 종교에 장대한 영향을 미칠 것입니다.」

강윤수는 성전에 도달했다.

흰색 바닥은 대리석 조각과 달리 밝고 부드러웠다. 이렇다 할 장식은 없었지만 깔끔하고 신비로운 장소였다.

"드워프 고대 신전과 비슷한 구조군."

"키 작은 피조물들은 우리의 건축물들을 존경했대. 그런데 너는 그런 곳도 가본 거야?"

"예전에."

유리엘의 안내를 따라 강윤수는 성전 중앙으로 들어섰다.

기다란 탁자 위에 성배가 놓여 있었다.

살펴보니 호수에 있던 물과 흡사했다.

"술은 없나?"

"술? 이건 성수야. 하찮은 피조물들은 없어서 못 마시는 거라구."

강윤수는 배낭에서 술병을 꺼내 따로 성배에 따랐다.

유리엘이 호기심 가득한 눈빛으로 물었다.

"그게 뭐야?"

"술."

"마셔 봐도 돼?"

강윤수는 유리엘을 물끄러미 보다가 술을 따라줬다.

"흐응. 흥미로운 맛이야."

유리엘이 살짝 붉어진 얼굴로 입술을 핥았다.

강윤수는 술을 홀짝이며 천사들을 관찰했다.

'별건 없군.'

천사들의 잔치란 것은 몹시 간단했다. 탁자 위의 성수를 마시며 담소를 나눈다. 춤과 음악은 없으나 구름을 바라보며 마시는 술의 맛은 각별했다.

"한 잔 더 줘!"

새빨간 얼굴의 유리엘이 성배를 내밀었다.

그는 가장 독한 술을 따라줬다.

'천사도 술에 취하는군.'

강윤수는 훗날을 대비해 천사의 약점을 하나씩 파악했다.

악마와도 싸웠는데 천사와 싸울 날이 오지 않으리란 법이 있는가.

"뭐야?"

"성수 말고 다른 마실 게 있는 거야?"

"그런 게 있으면 나도 줘! 항상 성수만 마시기도 질렸어."

천사들이 강윤수 앞으로 몰려왔다.

그러자 유리엘이 취한 얼굴로 막아섰다.

"안 돼! 이 피조물 거는 나만 마실 수 있어!"

"맙소사! 그런 게 어디 있니?"

"흥! 내 마음이야! 내가 관심 가는 건 전부 내 거야!"

"유리엘, 자꾸 욕심부리면 때려줄 거야!"

'천사들끼리 분쟁을 일으키기도 하는군.'

강윤수는 생물학자로 활동했던 삶을 떠올리며 관찰을 계속했다. 그 순간, 강렬한 빛이 성전 안을 메웠다.

웅장한 목소리가 울렸다.

"싸우지 말거라."

천사들은 화들짝 놀라 서로 떨어졌다.

유리엘도 깜짝 놀라 붉어진 볼을 비볐다.

반면 강윤수는 벽면에 기댄 채로 술만 홀짝였다.

"멍청한 피조물아! 얼른 예를 갖춰!"

"왜."

"여신님이 오신단 말이야!"

덤덤한 강윤수와는 달리 유리엘은 자기가 먼저 안절부절못했다.

성전을 감싸는 빛이 훨씬 거세졌다.

강윤수는 눈동자를 가늘게 좁혔다.

"눈부셔."

"여신님 앞이니까 당연하지!"

분명 아무도 오지 않았다.

그러나 천사들은 잔뜩 긴장하고 서 있었다.

목소리가 또다시 울렸다.

"유리엘, 앞으로 나와 보렴."

유리엘은 흰 날개까지 덜덜 떨며 앞으로 나섰다.

목소리는 기분이 상했는지 어조가 약간 높아졌다.

"취했구나."

"죄, 죄송해요! 딸꾹!"

유리엘은 취하지 않은 척하려고 했지만 딸꾹질이 새는 것만은 막을 수 없었다.

"천사들은 술에 취약하단다. 어느 때라도 술을 입에 대지 말렴. 알겠니?"

"네, 네! 명심할게요!"

유리엘은 눈물까지 글썽였다.

강윤수는 의문이 들었다.

이런 걸 잔치라고 할 수 있나?

"피조물을 보고 싶구나."

천사들의 시선이 강윤수에게로 꽂혔다.

어서 나서지 않고 뭐하냐는 듯한 눈빛이었다.

"아무도 안 보이는데."

"원래 여신님은 아무도 못 봐!"

유리엘이 강윤수의 등을 억지로 밀다시피 하며 내세웠다.

황홀한 빛 한가운데 목소리가 강윤수에게로 내려왔다.

"드디어 나에게로 왔구나."

가까이서 들으니 비로소 알아들을 수 있었다.

"내게 속삭였던 자가 당신이었군."

"그래, 일천 번째 삶을 사는 자여."

강윤수는 기억을 더듬었다.

대륙의 수많은 종교 중 승리자는 어디인가.

"당신은 어떤 여신이지?"

"실피아, 대륙을 수호하는 여신."

가장 많은 대륙인 신도를 지닌 실피아교가 살아남았고 다른 종교들은 모조리 사이비로 전락했다.

천사들은 놀라 소리쳤다.

"하찮은 피조물이 여신님께 반말을 하고 있어!"

"무례하기 짝이 없어!"

강윤수는 천사들의 말을 무시했다.

"난 당신에게 할 말이 아주 많아."

"나 역시 마찬가지다."

강윤수는 물었다.

"왜 일천 번째 삶에 와서야 내게 접근했지?"

기회는 많았다.

강윤수는 수없이 회귀해 오며 여러 삶을 거쳤다.

그런데 왜 이제야 귀띔을 해왔단 말인가?

"일천 번째 삶을 사는 자여. 지금 세상은 비뚤어지기 시작했다."

"무슨 소리지?"

"나의 힘이 사라져 가고 있다."

강윤수의 눈동자가 가늘어졌다.

여신의 목소리는 높고 깨끗했다.

"나는 곧 대륙이며, 대륙은 곧 나이다. 대륙의 이름은 실피아이며, 나의 이름도 실피아다."

"대륙에 위기가 찾아온다는 건가?"

"세상의 규칙이 하나 깨져 버렸다. 그 탓에 세상은 일그러지기 시작했다."

"규칙이 깨졌다고 세상이 일그러져? 그게 무슨 논리지?"

"알 수 없다."

"신이 모르는 것도 있나?"

천사들이 당혹스러워하며 어쩔 줄 몰라 했다. 특히 유리엘은 당장에라도 강윤수를 끄집어내야 할지 고민하는 것 같았다.

여신은 차분히 말했다.

"피조물들은 '신'에 관한 환상을 품고 있더구나. 신은 그저 만든 사람에 불과하지. '전지전능'은 신에게 수여된 것이 아니라 신조차 모르는 정상의 존재에게 주어진 권리다."

강윤수는 그 사실을 머릿속에 기억했다.

여차하면 신도 죽을 수 있다는 의미군.

"세상의 규칙이 깨진 것이 나 때문이란 건가?"

"이 세상에 '없어야 할 자'가 나타났다. 그 탓에 세상의 규칙이 깨져 버렸지. 너의 회귀와 관련 있는 것이 분명하다."
강윤수는 눈살을 찌푸렸다.
"나는 좋아서 회귀를 하는 게 아니야."
"알고 있다. 마황 탓이지."
마황의 존재도 알고 있군. 그렇다면 얘기가 빨랐다.
"너는 내가 회귀한 사실을 알고 있군. 회귀 이전에 일어났던 일들도 기억하나?"
"아니, 모른다."
강윤수는 입술을 씹었다.
갈수록 여신이란 존재가 실망스러웠다.
"그럼 내가 회귀해 온 것은 어떻게 알지?"
"살아온 세월을 보면 알 수 있지. 2만 년을 넘게 살아온 인간이 그리 흔한 것은 아니니까."
강윤수는 의문을 표했다.
"너는 대륙이 일그러지기 시작했다고 말했다. 그러나 나는 전혀 모르겠군. 마황이 나타나기 이전의 대륙은 단 한 번도 멸망하지 않았다."
"왜 네 삶에 변화가 일어났다고 생각하느냐?"
강윤수는 흠칫 눈꺼풀을 떨었다.
여신은 가르쳐주었다.
"네 삶이 마지막인 이유. 바로 세상의 규칙이 깨졌기 때문이다."
"……세상의 규칙이 어째서 깨졌지?"
"그것이 네가 해야 할 일이다."

갑자기 눈부신 빛이 강윤수를 감쌌다.

그는 손등으로 눈가를 가렸다. 조금 뒤 손을 거두자 낯선 광경이 눈에 들어왔다.

"대륙이군."

광활한 대륙.

아주 높은 하늘 위에 강윤수는 서 있었다. 커다란 땅덩어리가 한눈에 보였다.

"나는 어느 곳이든 볼 수 있단다. 지금껏 네 여정을 지켜봐 왔지."

대륙의 한 곳이 확대되었다.

헤르미아 영주는 젖은 알몸을 말리며 머리칼을 빗었다.

황야와 마을 몇 개를 거쳐 광경은 변해 갔다.

적색바위 발굴단 단장 라막스는 대륙의 역사적 오류를 공표했다.

혈무 클랜 대장 장인위는 쌍수무기를 사용해 피땀 넘치는 레이드를 벌였다.

한세현은 유시도를 노려보며 오른손을 들이밀었다.

유시도는 킬킬 웃으며 긴 송곳니를 빛냈다.

야나크는 트롤들과 낙타 고기를 두고 다퉜다.

카츠는 조그만 엘프 소녀와 묘목을 가꿨다.

사막을 지나고 울창한 숲이 나왔다.

"강윤수 님이 설마 술이 담긴 배낭까지 훔쳐갈 줄은 몰랐어요. 다음부터는 몰래 술병을 버릴 거예요."

"쉿! 목소리 낮추렴. 강윤수는 눈치가 빠르단다."

"인마, 설마 그놈이 우리가 하는 말을 듣고 있겠냐?"

눈앞은 도로 어둠으로 물들었다.

곧이어 성전으로 돌아왔다.

"그러나 대륙에 강림할 능력은 잃고 말았지."

요컨대 볼 순 있되 갈 순 없다는 것이다.

"내가 창조한 대륙이 액자 속의 초상화가 된 기분이었다. 마침내 이젠 대륙을 살펴보는 것조차 힘겨워졌지."

목소리는 여전히 고왔으나 어조가 살짝 비틀어졌다.

"세상의 규칙이 깨진 이유를 살피기 위해 대륙 곳곳을 뒤졌다. 그러다 너를 알았고, 마황이 대륙 파괴와 회귀를 일삼고 있단 사실을 알게 됐다. 그래서 네게 말을 걸었고, 성전에 찾아올 수 있도록 했다."

강윤수는 용건을 물었다.

"내게서 바라는 것이 뭐지?"

"깨져 버린 세상의 규칙을 복구하고, 마황을 죽여라."

후자야 강윤수가 원래 하려던 것이다.

그러나 세상의 규칙을 복구하라고?

"이해가 어렵군. 세상의 규칙을 어떻게 복구하란 거지?"

"의도적으로 세상의 파멸을 원하는 자가 있다."

"마황 말인가?"

"아니, 네 적은 마황 하나가 아니다. 일천 번째 삶을 사는 자여."

목소리는 알려줬다.

"일천 번째가 네 마지막 삶이라고 했지? 회귀의 여부를 알고 너의 죽음을 바라는 자가 존재한다."

강윤수의 낯빛이 차가워졌다. 자신이 회귀함을 아는 것은 만물의 왕 시리안뿐이다. 그러나 그자는 아직 이번 삶에서 만나지 못했다.

"그런 자가 있다고? 지금껏 삶을 수백 번 반복했지만 나는 단 한 번도 그런 인물은 만나지 못했다."

"부끄러우나 나도 정확히는 알지 못한단다. 세상의 규칙이 깨진 탓에 너무나 많은 힘을 잃었기 때문이지. 하지만 분명한 것은."

목소리가 진중히 울렸다.

"일천 번째 삶에 와서 네게 수많은 변화가 이는 것은 분명 그럴 만한 이유가 있기 때문이다."

강윤수는 어쩌면 변화를 다행히 여겨야 할지도 몰랐다.

이번 삶에도 변화가 일어나지 않았다면 자신은 또 얼마나 회귀를 해야 했을까.

"누군가 의도적으로 세상의 규칙을 깬 것이 분명하다. 그자는 이 세상에 '없어야 할 자'를 불러왔다. 그러나 '없어야 할 자'와 세상의 규칙을 깨뜨린 자를 나는 찾을 수 없었지."

여신은 말했다.

"이 세상에 '없어야 할 자'를 찾아 죽여다오. 그럼 다시 세상은 온전해지고 나는 힘을 되찾을 수 있을 것이다."

빛이 내려왔다.

세상 무엇보다 신성한 빛이 강윤수의 몸에 어렸다.

「여신의 기사로 전직할 기회를 얻었습니다.」

「모든 능력치가 오르는 축복이 매겨집니다.

실피아 대륙에서 획득하는 경험치가 40퍼센트 증가합니다.

클래스 전직을 마치면, 현재 보유한 신탁의 검이 '성검-실피아'로 변화합니다.

종족이 인간에서 '천사(天使)'로 바뀝니다.

천 년에 한 번 여신의 원호를 요청할 권리가 생깁니다.

여신의 기사가 되면 실피아에게 맹목적 충성을 바쳐야 합니다.

현재 여신은 힘을 잃어 취약한 상태이므로 직업특성이 제한됩니다.」

강윤수는 단말기에 표시된 문구를 자세히 읽었다. 수백 번의 회귀 속에서도 여신의 기사는 처음 보는 클래스였다.

천사들은 호들갑을 떨었다.

"세상에!"

"여신의 기사는 세기말 선택받은 영웅에게만 내려지는 직위인데!"

"저 피조물이 그렇게 대단하단 말이야?"

직업 권유를 받은 것이 강윤수였는데도 유리엘은 뛸 듯이 기뻐했다.

"무뚝뚝한 피조물아! 얼른 하겠다고 해!"

강윤수는 현재 직업이 없었다.

여신의 기사는 괜찮은 클래스였다.

'하지만 치명적인 결점이 존재한다.'

오직 그만이 찾아낼 수 있는 문제점.

강윤수는 여신에게 물었다.

"전직하면 내 종족이 천사로 바뀌는 건가?"

"그렇다."

"천사는 술에 취약하다고 들었는데."

"술 한 방울만 맛봐도 힘을 못 쓴단다. 당연히 금주해야지."

"그럼 안 해."

싸늘한 침묵이 흘렀다.

강윤수는 물었다.

"용건은 이제 끝인가?"

"내 기사직을 거부하겠다는 건가?"

목소리가 싸늘해졌다.

강윤수는 고개를 끄덕였다.

"어."

순간 심장에 격통이 일었다. 강윤수는 곧장 넘어질 뻔했으나 칼을 바닥에 박고 버텨냈다.

숨이 거칠어졌다.

"여신의 기사는 아무에게나 주어지는 권한이 아니다."

"하기 싫다고."

기사직 권유를 거절한 것이 단순히 술 때문만은 아니었다.

여신의 기사는 지나치게 훌륭한 이점이 많았다. 그러나 그 대가로 여신에게 맹목적 충성을 바쳐야 한다.

'달갑지 않아.'

강윤수는 여신을 경계했다.

신성불가침한 존재로 보일지라도 그 속은 새까말지 모른다. 뭔지도 모를 존재에게 충성을 바치는 것은 멍청한 짓이다.

돌연 목소리가 사나워졌다.

"신은 전지전능하지 않다. 그러나 피조물의 무례를 넘어갈 만큼 무능하지도 않지."

강윤수는 호흡을 가다듬으려 했다.

신성하게만 느껴졌던 빛줄기가 지금은 몸을 기분 나쁘게 주물럭대고 있었다.

"네 몸 안에 악마의 조각이 박혀 있구나."

순간 밤에만 느꼈던 고통이 지금 일어났다.

강윤수는 핏물을 토해냈다.

"커헉-"

그는 무릎을 꿇고 입을 손으로 막았다. 핏물이 쏟아지고 창자는 끊어질 것 같았으며 머리가 지끈거렸다.

그러나 강윤수는 격통 속에서 칼자루를 들어 올렸다.

"맙소사!"

"지금 피조물이 여신님과 싸우려는 거야?"

천사들이 놀라 소리쳤다.

그러나 강윤수는 칼을 빛을 향해 겨누지 않았다.

그는 자신의 목덜미에 칼날을 들이댔다.

"뭐 하자는 거지?"

목소리가 차갑게 물었다.

"너는…… 왜 스스로 마황을 죽이려 하지 않지?"

여신은 침묵했다.

강윤수는 힘겹게 말을 이었다.

"이전 삶에서도 세상은 마황에게 줄곧 멸망했다. 만일 네가 마황보다 강했다면 마황은 진작 여신의 천벌을 받았어야 옳지."

강윤수는 확정하듯 말했다.

"너는 마황을 이길 자신도 없고, 이길 수도 없다. 그래서 내게 이렇게 귀찮은 명령을 내리는 거다."

"그럴듯한 추리군."

여신은 인정했다.

"나는 너의 기사가 되지 않는다. 만일 억지로 그런 일을 시킨다면, 지금 이 자리에서 자살하겠다."

"수백 번 회귀 속에서도 버텨온 목숨을 지금 끊겠단 것이냐?"

"그렇다."

강윤수는 숨을 멈췄다가 다시금 쉬었다.

"내가 죽으면 대륙은 반드시 멸망한다. 너 역시 마찬가지로 죽겠지, 실피아."

칼날에 붉은 피가 묻었다.

조금의 아픔도 느끼지 못하는 듯, 그는 낮게 말했다.

"명심해라."

강윤수의 눈빛이 타올랐다.

"마황을 죽일 수 있는 것은 오로지 나뿐이다."

여신은 한동안 침묵했다.

강윤수는 눈썹 하나 찌푸리지 않고 빛을 노려봤다.

곧 한숨 섞인 목소리가 흘렀다.

"나의 이름을 눈앞에서 부른 피조물은 네가 처음이군."

강윤수는 격통이 사라진 것을 느꼈다. 그는 칼을 내리고 입가에 흐른 피를 닦았다. 목덜미를 만져 보니 상처가 제법 깊었다.

"정말 어리석고 바보 같구나."

빛이 다가왔다.

강윤수는 경계했다. 그러나 빛은 목덜미의 상처를 순식간에 치유해 줬다.

"그러나 하나만은 알겠다. 마황이 너를 선택한 이유를 말이야."

여신의 목소리에 한숨이 섞였다.

"역시 일천 번째 삶을 사는 자를 내 수족으로 두는 것은 쉽지 않구나."

빛은 그의 몸을 어루만졌다. 방금과 달리 따스하고 온화했다. 불현듯 가슴 속 무겁게 가라앉은 뭔가가 사라진 듯한 기분이 들었다.

"네 몸에 있는 악마의 조각을 깨뜨렸다. 내 명을 따를 자에게 그런 사악한 것이 있으니 내키지 않구나. 다신 악마에게 손을 대지 말거라."

"고맙군."

강윤수는 몸을 풀었다.

프로스트 데몬의 겨울조각 탓에 며칠 밤낮을 꼬박 새워야

했다.

"너는 내가 '없어야 할 자'를 죽여야 한다고 말했다. 그럼 너는 내게 뭘 해줄 거지?"

상대가 여신일지라도 강윤수는 이득 없는 짓을 벌이지 않았다.

물론 천사들은 그의 무례함에 치를 떨었지만.

"나 역시 네게 명령만 내리려 하지 않았다."

여신은 한 가지 제안했다.

"네게 한 명의 천사를 빌려주겠다."

강윤수는 의아했다.

"천사를 말인가?"

"그렇단다."

빛이 아름다운 천사들을 밝혔다.

"이 중에서 네 수호천사가 될 아이를 골라라."

유리엘이 슬쩍 앞으로 나섰다.

강윤수는 고개를 끄덕였다.

"필요 없어."

현재 강윤수가 보유한 소환수만 넷이다. 나중에 창조할 두 정령을 생각하면 소환수는 이미 충분했다. 수호천사를 얻느니 뛰어난 무기를 손에 넣는 편이 훨씬 나았다.

"천사보다 여신의 힘이 깃든 장비가 나아."

강윤수는 또다시 빛이 심장을 옥죄올 것을 각오했다.

그러나 여신은 한숨 섞인 목소리만 냈다.

"네가 임무를 수행하는 자이니 그 정도는 선택할 권리가 있다."

여신의 기사직조차 거부한 강윤수의 고집 탓에 여신은 강압적으로 나오지 않았다.

여신은 차분히 말했다.

"내가 힘을 잃은 탓에 성물들은 그 성능을 잃었다. 안타깝지만 네게 줄 무기는 없다."

"그럼 내게 축복을 걸어줘."

축복은 여러모로 이득이 많다. 능력치를 끌어올리거나 뛰어난 신성력으로 몸을 보호한다. 하물며 여신의 축복이라면 말할 것도 없이 장대하리라.

"네게 축복을 걸어줄 순 있지만 유지 시간은 사나흘뿐이다."

도움이 안 되는군.

강윤수는 재차 확인했다.

"천사 말고 다른 보상은 없나?"

"네게 가장 효율적인 보상은 수호천사다."

여신도 뜻을 굽히지 않았다.

강윤수는 어쩔 수 없다는 듯 말했다.

"그럼 천사를 선택하겠다."

그의 태도는 무례하기 짝이 없었다.

당연히 천사들은 대놓고 반발했다.

"저도 저 남자가 싫어요!"

"저렇게 무례한 피조물을 수호하라니!"

"꼭 우리를 어쩔 수 없이 선택하겠다는 것처럼 들려요!"

주위가 소란스러워졌다.

빛이 돌연 사나워졌다.

"조용!"

천사들은 곧바로 입을 다물었다.

강윤수는 아랑곳하지 않고 천사들을 천천히 둘러봤다. 여신의 복속 아래에 있어서인지 천사들은 모두 여성이었다. 헐벗은 나신에 아무런 복장도 착용하지 않아 강함을 구별하기 어려웠다.

"크흠. 흠."

유리엘이 헛기침을 했다.

강윤수는 집요한 눈동자로 천사들을 훑어봤다.

'이 중 가장 뛰어난 천사를 데려가는 것이 좋을 것이다.'

"크흐흠! 엣흠!"

강윤수는 여신에게 물었다.

"그냥 48명의 천사를 내게 전부 줄 순 없나?"

자신이 완벽히 임무를 수행해야 여신의 안위가 회복되니 전폭적인 지원을 받는 것이 옳았다.

"천사들은 나의 피와 살과 같은 존재다. 천사가 하나라도 지상에 강림하면 그만큼 나의 신력(神力)이 줄지. 천사 하나도

무리한 것이다."

'어쩔 수 없군.'

그는 천사들의 강약을 구분 짓기보다 성격을 고려하기로 했다. 강력한 힘을 가진 천사가 자신에게 대적한다면 그 또한 문제가 되리라.

'난 악마가 된 전적이 있으니 천사라면 반감을 가질 가능성이 높겠지.'

강윤수는 결정을 내리고 한 천사에게 다가갔다.

유리엘은 새초롬하게 그를 쳐다봤다.

"나 필요 없다면서?"

"생각 바뀌었어."

"흥, 그런다고 내가 따라갈 줄 아니?"

강윤수는 화려한 문양의 술병을 꺼냈다.

"나중에 한잔해."

"흐으음. 그 술맛에 약간 호기심이 생기지만 나는 금주를 하기로 했는데…… 으음."

강윤수는 술병을 도로 배낭에 넣으려 했다.

그러자 유리엘이 황급히 그의 손목을 잡았다.

"알았어! 네 수호천사 해줄게!"

그는 간단히 회유에 성공했다.

빛이 환하게 퍼졌다.

"네게 내리는 의뢰는 나뿐만 아니라 대륙 전체를 위한 것이다. '없어야 할 자'를 없애지 못하면, 반드시 재앙이 닥치리라."

【여신 의뢰-없어야 할 자】

실피아 여신은 힘을 잃어가고 있다. 세상의 규칙을 깨버린 자 탓에 대륙이 흐트러지고 있다. 이 세상에 '없어야 할 자'를 죽이고 여신의 안위를 회복시켜라.

*대륙 최초의 여신 의뢰.

*의뢰의 성공 여부가 대륙의 존망을 가른다.

*없어야 할 자에 관한 단서는 찾을 수 없다.

보상-????

여신 의뢰.

난생처음 받는 의뢰였다.

'난관이 또 하나 늘었군.'

어떤 보상이 기다리고 있는지는 모른다. 그러나 대륙 어딘가에 자신의 회귀를 막고 죽이려는 자가 있다면 여신 의뢰를 행할 수밖에 없었다.

'이 세상에 '없어야 할 자'를 찾아 죽인다.'

분명 어려운 일이다.

그러나 강윤수는 어렴풋한 예감이 들었다. 반드시 그런 존재와 만나게 될 것만 같았다.

'묘하군.'

이런 예감이 든 것은 처음이었다. 이상하게도 그런 자와 만나게 되리라는 느낌이 강하게 들었다.

'지금은 아무런 단서조차 없다. 여행을 계속하다 보면 뭔가 얻는 것이 있겠지.'

"이제 지상으로 내려 보내주겠다. 반드시 나와 대륙을 지켜다오."

여신의 빛이 강윤수의 몸에 어렸다.

그의 몸이 점차 희미해져 갔다.

"네게 한 가지 말해줄 것이 있다."

"무엇 말이냐?"

"세상의 대륙은 이곳 하나뿐만이 아니다."

여신은 침묵했다.

그러나 놀란 기색이 역력했다.

강윤수는 사라져 가며 말했다.

"이전 삶에서 나는 멀리 떨어진 대륙에 가본 적이 있다. 이 세상은 넓더군. 어쩌면 그 대륙에도 너와 같은 신이 존재할지 모르지."

강윤수의 형체는 사라졌다.

여신은 혼자 말했다.

"세상이 이곳 하나뿐만이 아니라……."

실피아는 강윤수가 사라진 자리를 향해 말했다.

"그 말은 머지않아 네게도 적용될 것이다, 일천 번째 삶을 사는 자여."

빛이 사그라졌다.

숲은 어두웠다.

날벌레가 날아다니고 들짐승은 먹잇감을 찾아 헤맨다.

헨릭은 불가에 나뭇가지를 던졌다.

"날도 저물었는데 무서운 얘기나 할까?"

"뭐, 아는 얘기 있으세요?"

샤네트는 야식이 될 수프를 국자로 휘저었다.

아이리스는 수프 냄비만 뚫어져라 쳐다봤다.

"아는 얘깃거리야 한둘이 아니다만…… 이런 날에는 그 이야기가 적격이겠군."

"뭔데 그러니?"

아이리스 고개를 들며 호기심을 표했다.

헨릭은 목소리를 깔고 분위기를 잡았다.

"어두운 숲에서 여자를 잡아먹는 귀신 얘기다."

"진부하다. 왠지 그거 어디서 들어본 것 같아요."

샤네트가 픽 웃었다.

그러나 아이리스는 벌써 얘기에 몰입하고 있었다.

"귀신? 죽은 자 말이니?"

"그래, 죽은 귀신. 그런데 이놈은 다른 귀신들이랑은 좀 달라. 사람 잡아먹는 취미가 독특하거든."

"독특하다니?"

"보통 사람을 먹는다고 하면 살점 많은 허벅지나 뱃살을 먹지 않겠냐? 그런데 이놈은 특이하게도 여자 머리통만 골라 먹는 거야."

"머리통? 그게 맛있니?"

"뭐, 그놈이 미식가인지 잡식가인지는 알 바가 아니지. 그런데 이놈은 코가 아주 좋아. 특히 음식 냄새라면 귀신같이 찾아가지. 귀신이지만."

아이리스는 끓고 있는 수프 냄비를 불안하게 쳐다봤다.

헨릭은 꼬챙이로 불가를 뒤적거렸다.

"근데 이 귀신은 진짜 맛을 아는 놈이다. 연약한 여자는 먹기 싫어해. 힘세고 강한 여자. 그것도 특히 몬스터처럼 강력한 여자의 머리통을 즐겨 먹지."

아이리스는 침을 꿀꺽 삼켰다.

"그 귀신은 도플갱어도 먹느냐?"

"그럼! 아주 사족을 못 쓴다. 특히 도플갱어는 다른 종족의 여자로 변하는 경우가 많으니 최고지. 개중에서 그 귀신은 인간 여자로 변한 도플갱어를 아주 좋아해. 머리통이 연하거든."

아이리스는 불안한 듯 연신 주위를 살폈다.

헨릭은 말을 이었다.

"귀신은 보통 어둠 속에 있다가 갑작스레 나타난다. 우리가 보통 아는 남자랑 비슷한 생김새지. 아니, 여자를 유혹해야 하니 좀 잘생겼을지도 모르겠군. 하여간 그 귀신은 감정 하나 없는 얼굴로 갑자기 나타나서 여자의 머리통을 확 낚아채 가."

아이리스는 어깨를 조금 떨었다.

그녀는 약간 울먹이며 물었다.

"그 귀신은 이 숲에도 있느냐……?"

"없으리란 법은 없지."

헨릭은 의미심장하게 말했다.

샤네트는 그릇에 수프를 담았다.

"그쯤 하세요. 아이리스 언니가 무서워하잖아요."
"원래 무서운 얘기는 그 맛에 하는 것 아니냐?"

"피곤해."
강윤수가 어둠 속에서 나와 아이리스 곁에 앉았다.
"꺄악!"

퍼걱—!

그는 재빠르게 몸을 숙였다.
아이리스의 주먹은 애꿎은 나무 기둥 하나를 부러뜨렸다.
헨릭이 얼떨떨한 표정을 지었다.
"언제 왔냐."
말의 고삐를 나무 한 그루에 묶고 강윤수는 하품을 했다.
"방금."
여신은 일행이 있는 곳으로 강윤수를 말과 함께 이동시켜줬다. 강윤수가 옆에 앉자 아이리스는 곧바로 샤네트에게 달라붙었다.
"내 머리통은 맛없단다!"
"왜 그래."
"괜찮아요, 언니. 강윤수 님은 사람은 안 먹어요. 으음……아마도요."
샤네트는 겁먹어 울먹이는 아이리스를 다독였다.
헨릭이 물었다.

"그래서 만나야 할 사람은 만나고 왔냐?"

"어."

강윤수는 낯빛이 퀭했다.

프로스트 데몬의 겨울조각이 사라진 탓에 피로가 한번에 몰려왔다.

"수프 드세요. 너무 피곤해 보이세요."

"고마워."

샤네트는 그를 걱정스럽게 쳐다봤다.

"이따가 어깨라도 좀 주물러 드릴까요?"

"어."

"저놈은 좋겠네. 피곤할 때 어깨 주물러주는 미녀도 있고."

헨릭이 비아냥거렸다.

가까스로 진정한 아이리스는 강윤수의 하체를 바라봤다.

"응? 이 머리칼은 뭐니?"

강윤수의 주머니에는 밝은 머리칼이 잘려져 있었다. 머리칼은 형광체처럼 희미한 빛을 뿜어냈다. 아이리스는 머리칼을 코로 가져갔다.

"아주 좋은 향기가 나는구나."

"길이가 꽤 긴데 여자 머리칼 아니에요?"

샤네트가 예리하게 물었다.

강윤수는 이것이 무엇인지 기억을 되짚어 보았다.

유리엘의 머리칼이 분명했다.

"이별 선물로 잘라줬군."

샤네트가 들고 있던 수프 그릇을 떨어뜨렸다.

"여자가 이별 선물로 머리칼을 잘라줬다구요?"

"아니."

강윤수는 정정했다.

"그녀는 천사였어."

"매정한 놈, 만나고 올 사람이란 게 그런 거였냐."

헨릭이 쯧쯧 혀를 찼다.

샤네트는 입술을 부르르 떨었다.

"강윤수 님이 진짜 그럴 줄은 몰랐어요! 한 사람만 좋아할 거라고 생각했는데! 이런 곳에 몰래 연인까지 두셨어요?"

그녀의 얼굴에 배신감과 울먹임이 담겼다.

마치 '저랑 키스까지 해놓고 어떻게 그럴 수 있어요?'라고 말하는 듯했다.

오해를 해결하기까지는 제법 많은 시간이 걸렸다.

샤네트가 의심스러운 눈길로 바라봤다.

"천사들의 성전을 다녀왔다구요?"

"어."

강윤수는 고개를 끄덕였다.

문득 동료들에게 의견을 물어봐도 괜찮겠다는 생각이 들었다. 여신 의뢰는 그도 처음 받아본 것이고, 아무런 단서도 없다. 그러니 같이 생각할 사람이 있다면 좋았다.

그는 회귀와 마황에 관한 것만 빼고 여신과 나눈 이야기를 했다.

"이 세상에 '없어야 할 자'라."

헨릭은 턱을 쓰다듬었다.

“확실히 어려운 논제긴 하다. 세상 찾아보면 없는 게 차라리 나을 법한 놈들이 한둘은 아니지.”

“그렇게 간단한 건 아닐 거예요. 여신이 힘을 잃을 정도라면 좀 더 넓은 쪽에 속하는 얘기가 아닐까요?”

“어떤 거 말이냐?”

“흐음, 예를 들면 다른 세상에서 온 침입자라거나?”

“인마, 그렇게 따지면 저놈도 다른 세상에서 왔잖아.”

헨릭이 턱 끝으로 강윤수를 가리켰다.

“어라? 생각해 보니 그러네요.”

헨릭이 손가락을 튕겼다.

“어쩌면 이런 것 아니냐? 여행자들이 계속 대륙으로 이전되는 바람에 여신이 힘을 잃어간다든지?”

“그것도 괜찮은 가설이긴 하네요. 하지만 이 세상에 ‘없어야 할 자’라고 했으니 한 명일 거예요.”

그들은 이런저런 얘기를 나누었다. 강윤수 혼자 고민하는 것보다 훨씬 괜찮았다. 이런 기분은 정말 오랜만이었다.

‘함께 고민하고, 생각하고, 얘기하는 것.’

별것 아니지만 그로선 감회가 새로웠다.

언제나 혼자였다.

회귀 이전의 기억은 자신만 갖고 있었으니까.

당연한 듯 혼자서만 해결해 왔으니까.

‘언젠가 때가 된다면…… 모든 걸 고백해야겠지.’

회귀와 마황.

그리고 이전 삶에서의 인연도.

이 감정에 좀 더 젖어 들고 싶었지만 몸이 너무 피로했다.

"맞아."

강윤수는 샤네트를 바라봤다.

"나 몰래 술 버리지 마."

"어, 어떻게 아셨어요?"

샤네트가 눈을 동그랗게 떴다.

강윤수는 더 이상 대답하기 귀찮았다. 그래서 아까부터 참아왔던 부탁을 말했다.

"어깨 주물러줘."

8장
미치광이 릭

한 살인마가 있었다네.

그 이름은 뤽 엘리커슨.

미치광이 살인마.

그 앞에선 아무도 살아남지 못해.

꼬마들만 죽이는 살인마.

랄라라라.

피비린내가 풍겨.

잭나이프가 무뎌져.

어린애가 울었어.

동그란 머리가 바닥을 굴러.

뤽은 즐거워 웃었어.

랄라라라.

왕의 아이를 쑤시고 온 날.
뤽은 깨달았어.
자신이 미쳤단 것을.
제정신을 되찾으려 했어.
오랜 노력 끝에 정상이 됐어.
그리고 뤽은 경악했다네.
랄라라라.

뤽은 고뇌했어.
우울하며 비탄했어.
내가 대체 뭘 한 거지?
뤽은 죽은 아이들에게 사죄했어.
자백해야 할까?
랄라라라.

뤽은 말했지.
아니야.
자수는 완벽한 속죄가 아니야.
그런다고 죽은 아이들이 돌아오진 않잖아.
그래. 아이들을 살려내자.
랄라라라.

뤽은 고민했어.
네크로맨서?

아니, 언데드는 완벽한 부활이 아니야.
연금술을 연구할까?
아니, 부활의 약은 누구도 발명하지 못해.
뤽은 마침내 결단했지.
그래, 인형사가 되자.
랄라라라.

뤽은 조각도를 쥐었네.
하루마다 수백의 인형을 깎았네.
비가와도 눈이 와도 조각도를 쥐었네.
마침내 기적의 도구를 만들었다네.
랄라라라.

뤽은 아이들의 시체를 가져왔네.
자신의 도구로 시신을 인형으로 만들었네.
썩은 살을 깎고 모자란 근육을 톱밥이 이루었네.
그렇게 아이들은 인형이 되었네.
자신과 놀았던 아이들은 부모의 품으로 돌아갔다네.
뤽은 기뻐 웃었지.
이 훌륭한 도구에 이름을 붙였네.
인체세공도구.
랄라라라.

뤽은 인형술에 빠졌네.

육편을 모으고, 무덤을 뒤지며, 밤을 새워가며 최후의 걸작을 만들었지.

하지만 모두 뤽을 미치광이라 불렀네.

아무도 뤽의 최후를 몰라.

랄라라라.

-옛 담시곡 '미치광이 뤽'

"어디 출신이요?"

"몽골 울란바토르."

"이번엔 아시아 출신이 많군. 나는 싱가포르 싱가포르 출신이요."

남자의 입버릇이었다.

"무슨 말이죠?"

"싱가포르의 수도가 싱가포르요. 나는 데이비드라고 합니다."

데이비드는 칼을 갈았다.

몽골 출신의 여성이 입을 열었다.

"자야입니다. 한 가지 물어도 되겠습니까?"

"얼마든지."

"나를 어떻게 할 거죠?"

"죽일 거요."

자야는 입술을 씹었다.

칼날이 갈리는 소리가 들려왔다.

그러나 옴짝달싹할 수 없었다.

"이 실은 어떻게 끊을 수 없나요?"

"그건 인형들을 다루는 마나의 실이요. 당신의 무력으로는 끊지 못합니다."

"살려주세요."

"싫습니다."

자야는 애처로운 눈길로 데이비드를 바라봤다.

"왜 나를 납치한 거죠?"

자야는 궁사 클래스다.

사격은 현실에서도 가장 자신 있던 분야였고 보스 몬스터의 이마를 꿰뚫은 경험도 몇 번 있다.

'양심이고 뭐고 곧장 저놈부터 쏴버렸어야 했어.'

몬스터 사냥에 나선답시고 돌아다니다가 납치를 당하고 말았다. 최근 여행자들이 납치당하는 일이 많다는 소식을 접했지만 설마 그 대상이 자신이 될 줄은 몰랐다.

정신을 차리고 보니 바로 이곳이었다.

'여긴 대체 어딜까?'

자야 말고도 실에 속박당한 사람이 많이 있었다. 손목에 단말기가 차인 것을 보면 모두가 여행자였다.

"당신도 여행자 아닌가요? 왜 날 죽이려는 거죠? 살인으로 레벨 올리는 게 목적이에요?"

"비슷합니다."

데이비드는 숫돌에 갈던 칼을 들고 칼날을 바라봤다.

서슬이 시퍼렜다.

"당신은 죽되 살아 있을 겁니다."

"무, 무슨 소리입니까?"

"당신은 이 유적의 몬스터가 될 테니까."

자야의 눈동자가 공포로 물들었다.

그녀는 덜덜 떨며 주위를 둘러봤다. 먼지 쌓인 석벽과 용도 모를 도구들.

"이, 이곳이 유적이란 말인가요? 수백 마리의 몬스터가 서식한다는 그 유적?"

"맞습니다."

"그런데 내가 왜 몬스터가 된다는 거예요!"

자야는 버둥댔다.

그러나 몸을 얽맨 실은 조금도 끊여지지 않았다.

데이비드는 칼날을 자야의 몸으로 가져갔다.

"처음에는 꽤 고통스러울 거요. 하지만 후반으로 가면 버틸 만합니다. 그때쯤 되면 당신의 정신이 사라지거든요."

"안 돼! 하지 마! 내 몸에 손대지 마!"

자야는 울면서 절규했다.

그럼에도 불구하고 데이비드는 서슴지 않고 칼을 휘둘렀다.

서걱-

진득한 피 웅덩이.

단말기를 찬 손목이 떨어진다.

"헨릭."
"왜 그러냐."
"백설이가 죽었단다."
헨릭은 조각도를 놀리던 손을 멈췄다.
"백설이가 누구더라?"
"내가 타던 백마잖니!"
아이리스가 눈물이 고인 눈으로 쏘아봤다.
그는 뒤통수를 긁적였다.
"그럼 오늘 점심은 말고기냐?"
부웅-!
"으헉!"
헨릭은 허리를 낮춰 그녀의 주먹을 피했다.
"헨릭은 정말 바보구나!"
아이리스는 눈물을 훔치며 달려가 버렸다.
헨릭은 깎던 피나무 조각을 품에 넣고 얼떨떨한 표정을 지었다.
그때 샤네트가 한숨을 쉬며 다가왔다.
"눈치 있게 좀 말하세요, 아저씨."
"오냐, 내가 봐도 말고기 얘긴 좀 심했네. 아주 그냥 무덤 만들어준 다음에 사흘 밤낮으로 장례 치르자고 할 걸 그랬다."
"아저씨는 가끔 되게 날카로우면서 여자 마음은 전혀 모르시네요."

"내 여자 될 것도 아닌데 딴 여자 마음을 알아서 어디다가 쓰냐?"

"그러다가 나중에 여자 생기면 골치 아파질걸요?"

"인마, 나 같은 놈한테 올 여자가 있겠냐?"

헨릭은 흙을 훌훌 털고 일어났다.

"그런데 갑자기 말은 왜 죽었냐?"

"아이리스 언니의 백마뿐만이 아니에요. 일어나 보니 저희 말들까지 모두 죽어 있었어요."

두 사람은 말이 있는 곳으로 걸어갔다.

떡갈나무 아래 네 마리의 말이 쓰러져 있었다.

숨을 쉬지 않고 눈동자에 초점이 없었다.

"이놈들이 왜 갑자기 죽었지?"

"급사병(急死病)."

"……너 진짜 귀신이냐? 인기척 좀 내고 나타나라."

헨릭이 어느새 곁에 있는 강윤수에게 핀잔을 줬다.

"어디 다녀오셨어요?"

"숲에 약초 따러."

강윤수는 죽은 말들을 살펴봤다. 하나같이 피부에 보랏빛 반점이 돋아나 있었다.

'급사병은 시체를 통해 빠르게 전염되지. 일반 소독약으로도 병균이 죽지 않고.'

본래 이 숲 끝자락에는 전염병을 퍼뜨리는 흑마법사가 존재한다. 갖은 전염병을 퍼뜨릴 뿐 아니라, 시체를 부패시키기 때문에 언데드도 쓰기 어렵다.

'하지만 그 녀석은 수사관들이 처리할 거다.'

강윤수가 며칠 전 만난 할벤 수사관에게 1급 수사 인력을 요청한 것이 그러한 이유에서였다.

'전염병 퍼뜨리는 흑마술사는 죽이기 까다롭다. 1급 수사관들에게 귀찮은 일을 떠맡기는 편이 시간 절약이 돼.'

어려운 부분은 남에게 미룬다.

앞으로 진행해야 할 일들이 산더미였다.

"앞길은 걸어가자."

"그냥 네가 말들을 언데드로 되살리면 안 되냐?"

"부패한 상태라 타고 다니면 위험해."

강윤수는 넓적한 그릇을 꺼내 숲에서 따온 약초들을 짓이겼다. 농후한 진액이 나오자 독한 술과 그것을 잘 섞었다.

"마셔."

"이, 이게 뭐예요?"

"이걸 마시면, 급사병에 걸리지 않아."

샤네트는 얼굴을 찡그리며 약초 진액을 마셨다.

어마어마하게 쓴맛이었다.

강윤수와 헨릭도 그것을 꿀꺽 삼켰다.

"아이리스 언니는요?"

주위를 둘러봐도 그녀가 보이질 않았다.

헨릭이 눈썹을 올렸다.

"혹시 숲에서 길이라도 잃은 것 아니냐?"

그러자 강윤수는 숲속으로 들어갔다.

반 시간도 지나지 않아 그는 아이리스의 손목을 붙잡고 돌아왔다.

"살아 숨 쉬는 백설이를 보고 싶구나."

아이리스는 우울히 말했다.

그녀의 아름다운 눈가가 눈물 탓에 새빨갰다.

강윤수는 약초 진액을 내밀었다.

"마셔."

아이리스는 약초 진액을 한 방울도 남김없이 마셨다.

그리고 그녀는 한숨을 쉬었다.

"입맛이 없단다."

"보통은 먹기 전에 입맛 없다고 하지 않냐?"

헨릭은 말의 시체들을 바라봤다.

벌써 파리 떼가 꼬이기 시작했다.

"이놈들, 가만히 내버려 뒀다간 전염병이 퍼질 것 같은데?"

"그럼 어떡할까요?"

"방법이 있냐. 태워 버려야지."

아이리스가 헨릭을 째려보며 울먹였다.

"헨릭은 비정하구나."

"현실적인 거지."

그는 어깨를 으쓱였다.

샤네트는 아이리스를 바라봤다.

"지금 태워도 돼요, 언니?"

"잠깐 기다리렴."

아이리스는 백마의 사체로 다가갔다.

그녀는 길쭉한 귀에 무어라 속삭였다.

"이제 됐단다."

"염화술."

화르륵-!

샤네트의 손아귀에서 불꽃이 튀어나와 말들의 사체를 태웠다. 화력 조절에 능숙해진 모습이었다.

아이리스는 샤네트에게 기대어 훌쩍였다.

"뭐라고 속삭이셨어요, 언니?"

"백설이의 영혼이 이다음에 내 아이로 태어나라고 속삭였단다."

"언니가 바라면 이뤄질 거예요."

헨릭은 뭔가 할 말이 있는 듯했지만 쩝 하고 입맛만 다셨다.

"가자꾸나. 나는 타고 있는 백설이를 오래 보고 싶지 않단다."

세 사람은 짐을 챙겨 길을 걸어갔다.

반면 강윤수는 타고 있는 말들의 사체를 바라봤다.

그는 보랏빛 반점이 무성히 난 말의 뼛조각을 하나 챙겼다.

"안 오고 뭐 하냐?"

"갈게."

강윤수는 뼛조각을 손수건으로 묶어 배낭 한구석에 넣었다.

데이비드는 피 묻은 손을 닦아냈다.

총 29구의 시체가 정렬되어 있다. 몽골, 레바논, 동티모르등등.

'출신지가 다양하군.'

죽일 사람의 출신지를 확인하는 것은 그의 오랜 습관이다. 물론 현실에선 이러한 습관 탓에 발목을 잡히고 말았지만.

'실수로 목숨을 끊지 못해 내게서 도망친 여자가 있었지.'

데이비드는 사형수였다.

가석방의 여부조차 묵살당한 무거운 죄목의 연쇄살인마.

그는 자신이 죽인 시체를 꿰매 봉제 인형을 만들곤 했다.

'현실의 취미가 도움이 될 줄은 미처 몰랐지.'

감옥의 사형수였던 그는 대륙으로 이전됐다.

데이비드는 기뻤다. 이곳엔 그를 가둬 둘 감옥이 없다. 결국 본능은 미친 듯이 날뛰었다.

'지금까지 몇 명을 죽였더라.'

레벨이고, 뭐고.

현실이고, 뭐고.

데이비드는 상관하지 않았다.

'죽을 때까지 죽여야지.'

그것이 본능이다.

데이비드가 대륙으로 첫 이전된 장소가 이 유적이었다. 그러나 인형을 만드는 세공도구만 가득할 뿐 어떤 몬스터도 존재하지 않았다.

데이비드는 감을 잡았다.

'이곳에선 살아남기 위해 죽여야 하는군.'

그는 자신과 동시에 이전된 사람들을 모조리 죽였다. 그러자 단말기에 문구가 떠올랐다.

「샤이돌 유적의 새로운 주인이 되었습니다.
이곳은 몬스터가 없는 황량한 유적입니다.
유적에 들어온 침입자를 처리할 때마다 추가적인 경험치를 얻습니다.
유적을 발전시킬 때마다 추가적인 능력을 개방할 수 있습니다.」
「미치광이 뤽의 후계자가 되겠습니까?」

'디펜스 게임 같군.'

현실에서 몇 번 해본 적이 있었다. 자신이 보스 몬스터가 되어 던전에 침입하는 사람들을 막는 형식의 게임.

그러나 마지막 문구만은 이해할 수 없었다.

'미치광이 뤽?'

무슨 의미인지 이해할 수 없었다. 그러나 미치광이란 표현이 마음에 들었다.

"후계자가 되겠다."

그러자 새로운 지식이 머릿속에 들어왔다. 데이비드는 처음 보는 인체세공도구를 사용해 시체를 인형으로 만들었다.

또한 침입자들을 죽여 인형의 숫자를 늘려갔다.

「후계자로서 최후의 걸작을 손에 넣었습니다.
세공과 인형술이 높은 경지에 다다른 자만이 사용할 수 있습니다.」
「유적에 배치된 전투인형의 숫자가 500이 넘었습니다.

화살함정과 독극물 구덩이를 설치할 수 있게 되었습니다.」

「유적의 함정을 교묘히 설치했습니다.

새롭고 강력한 인형의 제작 지식이 생겨납니다.」

「지난 한 달간 침입자 200명을 처단했습니다.

유적개발 레벨 5 달성!

클래스 전직 기회가 주어집니다.」

데이비드는 '유적의 주인'이란 클래스로 전직을 마쳤다.

자신 스스로가 유적의 보스가 되는 독특한 클래스.

'이곳에선 더 많이, 자유롭게 죽일 수 있어.'

데이비드는 작업을 시작했다.

29구의 시체가 인형으로 바뀌었고, 각자 필요한 자리에 배치되었다.

어느덧 유적의 인형의 숫자는 1,500이 넘었고 함정 개수도 만만치 않았다.

"지루하군."

유적의 규모가 커졌다.

그러니 침입자들이 와도 너무 손쉽게 죽어버렸다.

이래서야 죽이는 맛이 없다.

최근의 나날은 너무나 무료했다.

그때 단말기가 진동했다.

지이잉-!

「유적 주위에서 여행자 무리가 포착되었습니다.
여행자 하나, 대륙인 둘. 몬스터 하나.」

데이비드의 단말기에 지도와 적색 점이 표기됐다.
유적의 주인의 직업특성이었다.
그는 취미 삼아 여행자를 납치해 인형으로 만들곤 했다.
'이번엔 좀 재밌는 놈이면 좋겠군.'
데이비드는 유적을 나왔다.

어두운 숲길은 험준했다.
돌부리는 뾰족했고 얽힌 나무뿌리가 널려 있었다.
"앞이 잘 보이지 않는구나."
아이리스는 백마의 죽음 탓에 여전히 우울한 어조였다.
그러자 샤네트가 손가락을 들었다.
"염화술."
그녀의 손가락 끝으로 주홍빛 불꽃이 타올랐다.
램프 대용으론 딱 알맞은 밝기였다.
"이젠 불을 다루는 요령이 어느 정도 생겼어요."
헨릭이 대견하다는 듯 칭찬했다.
"너, 묘하게 쓸 만해졌다?"
"제가 무슨 물건이에요?"
샤네트가 퉁명스레 대꾸했다.

강윤수는 배낭 한쪽이 묘하게 빛나는 것을 발견했다.

유리엘의 머리칼이 빛을 내고 있었다.

「유리엘의 머리칼」

천사 유리엘의 머리칼. 불에 태우면 천사를 강림시킬 수 있다. 밤이나 타락한 장소에선 그녀를 부를 수 없다.

+천사는 자주 강림할수록 지상에 있을 수 있는 시간이 짧아진다.

'천사는 어쩔 수 없는 상황이 아니면 부르지 말아야겠군.'

유리엘은 600레벨 이상의 천사다.

천사가 전장에 나서면 강대한 전력이 되리라.

그러나 동시에 경험치를 숙련할 기회는 잃고 만다.

'자주 불러냈다간 지상에 강림하는 시간이 짧아질 거다.'

지난 삶에서, 고대유적이나 설화를 돈 적이 있기 때문에 천사에 관해선 어느 정도 정보가 있었다.

끝없는 신성력을 품었으나 본래 천상에 사는 종족. 지상에서도 오래 살아갈 수 있는 악마와 달리 지상에 강림하는 시간이 제한되어 있다.

'천사강림에 관해선 차후 알아가야겠군.'

해가 완전히 떨어지고, 달이 중천에 떠올랐다.

밤이 되어 야영할 곳을 정하려던 찰나였다.

"어디 출신이요?"

한 남자가 모습을 드러냈다.

데이비드는 여행자만 골라 납치했다.

대륙인은 전혀 다른 세상에서 살아온 터라 죽일 때의 이질감이 대단했다.

무엇보다 자신만의 이유가 존재했다.

'단말기가 있는 팔목을 자를 때가 유쾌하지.'

단말기란 여행자가 대륙을 살아가는 데 없어선 안 되는 중요한 물품이다.

태생적으로 능력치나 설명창을 볼 수 있는 대륙인과 달리 여행자는 단말기로만 문구를 확인할 수 있다. 그래서 단말기가 사라진다면 여행자는 그야말로 이 세상에서 낙오되는 것이나 다름없었다.

'레벨이 올라도 능력치를 올릴 수 없고, 아이템의 설명도 읽을 수 없게 된다.'

단말기는 손목으로부터 벗을 수 없게 되어 있다. 따라서 단말기를 잃게 되는 경우는 손목 자체를 절단했을 때다.

'남들이 다 보는 시스템을 잃어버렸을 때의 그 표정.'

데이비드는 가히 그 표정 때문에 여행자들을 납치해 죽인다고 해도 과언이 아니었다.

'유적에 보관해 둔 단말기도 꽤 많지.'

그만큼 그가 많은 살인을 했다는 것이리라.

단말기에 표시된 적색 점을 따라가자 불빛이 보였다.

야영을 준비 중인 일행이 보였다.

'남자 둘에 여자 둘이군. 단말기를 찬 것을 보면 저 무표정한 남자가 여행자고.'

유적의 주인 특성에 의해 표기된 설명에 따르면 여행자 하나, 대륙인 둘, 몬스터 하나라고 했다.

데이비드는 눈썹을 올렸다.

'몬스터?'

유적에선 테이머 클래스나 조련한 몬스터를 데리고 다니는 거라 생각했다. 그러나 정작 일행을 보니 정상적인 사람만 넷이었다.

직업특성이 잘못되기라도 한 걸까?

'자칫 일이 잘못되어도 유적으로 귀환할 수 있으니 걱정 없다.'

데이비드가 홈그라운드인 유적으로부터 홀로 나온 것도 대비책이 있기 때문이다. 그에겐 '유적귀환'이란 스킬이 존재했고, 위기상황 시 유적 심장부로 귀환할 수 있었다. 물론 횟수는 한정되어 있어 일주일에 한 번만 사용할 수 있는 스킬이다.

데이비드는 그들 앞으로 나섰다.

"어디 출신이요?"

죽이기 전에 출신지를 묻는 것은 그의 오랜 습관이다.

강윤수는 천천히 입을 열었다.

"한국 어딘가."

"나는 싱가포르 싱가포르 출신이요."

샤네트가 경계하는 표정을 지었다.

"누구신데 갑자기 출신지를 물으시죠? 거기다 싱가포르 싱가포르는 무슨 말이에요?"

"싱가포르라는 나라의 수도가 싱가포르요."

데이비드는 입버릇을 내뱉었다.

그는 품속에 넣은 손가락을 꿈틀댔다.

강윤수의 뒤쪽 풀숲이 순간 움직였다.

콰직-!

"중급자구만."

데이비드는 눈썹을 사납게 올렸다.

그의 손가락으로부터 뻗어 나온 마나의 실이 헨릭이 뻗은 한 손 탓에 뒤엉켜 버렸다.

헨릭은 냉소를 지었다.

"마나의 실을 숨기는 솜씨까진 괜찮은데 쓸모없는 동작이 너무 많아. 인형사 노릇 누구한테 배워본 적 없지?"

"……당신도 인형사요?"

"그건 댁이 알 바가 아니고."

헨릭이 뒤엉킨 마나의 실에 손을 움직였다.

그러자 수풀 뒤의 인형이 그의 뜻대로 움직였다.

"……뭐야?"

헨릭이 눈살을 찌푸렸다.

풀숲 너머에서 모습을 드러낸 것은 목각인형이 아니라 사람이었다. 왼손 의수를 지니고 활을 착용한 여성이 마나의 실로 연결되어 있었다.

헨릭의 얼굴이 굳었다.

"이거…… 씨발, 미친 새끼. 설마 시체를 인형으로 만든 거냐?"

데이비드는 재빨리 왼손에 특수한 나이프를 꺼내 마나의 실을 절단했다. 그러곤 품에서 인형소환상자를 꺼냈다.

"죽여라."

20구의 인형이 소환됐다.

샤네트는 사이드를 들었으나 경악했다.

"저, 전부 사람이랑 똑같이 생겼어요!"

단순한 인형이 아니었다.

칼을 든 남자부터 시작해 지팡이를 쥔 여인까지. 실제 인간과 별다를 것 없는 자들의 몸이 실과 연결되어 있었다.

아이리스는 눈을 크게 떴다.

"모두…… 웃고 있구나."

시체인형들은 입꼬리를 길게 올리고 있었다. 순박하게 웃는 사람들이 칼을 쥐고 있는 광경은 섬뜩하기 짝이 없었다.

헨릭은 이를 갈았다.

"정신 똑바로 차려, 인마! 겉은 사람이라도 속은 인형이다! 쓸데없이 양심 생각하다간 골로 간다!"

시체인형들이 순간 움직였다.

목각인형보다 훨씬 빠르고 재빠른 몸놀림이었다.

샤네트가 사이드를 들어 맞은편의 검을 막은 순간 뒤통수에서 화염구가 날아왔다.

화르륵—!

"고맙네요!"

불이 붙은 샤네트는 힘차게 인형들의 무기를 내려쳤다.

헨릭도 재빨리 인형들을 꺼내 들고 소리쳤다.

"인형 말고 인형사를 노려! 저놈이 인형을 조종하니까!"
데이비드는 빠른 손놀림으로 인형을 조종했다.
인형 수십 구가 그의 앞을 막아섰다.
강윤수는 칼을 뽑으며 말했다.
"아이리스."
아이리스가 흙바닥을 세게 내려쳤다. 그 순간 대지의 앞부분이 통째로 파여 나갔다. 도저히 인간의 괴력이라곤 볼 수 없었다.
'일행에 있던 몬스터가 설마 저 여자였나?'
데이비드가 눈썹을 올렸다.
인형들의 정렬이 순간 흐트러졌다.
강윤수는 재빨리 돌진했다.
"심연의 검술."
챙-!
데이비드 앞의 인형이 그의 검을 막아 세웠다.
그는 흥미롭다는 듯 픽 웃었다.
"칼을 잘 쓰는군."
데이비드는 이런 부류의 여행자를 잘 알았다.
저 정도 칼놀림을 소유한 여행자는 대개 현실에서도 그쪽 분야에 종사했던 놈이다. 검술도장에 다녔거나, 검법을 연마했거나, 펜싱을 배우거나 했을 거다.
'하지만 스포츠에 불과하지.'
데이비드는 이쪽 세계로 이전된 첫날 10명이 넘는 사람을 죽였다. 그가 그렇게 많은 사람을 죽일 수 있었던 것은 비단 싸움 실력이 뛰어나서가 아니었다.

바로 마음가짐.

'저렇게 젊은 놈일수록 양심의 가책을 운운하지.'

데이비드가 여행자를 납치할 때 시체인형을 대동하는 이유가 바로 그것이었다. 시체인형은 한쪽 손목만 절단됐을 뿐 일반 사람과 전혀 다를 것이 없다.

실제 여행자의 시체로 만들었기 때문이다.

'그렇기에 반드시 빈틈이 생긴다.'

대륙인도 대개 그렇지만 하물며 현실에서 온 여행자라면 사람을 베는 데 망설임이 있다. 특히 죄 없는 사람을 갑자기 죽일 수 있는 사람이 얼마나 되겠는가.

데이비드는 뒤로 물러난 뒤 시체인형들을 10구 더 꺼냈다.

'놈은 망설임이 생길 수밖에 없다. 난 그 틈을 노려 처리하면 될 것이고.'

지금 꺼낸 시체인형들은 현재 그가 보관한 것 중에서 가장 어린 축에 속했다. 데이비드는 절대 이해할 수 없는 상식이지만 일반인이라면 단연코 검을 멈칫할 수밖에 없었다.

그는 즐거웠다.

'강인한 놈일수록 좋은 인형을 만들 수 있지. 저놈은 아주 괜찮은 재료가 되겠군.'

그러나 데이비드의 예상은 빗나갔다.

"심연의 검술."

서걱-!

강윤수는 눈앞의 시체인형을 세차게 베었다.

조그만 어린아이 인형의 머리가 으깨지고 오래된 피가 분수처럼 튀었다.

그러나 강윤수는 전혀 검을 물리지 않았다. 그는 일말의 동정심조차 내비치지 않았다. 오히려 거침없이 시체인형들을 베고 데이비드 앞으로 접근했다.

"이게 뭐요?"

데이비드는 킬킬 웃고 말았다.

놀랐기보단 동질감이 들었기 때문이다.

"사람 잘 죽이네요?"

"어차피 인형이잖아."

"그렇다고 저런 어린애 인형까지 아무렇지 않게 파괴하다니. 당신은 자식도 없습니까? 아, 젊어 보이니 당연히 없으려나."

강윤수의 눈동자가 무심하다 못해 냉혹해졌다.

그는 인형들 사이를 비집고 무리하게 돌격했다.

그 순간, 데이비드는 양손을 휘감으며 내렸다.

다섯 인형이 동시에 강윤수를 노렸다.

챙-!

샤네트의 낫과 헨릭의 인형, 그리고 아이리스의 주먹이 시체인형들을 박살 냈다. 뼈가 부서지고 살점이 뭉개지는 소리가 처참히 울렸다.

데이비드는 의아했다.

"당신들은 이런 광경이 꺼림칙하지 않습니까? 보통은 사람이랑 다를 것이 없어서 시체인형을 잘 못 부수는데."

"당연히 싫죠. 그런데 강윤수 님이 죽는 게 더 싫네요."

샤네트가 차갑게 말했다.

데이비드는 이해할 수 없었다.

그는 머리를 긁적이려고 했다. 그리고 왼손이 잘린 것을 깨달았다. 단말기를 찬 손목이 떨어지고, 피가 진득하게 흘렀다.

"으윽-!"

데이비드는 뒤로 물러났다.

강윤수는 피 묻은 칼을 가볍게 흔들었다.

"죽어."

데이비드의 덤덤했던 표정이 깨졌다.

그는 괴이하게 웃으며 본성을 드러냈다.

"당신, 현실에서 뭐 하던 사람입니까?"

"기억 안 나."

"나처럼 미친 인간이었던 건 확실해."

"세상엔 미친놈 많아."

강윤수는 흑호 클랜의 대장을 떠올리며 말했다.

그의 칼이 데이비드의 심장으로 향했다.

"손목은 인체세공도구로 붙일 수 있다. 단말기도 유적에 보관해 둔 것이 많고."

데이비드는 소름 끼치게 웃었다.

강윤수는 기다리지 않고 칼을 내찔렀다.

"다시 만났으면 좋겠군. 유적 귀환!"

칼끝이 스치려는 찰나 데이비드가 사라졌다.

샤네트는 그가 사라진 자리를 멍하니 보았다.

"대체…… 저 사람은 뭐였죠?"

갑작스럽게 나타나 기습을 하고 사라졌다. 본인이 다쳤음에도 전혀 두려워하는 기색이 없었다.

헨릭은 주변에 조각난 시체인형들을 바라봤다.

"인체세공도구?"

"헨릭의 유산과 같구나. 그 남자도 인체세공도구를 가지고 있는 거니?"

헨릭은 시체인형들을 면밀하게 살폈다.

마나의 실이 꿰어졌던 구멍을 살피기도 하고 의수가 접합된 부분도 관찰했다.

그는 한숨을 쉬었다.

"이거, 아무래도 일이 귀찮아진 것 같다."

"무슨 일인데요?"

샤네트가 피 묻은 머릿결을 묶으며 물었다.

"설명할 거야 많다만, 가장 충격적인 것부터 말하자면."

헨릭은 무겁게 고백했다.

"내 선조는 미치광이 연쇄살인마였다."

모두가 고개를 끄덕였다.

"알아."

"그랬군요."

"그럴 줄 알았단다."

헨릭이 기가 막혀 항의했다.

"아니, 어째 죄다 당연하다는 반응이냐?"

"난 긴 설명 싫어한다."

헨릭이 앞서 말했다.

"그러니 최대한 짧게 요약하마."

그는 크흠 하고 헛기침을 했다.

"내 선조 중에 '뤽'이라는 연쇄살인마가 있었는데, 그놈이 사람들 죽이다가 갑자기 시체를 인형으로 되살리겠답시고 두 개의 인체세공도구를 개발했다. 근데 이놈이 하나는 자신의 유산으로 남기고, 다른 하나는 자신만 아는 작업 공간에 숨겨놨다고 하더라."

"작업 공간이요?"

"말이 작업 공간이지, 실제론 엄청나게 큰 유적이었단다. 나 참, 살인마 놈이 뭐 그렇게 여윳돈이 많았는지."

헨릭은 입맛을 다시고 말을 이었다.

"하여튼 유적에 남겨진 인체세공도구는 아무도 찾지 못했다. 내 증조할아버지 말씀으로는 자기 후계자를 위해 남겨 뒀다고 하더라."

"그럼 아까 시체들을 인형으로 부리던 남자가 뤽의 후계자인 셈이네요?"

"그렇지. 인체세공도구를 갖고 있으니까."

헨릭은 고개를 끄덕였다.

"뭐, 내 성격상 그딴 것 남이 갖든 말든 신경 안 쓴다. 근데 일이 또 그렇게 쉽지가 않아."

그는 바닥에 쏟아진 시체인형 파편을 가리켰다.

샤네트가 마른침을 삼켰다.

"설마……?"

"인체세공도구는 시체를 인형으로 만드는 데도 쓰이지. 놈은 그걸 사용해 시체를 인형으로 만들고 있는 거야."

"시체를 인형으로 만들다니. 그런 일이 가능해요?"

"가능해. 살은 상하지 않도록 소독약에 항시 적셔 두고, 마나를 덧씌우지. 시체로 만든 인형은 일반 목각인형보다 훨씬 강력해. 살아생전의 재능이 인형에 담겨 있거든."

헨릭은 짜증스러운지 조각도로 흙바닥을 푹푹 내리찍었다.

"하지만 시체를 인형으로 만드는 건 내가 봐도 참 엿 같은 짓이다. 그놈은 최소한의 인륜도 없나 보군."

평소 능글맞은 헨릭이 지금은 눈에 보일 정도로 화가 나 있었다.

"무엇보다, 미치광이 뤽의 후계자에게는 특별한 물건이 주어진다."

그때 강윤수가 입을 열었다.

"최후의 걸작."

"그걸 어떻게 아냐고 물어보는 것도 이젠 지겹다."

헨릭이 질렸다는 듯 말했다.

아이리스가 물었다.

"최후의 걸작이 뭐니?"

"뤽이 만든 가장 훌륭한 인형이다. 이 세상 그 어떤 인형보다 아름답고 강인하다더군."

강윤수는 고개를 끄덕였다.

"빼앗자."

순간 모두가 침묵했다.

헨릭이 가장 먼저 물었다.
"……진심이냐?"
"어."
지난 삶을 돌이켜 보았을 때, 최후의 걸작은 여정에 꼭 필요했다. 애당초 그 인형을 빼앗으려 하지 않았다면 이쪽으로 오지도 않았을 것이다.
'원래 계획보다 훨씬 빠르군.'
샤이돌 유적은 적절한 인원을 준비하고서 공략했다. 만만찮은 전투인형들이 즐비해 있는 만큼 준비 과정도 까다로웠다.
'이젠 그럴 시간이 없다.'
강윤수는 모든 난관을 빠르게 해결해야만 했다. 마황은 예정보다 일찍 나타난다. 지금 필요한 것은 효율적인 행동력이었다.
'정면으로 싸우는 것은 무모하다.'
네이비드는 미쳤지만 그 유적의 방비는 매서웠다. 그렇지만 유리엘의 머리칼을 쓸 생각도 없었다.
샤네트가 꺼림칙하다는 듯 물었다.
"그 사람 같은 인형들과 싸워야 하나요?"
"싸울 필요 없어."
"뭔 소리냐?"
강윤수는 보랏빛 반점이 피어오른 말 뼈다귀를 꺼냈다.
"이걸 쓰자."

데이비드는 심장부에 도착해 넘어지듯 굴렀다. 그는 비틀비틀 걸어가 쌓아 놓은 왼쪽 손목 중 하나를 골랐다. 여행자에게서 자른 왼손에는 당연히 단말기가 걸려 있었다.

'살점이 썩지 않도록 보존 처리하길 잘했군.'

데이비드는 오른팔로 인체세공도구를 꺼내 들었다.

그러곤 신중하게 잘려나간 팔목에 왼손을 접합했다.

순간이지만 위험했다.

'단말기가 없어도 스킬은 쓸 수 있군.'

만일 유적귀환 스킬을 쓰지 못했다면 그는 곧장 사망했으리라.

왼손의 접합을 마쳤다. 데이비드는 새로운 왼손을 쥐었다 펴고 단말기의 작동을 확인했다.

다행히 양쪽 다 문제가 없었다.

'이젠 안전하니 됐다.'

샤이돌 유적.

이 유적의 주인은 자신이었다. 심장부에서 버티고 있는 한, 그 누가 오더라도 이길 수 있었다.

'오천의 군세가 와도 막아낼 자신이 있다.'

그 자신감은 결코 헛된 것이 아니었다. 바닥에 설치한 함정과 전투인형들의 조화, 그리고 복잡한 미로는 그 누가 침입하더라도 당할 수밖에 없으리라.

그뿐만이 아니었다.

'유적의 심장부에서 내 능력치는 월등히 상승한다.'

유적의 주인 클래스의 특성.

유적 심장부에선 모든 능력치가 높이 치솟고 다수를 상대할수록 생명력이 질겨진다. 유적 내에서의 데이비드는 가장 흉악한 보스 몬스터였다.

'그놈을 내 인형으로 만들지 못한 게 아쉽군.'

무뚝뚝하던 여행자 청년.

잠깐이었으나 검술 솜씨가 보통이 아니었다.

'재료로 썼다면 기사 클래스 부럽지 않은 전투인형이 만들어졌을 텐데.'

아쉬웠으나 지나간 일이었다.

데이비드는 먼지 쌓인 침대 위로 누웠다.

그는 내일을 기약하며 잠들었다.

아침이 밝았다.

유적의 깨진 창가로 햇빛이 들어왔다.

데이비드는 정오쯤 침대에서 일어났다.

'피곤하군.'

그는 하품을 했다.

아침의 일과에서 가장 먼저 하는 일은 단연코 '보물'을 확인하는 일이었다. 데이비드는 유적 심장부의 제단에 있는 상자를 살짝 열었다.

'무사히 있군.'

최후의 걸작.

살인마 뤽의 작품임에도, 불세출의 명작이라 불리는 인형이다. 잠깐 보았을 뿐인데도 황홀한 아름다움에 경직될 것만 같았다.

'살인자인 나한테도 이 정도인데, 예술가들은 엄청나겠군.'

그는 턱을 매만졌다.

최후의 걸작은 아름다움뿐만 아니라 강함까지 갖추었다. 그러나 이 인형을 다루기 위해선 뛰어난 인형술과 세공술을 갖춰야만 했다.

'인형술이라면 점차 스킬 레벨을 올리면 된다. 하지만 왜 세공술이라는 까다로운 절차가 붙었는지 모르겠군.'

아쉽게도 아직 데이비드에겐 최후의 걸작을 다룰 만한 역량이 없었다.

그는 여행자들의 짐에서 훔친 음식들로 아침 식사를 했다. 애당초 식욕이 많진 않은 터라 묵은 빵과 물로만 때웠다.

'인형을 점검해야겠군.'

데이비드는 하루마다 반드시 시체인형들을 확인한다. 어딘가 손상된 부위는 없는지, 아니면 고장 난 곳이 없는지 확인하기 위해서다. 시체인형들은 유적의 귀중한 전투원이므로 꾸준히 관리해야만 했다.

'마나의 실이 없어도 인형을 조종할 순 있지만 관리는 필요해.'

샤이돌 유적의 특성이었다.

마나의 실이 없는 상태에서 인형을 조종할 수 있는 특권이 주어졌다. 언뜻 보면 인형사 클래스를 위한 혜택처럼 보이나, 실상은 데이비드의 마수를 위한 방안이었다.

'나는 유적 안의 모든 인형을 조종할 수 있다.'

대규모 전투에선 부하를 다루기 위해 통솔력이 필요하다. 때론 사기를 잃은 병사들이 도망치기도 한다. 그러나 인형들은 전혀 그런 걱정이 없었다.

'오늘도 별다른 것들은 없군.'

데이비드는 시체인형들을 일렬로 세워 두고 살펴봤다. 초점 없는 눈동자의 인형들은 헤벌쭉 웃고 있었다. 시체인형들을 웃게 한 것에 별다른 이유는 없다.

'그냥 웃는 게 좋잖아.'

데이비드는 실실 웃었다.

이 사랑스러운 것들!

그는 인형들에 극심한 애정을 품고 있었다.

"난 당신들이 좋습니다. 당신들도 내가 좋지 않습니까?"

당연히 인형들은 말이 없었다. 그러나 데이비드는 대답을 듣기라도 한 것처럼 만족스러운 표정이었다.

평소와 다른 점을 발견한 것은 그때였다.

'응?'

오늘 숲으로 정찰 나간 시체인형이었다. 전직 레인저 클래스로 활동했던 여성 시체인데, 노출이 심한 활동복을 입고 있었다. 그런데 어깨에 보랏빛 반점이 보였다.

'이게 뭐지?'

데이비드는 보랏빛 반점을 손톱으로 긁어 보았다. 단순한 얼룩이 아니라 피부에 핀 버짐 같았다.

'야생에서 벌레한테 물리기라도 했나.'

일단 격리해야겠다는 생각이 들었다. 데이비드는 보랏빛 반점이 생겨난 시체인형을 더러운 유적 구석에 박아뒀다.

샤이돌 유적은 청소를 하지 않아 무척 더러웠다.

'어차피 더러워질 것, 청소해 봤자 뭐해?'

데이비드는 현실에서 감옥살이를 할 때도 위생 관념이 없었다. 어차피 유적에서도 혼자 지낸다. 시체인형들은 소독과 마나처리를 해두어 살점이 썩어나갈 걱정도 없었다.

'오늘도 지루한 하루였군.'

데이비드는 유적 안을 걷거나 밖의 풍경을 살피다가 심장부로 돌아왔다. 유적의 심장부에는 낡은 침대가 있었다.

그는 그 위에 누웠다.

'내일은 조금이라도 흥미로운 일이 생겼으면.'

유적 안에서 살아가는 것은 처음엔 재밌었다. 침입자를 처단하고, 인형의 숫자를 늘려가는 것이 흥미로웠다.

그러나 이젠 질렸다.

'슬슬 여기도 감옥 같아지는군.'

데이비드는 눈을 감았다.

아침이 되었다.

데이비드는 오늘도 정오쯤 일어나 최후의 걸작부터 살폈다. 황홀한 인형은 여전히 상자 안에 웅크린 채 있었다.

'내 실력이 경지에 다다르면, 반드시 이 인형을 써먹겠다.'

데이비드가 아침마다 하는 다짐이었다.

그는 계단을 걸어 올라가 1층으로 갔다.

각층의 시체인형 병력이 집합해 나란히 서 있었다.

'……뭐야.'

데이비드는 눈을 깜빡였다.

시체인형 일곱 구가 보랏빛 반점투성이가 되어 있었다. 흡사 독을 품은 버섯처럼 온몸에 반점이 가득했다.

'어떻게 된 일이지?'

이 중 두 인형은 야생에 나간 적도 없었다.

데이비드는 눈살을 찌푸리며 인형들을 자세히 살폈다. 단순히 반점만 피어오른 것이 아니라 살결이 무뎌질 듯 썩고 있었다.

'소독이랑 마나처리까지 해놨는데, 어째서?'

그는 서둘러 어제 격리해 뒀던 시체인형에게로 걸어갔다. 근처로 가자 악취가 코를 찔렀다. 가장 먼저 반점이 피어오른 시체인형은 부패가 진행되어 파리 떼가 윙윙대고 있었다.

"아깝지만, 이것들은 태워 버려야겠군."

숲에다가 버려도 들짐승들이 꼬인다.

데이비드는 불을 피우고, 유적 한편에서 반점이 피어오른 시체인형들을 태웠다.

의문이 생겨났다.

'왜 이놈들은 갑자기 몸체가 썩었지?'

소독과 마나처리는 시체의 자연적 부패를 막는다. 그럼에도 살결이 썩어간다는 것은, 시체에 다른 뭔가가 침투했다는 의미였다.

데이비드는 순간 가슴이 철렁했다.

'설마 병균?'

어쩌면 야생에서 풍토병 같은 것을 옮아왔을지도 모른다. 더군다나 인형이라고 할지라도 엄연히 시체를 매개로 했다. 다른 짐승들보다 면역력이 약하고 병에 걸리기 쉬울 수밖에 없었다.

'젠장, 시체인형에 이런 약점이 있었을 줄이야.'

데이비드는 뤽이 챙겨뒀던 소독약을 모조리 꺼냈다. 자신이 자주 가는 곳마다 소독약을 통째로 발랐다. 유적을 통째로 환기시키고 싶었으나, 바깥과 폐쇄된 터라 불가능했다.

'잠시 유적을 떠나 있을까?'

데이비드는 스스로에게 물었다. 그러나 고개를 저었다.

'유적의 주인 클래스는 이틀 이상 유적을 비워 두면, 소유권을 잃는다.'

첫 이전된 당시부터 키워온 유적이다. 이렇게 귀중한 유적을 포기한다는 것은 말도 되지 않았다.

'소독약도 뿌렸으니 이젠 괜찮을 거다.'

데이비드는 스스로를 다독이며 잠에 들었다.

아침이 되었다.

데이비드는 서둘러 1층에 인형들을 소집했다. 28구의 시체 인형에 보랏빛 반점이 피어올라 있었다.

"말도 안 돼!"

데이비드는 머리를 붙잡고 이를 갈았다. 전염병이 퍼지는 것이 이토록 빨랐단 말인가? 구체적인 병명을 알아보려 해도 이곳은 외딴 숲이며, 현실보다 원시적인 세상이었다.

제대로 된 의료 시설 따위는 존재하지 않는다.

"빌어먹을!"

데이비드는 신경질적으로 왼손을 긁었다.

아까부터 왼손이 가려웠다.

'왜 이렇게 가려워? 모기한테 물렸나?'

데이비드는 왼손을 바라봤다. 손등 위에 보랏빛 반점이 선명히 피어나 있었다.

'병이 옮았다.'

데이비드는 등골이 오싹해졌다. 손목이 잘렸을 때조차 미소를 잃지 않던 그였다. 그러나 질병은 그 무서움이 남달랐다.

'이 병은 뭐지? 페스트(Pest, 흑사병) 같은 종류인가?'

신체가 절단당했다면 인체세공도구로 다른 시체의 것을 접합하면 그만이다. 그러나 질병은 달랐다. 병균에 감염된 몸뚱이를 시체와 맞바꿀 순 없는 거니까.

'젠장! 생각해 보니 이보다 질병에 걸리기 쉬운 환경도 없

었어.'

유적 내부는 청소를 하지 않아 더러웠다. 평상시 걸어 다니는 시체인형들이 즐비해 있다. 병균이 침투하기 이보다 좋은 환경이 어디 있겠는가.

'더군다나 이 유적에 살아 있는 생물체라곤 나뿐이다.'

불현듯 데이비드는 섬뜩해졌다. 시체인형들이 병균이 옮았다면 이젠 부하가 아니었다. 오히려 자신에게 질병을 옮기는 적이다.

'젠장! 하필이면 왜 시체의 왼손을 접합해 가지고!'

데이비드는 보랏빛 반점이 핀 손등을 피가 나도록 긁었다.

인체세공도구로 붙인 왼손은 떼어낼 수 없었다. 인형의 신체부위를 붙였다면 몰라도 다른 이의 신체 부위를 접합했다면 이미 한 몸이다.

'신체 부위를 접합해서 전염이 더욱 빨라졌던 걸지도 몰라.'

그렇게 생각하니 순간 섬뜩해졌다. 죽였던 여행자들이 자신에게 복수하는 것만 같았다.

'이 병에 걸리면 어떻게 되는 거지?'

데이비드는 식은땀을 흘렸다.

자신은 기고만장했다. 그 어떤 적이라도 이 유적에서 이길 자신이 있었다.

'하지만 전염병을 상대로는 싸울 수조차 없다.'

데이비드는 이를 빠드득 갈았다. 차라리 강력한 몬스터를 상대하는 편이 훨씬 나았다. 보이지 않는 병균을 상대로 자신이 승리할 방법은 전혀 보이지 않았다.

아니, 애초에 병균과의 싸움에 승리란 개념이 있긴 한 걸까?

"쿨럭! 쿨럭!"

별안간 기침이 튀어나왔다. 목이 미친 듯이 따가웠다. 손을 바라보자 피가 섞인 가래가 묻어 있었다.

"빌어먹을! 쿨럭! 빌어먹을-!"

화가 났지만, 분노할 상대방이 없다. 미칠 것만 같았다. 질병은 천벌이나 다름없었다.

'가만히만 있을 순 없다.'

데이비드는 보랏빛 반점이 피어난 인형들을 모조리 수거해 태워 버렸다. 자신의 보랏빛 반점이 피어난 오른손을 잘라버릴까 했지만 관두었다.

'피가래까지 나오는 걸 보면, 이미 병균이 내 체내에 침투한 거야.'

그는 거칠게 기침을 토하며 마스크로 쓸 것을 찾아다녔다. 평소 위생 관념이 얼마나 엉망이었는지 깨끗한 천을 찾을 수가 없었다.

'젠장!'

평소 청소를 게을리한 자신을 원망하게 될 줄은 몰랐다. 데이비드는 가까스로 그나마 깨끗한 상의를 찾아냈다. 예전에 죽였던 여자의 상의를 보관해 뒀던 것이다.

그는 상의를 찢어 입 주위로 감았다.

'유적에 전염병이 돈다는 것을 알고도 계속 있을 순 없다. 일단 인근 마을로 가서 질병 치료를 받자.'

데이비드는 소독약과 최소한의 짐을 챙겨 조용히 유적을

나왔다.

「샤이돌 유적을 벗어났습니다.
유적귀환 스킬은 대기시간이 남아 있습니다.
제한시간 안에 돌아가지 않으면, 유적의 소유권을 잃습니다.
남은 시간-47시간 59분 59초」

'빌어먹을, 시간이 없다.'

남은 시간을 생각하면 서둘러 유적에 돌아와야만 했다. 전염병이 퍼지긴 했지만, 병에 걸린 시체인형들을 태웠다. 데이비드는 이 유적에 아직 미련이 남아 있었다.

'서두르자.'

애당초 이 질병이 치료 가능한 것인지는 모른다. 그러나 의사를 찾아가 보면 최소한 병명이라도 알 수 있으리라.

"쿨럭! 쿨럭!"

피가래의 양이 점차 늘어났다.

데이비드는 이를 악물고 밤새워서 걸었다.

동이 틀 무렵, 옹달샘을 발견했다.

약간 고인 물이긴 했지만, 물은 그런대로 깨끗해 보였다.

'몸에 있는 병균을 없애야 해. 씻자.'

데이비드는 남은 소독약을 쏟아냈다. 옷과 짐을 풀어 몸을 씻었다. 보랏빛 반점은 어느새 가슴팍까지 와있었다.

'이 병은 감염력이 엄청나군. 치사율은 어느 정도지?'

치사율.

병에 걸린 환자가 죽는 비율.

만일 치사율이 높으면 자신이 죽을 확률이 높아질 것이고, 낮다면 살 확률이 늘어날 것이다.

'반드시 살아남겠다.'

데이비드는 주먹을 꽉 쥐었다.

고작 이딴 병에 걸려 죽을 자신이 아니었다. 그는 피가 나도록 입술을 깨물었다.

'심장이라도 터지지 않는 이상 나는 죽지 않는다.'

그리고 칼이 데이비드의 심장을 꿰뚫었다.

"크헉-!"

"이놈, 진짜 있네?"

헨릭이 마나의 실을 흩뜨린 손아귀를 휘저으며 얼떨떨한 표정을 지었다. 데이비드의 가슴을 커다란 목각인형이 칼로 관통하고 있었다.

"이런…… 빌어먹을……!"

"강윤수 그놈이 가보라고 해서 오긴 왔는데 한가롭게 목욕 중이었구만. 물 안 차갑냐?"

데이비드는 피를 토하며 고통스럽게 몸부림쳤다.

그러나 헨릭은 비정하게 칼을 깊숙이 박았다.

그가 비아냥거렸다.

"사람들을 그렇게 많이 죽여 놓고, 자긴 또 살고 싶나?"

목각인형이 칼날을 비틀었다. 심장이 뭉개지며, 끔찍한 고통이 퍼졌다.

"으아악!"

데이비드는 필사적으로 몸부림쳤다. 그러나 벌거벗은 터라 그럴듯한 무기 하나 없었다. 그는 마지막 힘을 담아 핏물을 뱉어냈다.

"크악!"

"퉷, 너 뭐하냐?"

헨릭이 찝찌름한 피를 맛보고 얼굴을 찌푸렸다.

"크흐흐…… 이젠 네게도 이 병이 옮을 거다."

"난 치료제 먹었어, 인마."

"……."

데이비드의 숨이 끊어졌다.

옹달샘이 피로 물들었다.

「샤이돌 유적의 주인 데이비드 아비를 죽였습니다.
샤이돌 유적 심장부의 보물을 얻을 수 있습니다.」

「세공사 클래스입니다.
요구되는 인형술 스킬 레벨을 충족했습니다.
뤽의 후계자 자리를 탈환했습니다.」

"뤽의 후계자?"

헨릭이 눈을 깜빡였다.

"인형술을 본격적으로 다룰 수 있게 돼."

"그러니까 넌 제발 인기척 좀 내고 나타나라."

헨릭은 어느새 곁에 서 있는 강윤수에게 핀잔을 줬다.

그가 헛기침을 했다.

"놈이 나타날 위치를 가르쳐 줘서 고맙긴 한데, 원래 보통 마무리는 네가 짓지 않냐?"

"나는 인형사가 아니니까."

강윤수가 이번 삶에서 인형사 클래스를 선택했다면 당연히 자신이 데이비드를 죽였을 것이다.

그러나 이번엔 인형술을 배울 생각이 없었다. 경험상, 자신보다 헨릭이 인형사의 역할을 맡는 것이 훨씬 효율이 좋았다.

"유적의 보물을 가지러 가자."

"다른 두 놈은?"

헨릭이 야영지에서 잠들어 있을 샤네트와 아이리스를 언급했다.

강윤수는 고개를 가로저었다.

"우리끼리만 가."

"왜, 험한 꼴 봐야 하냐?"

그는 고개를 끄덕였다.

강윤수는 그동안 말 뼛조각을 사용해 유적 주변을 정찰하는 인형들을 감염시켰다. 본래 시체인형들이라 감염력이 좋았고 전염 속도가 무척 빨랐다.

「샤이돌 유적의 인형들을 급사병에 감염시켰습니다.
현재 감염 개체-117」
「전염병을 성공적으로 창궐시켰습니다.」

'병을 퍼뜨리는 건 효율적인 싸움이군.'

레벨과 숫자 싸움을 넘어서는 것이 바로 전염병을 퍼뜨리는 것이다. 어찌 보면 시체를 일으키는 네크로맨서보다 효율적이었다.

헨릭이 눈썹을 찌푸렸다.

"무서운 놈. 인근 지역까지 전염병이 퍼지면 어쩌려고 그랬냐?"

"수사관들이 막을 거야."

강윤수가 괜히 1급 수사 인력을 요청한 것이 아니었다. 숲을 통해 전염병이 퍼진다면, 대륙 전체에 큰 파도가 인다.

그러나 1급 수사 인력이 그런 병의 전염을 막아줄 것이다.

'유적 내부에 질병을 퍼뜨려 감염분포도가 넓지 않으니까.'

두 남자는 숲을 걸었다.

앞서가던 강윤수가 갑자기 길을 틀었다.

"인마, 아까 그놈이 걸어온 발자국은 그쪽이 아닌데?"

"잠시 들려야 할 데가 있어."

강윤수는 외딴곳으로 걸어갔다.

숲 깊숙한 곳에 들어서자 짐승들의 울음소리가 사나워졌다.

불현듯, 굉음이 울렸다.

"커헉! 감히 너희 따위가 나를 죽일 수 있을 거라 생각하느냐!"

새까만 로브를 입은 노인이 검은 지팡이를 흔들었다. 숲의 잎사귀가 시들고, 생명의 온기가 사라졌다. 반면 마법사를 상대하는 세력은 수사관 제복을 착용하고 있었다.

"흑마법사의 생명력이 얼마 남지 않았다. 본부에서 사살 허가가 떨어졌으니 맹공을 퍼부어라!"

풀숲 뒤에 숨은 헨릭이 속삭였다.

"저게 네가 말했던 흑마법사냐?"

"어."

전염병을 퍼뜨리는 흑마법사. 확실히 흑마법사의 생명력은 상당히 깎여 있었다. 노인은 당장에라도 숨이 끊어질 듯 지팡이를 부여잡았다.

그때 강윤수가 나섰다.

"심연의 검술."

칼날이 노인의 뒤통수를 찔렀다.

"너, 넌 누구인데 갑자기…… 크어억!"

강윤수는 칼날을 비틀었다.

흑마법사는 그 자리에서 목숨을 잃었다.

「질병을 퍼뜨리는 흑마법사 오리켈을 죽였습니다.

마법사의 차원주머니로부터 소유 물건이 이전됩니다.

전염병 종자 7개를 얻었습니다.

부패의 십자가 4개를 얻었습니다.

감염의 지팡이를 얻었습니다.」

강윤수는 갑자기 난입해 막타만 챙긴 것이다.

"뭐야! 당신은!"

"누군데 수사관 앞에서 사람을 멋대로 죽여!"

수사관들이 분노하며 다가왔다.

멋들어진 제복만 봐도 높은 계급의 수사관들이었다. 전염병 방지를 위해 다들 빛이 어린 축복이 걸려 있는 상태였다.

강윤수는 목에 걸린 아뮬렛을 척 내밀었다.

"0급 드래곤 발톱 아뮬렛!"

수사관들은 놀라는 동시에 정렬을 맞췄다.

맨 앞줄의 미녀가 경례를 올리며 불사조 팔찌를 내보였다.

"1급 수사관 셰릴 외 14명입니다."

바로 강윤수의 신고를 받고 온 1급 수사 인력이었다.

강윤수는 짐짓 점잖게 그녀의 어깨를 두드렸다.

"수고가 많군."

"옛!"

수사관들은 방금까지 전투를 벌였음에도 전혀 지친 기색이 없었다.

1급 수사관 중에서도 이들은 가장 강했다.

'황실특별수사대.'

황실에서 인정받아 각 본부에 배치된 인력. 일반 수사관들과는 달리 이들은 뛰어난 체력과 전투력을 지녔다. 검술 실력을 비교하자면 황궁의 기사들에게도 뒤처지지 않는다.

'오래 끌면 이들은 내 정체를 눈치챌 거다.'

강윤수가 그동안 속여 온 상대방들과는 다르다.

1급 수사관은 사기꾼이라면 신물이 나올 때까지 상대해 온 자들이다. 완벽한 연기를 선보여도 이들의 의심을 뿌리치리란 보장이 없었다.

"최근 여행자들이 실종되는 사건을 조사하던 차에 자네들을 봤네. 확실히 후배들이 잘하는 모습을 보니 대견하군."

"지금 이 시간에 말입니까?"

셰릴의 어조는 부드러웠으나 질문은 예리했다.

강윤수는 태연히 고개를 끄덕였다.

"물론이지. 아, 팔찌의 날개 문양을 일부 깎아낸 걸 보니 블페힌 수사본부 출신들이군. 라펜터힐 경감님은 잘 지내시나?"

"현역에서 활동 중이십니다."

"정정하셔서 다행이군. 방화범 쫓다가 콧수염 다 태워 드신 것이 엊그제 같은데."

수사관 몇 명이 웃음을 터뜨렸다.

"라펜터힐 경감님과 친분이 있으십니까?"

"흐음. 자네들은 그 폭풍 같은 잔소리를 들어본 적 없나? 우리 때는 아주 심했는데."

"하하! 지겹도록 듣습니다. 실적 좀 올리라며 매일 요란이시죠."

셰릴은 눈썹을 올렸다.

"상당히 젊어 보이시는데, 기수가 높으신 모양이시죠?"

강윤수는 그녀를 마주 봤다.

셰릴은 그중에서도 가장 뛰어난 힘과 능력을 갖추고 있었다. 전투력과 레벨은 기사단장과 맞먹는다.

그는 목소리를 가다듬은 뒤 말했다.

"보면 알겠지만, 난 여행자야. 자네들과 마찬가지로 남들보다 빠르게 특진한 편이지."

강윤수는 어물쩍 넘어갔다.

비록 수사관들의 눈썰미가 날카로울지라도 그에게는 이전 삶에서 얻은 지식들이 있었다. 강윤수의 거짓말이 항상 신빙성을 얻는 이유이기도 했다.

"하여간 사살 허가가 떨어졌다기에 일단 내가 처리했네만. 괜한 실례가 아니었는지 모르겠군."

"아닙니다. 흑마법사를 처리해 주신 것만도 감사합니다."

"그럼 수고하게."

강윤수는 경례를 올리고 떠났다.

셰릴의 시선이 유독 그의 뒤통수에 오래 머물렀다.

"잘 속였냐?"

헨릭이 풀숲에서 나와 물었다.

"아마도."

"조심해라. 수사관 사칭은 감옥행만으로 끝나진 않을 테니까."

헨릭은 뺨을 긁적이다 하품했다.

그러다 갑자기 강윤수를 진지하게 보았다.

"야."

"왜."

둘의 눈빛이 마주쳤다.

헨릭은 안주머니에서 술병을 꺼냈고 동시에 강윤수는 투명한 술이 담긴 물병을 쥐었다.

서로 병에 담긴 술을 적절한 비율로 섞었다.

"역시 네놈이랑은 잘 맞아."

"그러게."

두 남자는 술병을 부딪치며 유적으로 걸어갔다.

샤이돌 유적은 숲의 미로에 감춰져 있었다.

규칙적으로 정해진 나뭇결을 따르지 않으면, 결코 입구를 찾을 수 없었다. 일곱 번째 나뭇가지를 꺾어 표식을 만들 때쯤 유적의 입구가 보였다.

"뤽의 작업 공간이라 그런가. 몬스터가 서식하는 유적답지 않게 예쁘군."

그 말은 사실이었다.

울티카 유적보다 크고, 윈터킬 유적보다는 작았다. 그러나 규모보다 그 경관이 가히 예술적이었다.

'드워프 후계 건축가였던 삶에선 저런 건물을 짓곤 했지.'

깎아 내지른 듯한 지붕. 조밀하게 세공된 꽃문양. 세워진 기둥 하나하나에 깨끗한 무늬가 새겨져 있었다.

"가자."

유적을 넋 잃고 쳐다보던 헨릭이 고개를 흔들었다.

그는 약간 붉어진 코를 긁적였다.

"술을 처마셔서 그런가. 괜히 유적 들어가는 기분이 안 드네."

유적이란 기본적으로 수백 마리의 몬스터가 서식하는 곳이다. 제아무리 주인 잃은 유적이라곤 해도 고작 두 사람이 출입하는 건 긴장되는 일일 수밖에 없다.

……물론 강윤수는 샤네트와 단둘이 울티카 유적에 들어갔던 경험이 있지만.

끼익-

대문을 열고 들어가자 싸늘한 분위기가 풍겼다.

생명의 기척이 느껴지지 않는 장소.

피 묻은 바닥과 썩어버린 장기가 그대로 남아 있었다.

"그 자식은 청소도 안 하고 살았나. 이 모양이니 그렇게 빨리 급사병에 전염됐지."

두 사람은 약초 진액을 먹어 둔 터라 급사병에 감염될 걱정은 없었다.

「샤이돌 유적에 진입했습니다.

이곳에는 인형이 활동하기 좋은 마나가 고루 분포되어 있습니다.

마나의 실 없이 인형이 움직일 수 있습니다.

그러나 주인을 잃은 인형은 폭주합니다.」

"주인을 잃은 인형?"

헨릭이 불안한 표정을 지었다.

"야, 설마……."

"준비해."

강윤수는 칼자루를 거머쥐었다.

동시에 저편에서 시체인형들이 무서운 속도로 뛰어왔다. 심지어 몇 명은 벽을 타고 오거나 바닥을 팔과 다리로 기어왔다.

"실이 없어도 인형이 움직인다고?"

헨릭은 인형소환상자를 꺼냈다. 그는 가지고 있는 모든 인형을 소환했다. 족히 500개가 넘는 목각인형이 모습을 드러냈다.

"어디 한 번 해보자."

헨릭이 팔짱을 꼈다.

유적 기둥만 한 크기의 커다란 인형 다섯 개가 움직여 시체인형들을 박살 냈다.

강윤수 역시 돌진해 창을 든 인형들의 가슴을 세차게 베었다.

서걱-!

어두운 핏물이 잔뜩 튀었다.

인형들은 근본적으로 시체를 재료로 만들어졌다. 인형이 되어도 피와 장기는 마르지 않았음을 두 남자는 직접 눈으로 확인했다.

"이럴 줄 알았지. 한 병 하고 오길 잘했다."

헨릭이 인형들의 육편을 보며 혀를 찼다.

처참한 광경이었으나 두 남자는 거침없이 인형들을 썰고 갈라냈다. 이미 죽은 남녀들을 또다시 죽였다.

"그 두 녀석은 안 데려오길 잘했다."

"맞아."

비위가 약한 자, 아니, 그 누구라도 정신이 훼손될 수밖에 없는 광경이었다.

시체인형들은 쓰러졌고 인형들의 핏물이 바닥을 메웠다.

헨릭은 눈썹을 찌푸리며 술병을 탁탁 털었다.

"술 더 있냐?"

"여기."

"오늘만큼 술이 당기는 날은 없었어."

헨릭은 독한 술을 바닥까지 마셨다.

강윤수 역시 병의 뚜껑을 따고 한 모금 삼켰다.

피비린내 나는 육편을 뒤로 하고 그들은 지하로 내려갔다.

"소독약 냄새가 난다."

헨릭이 코를 킁킁거렸다.

강윤수는 한쪽 방을 가리켰다.

"시체들을 보관해 둔 방이야."

방의 한구석에는 관들이 놓여 있었다.

그곳에 놀랍도록 살아생전과 비슷한 시체들이 보였다.

"근데 왜 죄다 한쪽 손목이 잘린 거냐?"

"모두 여행자들이니까."

데이비드는 여행자들만 잡아 죽이는 엽기 살인마다.

단말기를 찬 손목을 자르는 것이 그놈의 오랜 습관이다.

'단말기라.'

강윤수는 주위를 둘러봤다. 구석의 단지를 열어보니 단말기를 찬 팔목만 잔뜩 담겨 있었다. 단말기는 임의로 벗길 수 없기에, 손아귀째로 잘라 보관한 것이다.

"그놈이 진짜 미친놈이긴 했구먼."

헨릭은 더 보기도 싫다는 듯 방을 나왔다.

강윤수는 홀로 남아 팔목들을 바라봤다.
'혹시 모르니까.'
그는 단지를 챙겼다.
다만, 이것들을 쓸 날이 오지 않길 바랐다.

두 남자는 유적 심장부에 다가섰다.
유적의 주인이 사망한 탓에 간단히 접근할 수 있었다.
제단 위로 커다란 상자가 보였다.
"저 상자에 최후의 걸작이 있어."
"정말이냐?"
헨릭은 의심스러워하며 물었다.
"내가 정말 가져도 되겠냐? 나중에 막 인건비 같은 거 요구하고 그러지 마라."
"인형사잖아."
"네가 보상 양보하는 꼴을 처음 봐서 그래."
그는 헛기침을 하더니 제단을 올라갔다.
헨릭은 소매를 걷고 상자를 열었다.

「샤이돌 유적이 정복되었습니다.
정복자-헨릭 엘리커슨
1순위 업적-강윤수」

이번 유적의 정복자는 강윤수가 아니었다.
유적의 주인을 죽인 것은 헨릭이기 때문이다.

항상 주역이 되려고 욕심을 내다간 도리어 비효율적인 참상을 낳고 만다.

'보상을 봤을 때도 이번 보물은 헨릭이 가지는 것이 옳다.'

마황을 죽이기 위해서라면 기꺼이 양보할 수 있었다.

반면 헨릭은 상자 안을 바라봤다.

그리고 어처구니없는 표정으로 강윤수를 돌아봤다.

"……이게 대체 뭐냐?"

"최후의 걸작."

헨릭은 다시 상자로 고개를 돌렸다.

어여쁜 소녀가 누워 있었다.

얇게 파인 옷을 입었고 몸은 가녀렸다.

"아니, 아무리 봐도 인형이 아니라 사람인데?"

헨릭은 소녀의 어깨를 조심스레 건드려봤다.

그러자 유리알처럼 맑은 눈동자가 떠졌다.

「뤽의 후계자가 일정 경지 이상의 세공술과 인형술을 지녔습니다. 최후의 걸작을 조종할 수 있게 됐습니다.」

검은 머리칼 소녀가 눈을 홉뜬 채 헨릭을 바라봤다.

"안녕."

"넌 뭐냐?"

"뤽."

"뤽?"

헨릭은 눈살을 깊게 찌푸렸다.

"뤽은 내 선조이자 미치광이 연쇄살인마인데?"

"그게 나야."

인형처럼 예쁜 소녀인지, 소녀처럼 생긴 인형인지 분간이 안 되는 존재는 천천히 기지개를 켰다.

얇게 입은 민소매가 찰랑댔다.

"나, 오래 잤니?"

"아니, 그냥 더 자라."

헨릭은 상자 뚜껑을 덮으려 했지만 뤽이 그의 손길을 막았다. 가녀린 외모와 달리 무지막지한 힘이었다.

"날 깨웠니?"

"그냥 상자만 열었는데."

헨릭은 본능적으로 눈앞의 소녀가 꺼림칙했다. 척 봐도 가녀리고 어여쁜 외모였지만 자기소개가 범상치 않았다.

뤽은 먼 옛날의 연쇄살인마다.

그런데 저 인형인지 소녀인지 모를 것이 연쇄살인마라고?

"이게 어떻게 된 거냐?"

헨릭이 강윤수를 돌아봤다.

그는 담담히 말했다.

"최후의 걸작은 뤽 자신이야."

"그게 뭔 개소리야."

"최후에 자신을 인형으로 만들었거든."

"미친년이구만."

뤽은 가느다란 손가락으로 입술을 매만졌다.

"인형사니?"

"그렇다만."

소녀는 헨릭의 옷자락을 손으로 가져왔다.

작고 오뚝한 코를 댔다.

"술 냄새가 나."

헨릭은 꺼림칙한 표정으로 옷자락을 거뒀다.

뤽은 부탁했다.

"날 인형으로 부려줘."

"싫어, 인마."

헨릭이 짜증을 냈다.

뤽은 맑은 눈동자로 그를 올려다봤다.

"왜 싫어?"

"난 미친년 싫다."

헨릭은 몇 배는 기분이 더 나빠졌다.

뤽은 미치광이 연쇄살인마 아닌가? 어째 가만히 둬야 할 미친년을 자기 손으로 깨워 버린 것만 같았다.

"이름이 뭐니?"

"헨릭 엘리커슨."

"내 후손이구나?"

뤽은 헨릭을 위아래로 살폈다.

"너, 되게 죽이고 싶게 생겼다."

"그런 말 자주 듣는다."

헨릭이 자연스레 대꾸하자, 뤽은 미소 지었다.

"마음에 들어."

"그래도 날 죽이고 싶냐?"

"응, 교살하고 싶어."
"……미치겠군."
헨릭은 입술을 씹었다.
그는 원한 가득한 얼굴로 강윤수를 돌아봤다.
"너, 인마, 이럴 줄 알고 일부러 나한테 양보했지?"
"아니."
강윤수는 거짓말을 했다.

"제대로 설명 좀 해봐라."
"하기 싫은데."
헨릭은 진지하게 조각도를 들어 올렸다.
그러자 강윤수가 말했다.
"뤽의 이마를 건드려봐."
헨릭은 다소곳이 앉은 뤽의 이마에 손가락을 가져갔다.

「미치광이 뤽」

종족: 살아 있는 인형

육성-정해져 있지 않음.

현재 정신상태-온화

"종족은 알겠는데, 육성이랑 정신상태는 뭐냐?"
강윤수는 모처럼 길게 설명했다.

육성은 뤽의 성장 방향을 뜻한다. 뤽은 인형이지만 성장할 수 있다. 어떻게 키우느냐에 따라 전투인형이 될 수도 있고, 바느질 인형이 될 수도 있다.

"딸이라고 생각해."

"재, 내 조상이야, 인마."

뤽의 정신상태는 말 그대로다. 뤽은 미치광이와 정상인 사이를 오간다. 미치광이 상태일 땐 모든 능력치가 폭주하나 아군도 죽일 수 있다.

"완전히 시한폭탄이구만."

헨릭은 뤽을 바라봤다.

아무리 봐도 조그만 소녀에 불과하다. 저걸 인형으로 부리면서 싸우라고?

"난 이런 거 정말 싫어한다. 근육도 얼마 없는 저 조그만 걸 어떻게 싸우게 하라고?"

"강해."

강윤수가 덧붙였다.

그 말은 사실이었다.

뤽은 어떻게 키우느냐에 따라 최강의 인형이 된다.

'헨릭이 잘 육성시켜야겠지.'

인형을 다루는 것까진 강윤수가 관여할 수 없다. 그러나 헨릭이 뤽을 제대로 사용한다면 앞으로의 여정이 상당히 단축되리라.

'……위험한 게 사실이긴 하지만.'

뤽의 정신상태는 오락가락한다.

전적으로 헨릭이 뤽을 어떻게 다루느냐에 달렸다.

'마탑까지의 여정을 수월히 해내기 위해서다.'

헨릭은 뤽에게 다가갔다.

"이보쇼, 선조님. 일단 내가 댁을 다루긴 할게. 인형사니까."

"그래."

뤽은 얌전히 고개를 끄덕였다.

헨릭은 품에서 조그만 상자를 꺼냈다.

"인형상자에 들어올 순 있냐?"

평상시 인형은 상자에 보관해 둔다.

"산책만 해보고."

다행히 항시 같이 행동해야 하는 것은 아니었다.

헨릭이 안도하며 물었다.

"산책?"

"유적 밖으로 나가 걷고 싶어."

"왜, 전에 있을 때는 안 나가봤냐?"

"날 다루는 사람 없이는 유적 밖으로 못 나가."

뤽이 몸에 살짝 난 구멍을 보여줬다. 마나의 실을 꿰기 위한 자리였다. 헨릭은 얼굴을 찌푸리며 부드러운 피부에 마나의 실을 꿰었다.

"이제 됐냐?"

"날 조종해봐."

헨릭은 마나의 실을 쥔 손아귀를 가볍게 흔들었다. 그러자 뤽의 몸이 원하는 대로 움직였다. 뤽은 만족한 듯 고개를 끄덕였다.

"날 잘 다루네. 나가서도 이렇게 해줘."

세 사람, 아니, 두 사람과 인형 하나는 유적 위로 올라왔다.

피비린내 가득한 시체 주변을 지날 때였다.

"피 냄새, 히히힛……!"

뤽이 소름 끼치는 웃음소리를 냈다.

강윤수가 경고했다.

"안고 빨리 나가자."

"짜증 나 죽겠군."

헨릭은 불평하면서도 뤽을 한쪽 어깨로 짊어졌다.

시체들로부터 멀어지자 뤽은 다시 평온을 되찾았다. 유적을 나오는 순간 소녀의 몸이 평범한 인형처럼 내려앉았다.

"날 걷게 해줘."

실 없이 홀로 움직일 때는 사람 같았지만 또 지금 보니 영락없는 인형이다.

헨릭은 천천히 마나의 실을 흔들었다. 그러자 뤽은 적당한 속도로 걷기 시작했다.

"날씨가 좋아. 얼마 만에 보는 햇빛이람."

뤽은 맨발로 걸어 다녔다. 신기하게도 흙바닥을 밟아도 발바닥이 전혀 까지지 않았다.

"맞다, 저놈은 급사병 안 걸리냐?"

"최상급 재료로 만들어서 병균이 안 옮아."

"비싼 몸이시구만."

두 남자는 즐겁게 산책하는 소녀를 따라 야영지까지 느긋하게 걸었다.

샤네트는 부지런히 일어나 아침식사를 준비하고 있었다.
"어디 다녀오셨어요? 어머?"
그녀는 뤽을 바라보며 웃었다.
"이 예쁜 꼬마 숙녀는 누구예요?"
헨릭이 엄숙히 말했다.
"인사해라, 우리 할머니시다."
"……술 드셨어요?"

룍은 나비를 보았다.
단아한 머리칼 위로 어여쁜 나비가 내려앉았다.
"내가 이 나비를 죽이게 해줘."
"미쳤냐?"
"아니면, 널 죽일 거야."
"넌 실 없이 못 움직이잖아."
"내가 미치면, 실을 끊고 나 혼사 움직일 수 있어."
헨릭은 얼굴을 찌푸리며 마나의 실을 감은 손아귀를 움직였다. 뤽은 나비의 날개를 잡아 쥐었다.
"저걸 어떻게 키워야 하냐?"
헨릭이 심각한 표정을 지었다.
밤새 있었던 일을 들은 샤네트와 아이리스는 고심했다.
헨릭은 슬쩍 말했다.
"그냥 인형소환상자에 처박아 둘까?"

"그건 좋은 선택이 아닌 것 같아요. 대륙에서 가장 뛰어난 축에 속하는 인형이잖아요. 잘하면 좋은 전력이 될 거예요."

샤네트가 방안을 제시했다.

"일단 뤽의 불안정한 성향부터 바꿔 봐요."

"아이를 키우는 거라면 내가 해보고 싶구나."

아이리스가 자신 있게 나섰다.

그녀는 조그만 소녀에게 다가가 말했다.

"뤽, 그 나비를 놓아주렴."

"어째서?"

"생명은 작은 것이라도 소중하단다."

"옛날 사전에서 봤던 기억이 나. 이 나비는 식용이래."

"……정말이니?"

아이리스가 혹한 표정을 지었다.

샤네트가 재빨리 그녀의 어깨를 붙잡아 끌어당겼다.

"제가 해볼게요."

그녀는 뤽과 시선을 맞추곤 조곤조곤 얘기했다.

"뤽, 그 나비를 놓아줘."

"어째서?"

"뤽이 그 나비의 입장으로 생각해봐. 거인이 날개를 꼬집고 있다면 얼마나 아프겠니?"

"난 아픈 것도 좋은걸."

"……."

샤네트는 말문이 막혔다.

두 여자가 바라보자 헨릭은 손사래를 쳤다.

“난 못한다. 세상 물정 모르는 어린 것들은 보기만 해도 신물이 나.”

“하긴 제가 봐도 그래요. 아저씨는 어린애랑 잘 못 놀아주시죠?”

“인마, 저 인형이 모습은 어려도, 실제 나이는 수백 살이 넘어. 괜히 내가 할머니라고 했겠냐?”

결국 세 사람의 시선은 한 명에게로 갔다.

강윤수는 술병에서 입을 떼고 말했다.

“하기 싫어.”

“세상에서 가장 육아가 어울리지 않는 놈을 꼽으라면 난 단연코 저놈부터 가리킨다. 그다음은 나고.”

헨릭이 덧붙였다.

그러나 샤네트는 고개를 저었다.

“강윤수 님 말고 소환수들은 어때요? 특히 샐리라면 뤽이랑 잘 어울릴 것 같아요.”

강윤수는 오른손을 내뻗었다.

“샐러맨더 샐리 소환.”

불길이 피어올랐고 샐리가 소환됐다.

자그마한 소녀는 주위를 둘러보다가 뤽을 발견하곤 반색했다.

“안녕!”

“안녕.”

“넌 누구니? 난 샐리라고 해!”

“뤽이야.”

"만나서 반가워! 샐리랑 놀자!"

샐리는 자기 또래의 소녀를 만난 것이 반가운지 살갑게 굴었다.

"정령이네."

뤽은 나비를 품에 넣고 미소 지었다.

두 소녀는 마주 앉았다.

"흐음, 인형 놀이를 하고 싶은데, 인형이 없어!"

"나한테 있어."

뤽은 풍성한 옷자락 밑에서 인형 두 개를 꺼냈다.

인형 놀이에 쓰기 아깝다는 생각이 들 만큼 아름다운 예술품이었다.

"와아! 신기해!"

두 소녀는 웃으며 인형을 쥐었다.

헨릭은 뤽이 자유롭게 움직일 수 있도록 손아귀를 높이 들었다. 그가 실을 휘감은 손을 높이 들면, 뤽은 가벼운 행동은 자유롭게 할 수 있었다.

"제법 괜찮아 보이는데?"

"그렇죠? 어린애들은 또래끼리 금방 친해진다니까요."

그러나 친목은 오래가지 않았다.

샐리가 눈을 크게 떴다.

"뤽이 샐리 인형을 부러뜨렸어!"

"하지만 목을 부러뜨려야 죽는걸."

"왜, 왜 인형을 죽여……?"

"그게 인형 놀이잖아."

"으아앙! 아빠!"

샐리가 울먹이며 강윤수에게 달라붙었다.

샤네트는 한숨을 쉬었다.

"……샐리는 안 되겠네요."

강윤수는 샐리를 소환계로 돌려보내고 다음 소환수를 불러냈다.

"아이시클 아클, 소환."

"후우! 드디어 사막에서 벗어났군."

백발의 소년이 홀가분한 표정을 지으며 나타났다.

"아클."

"왜 그래?"

강윤수는 뤽을 가리켰다.

아클은 못마땅한 눈초리로 소녀를 바라봤다.

"흥, 또 어쭙잖은 잡일이나 시키려고…… 허억!"

얼음의 정령은 순간 가슴을 움켜쥐었다. 태생부터 차갑기 그지없는 심장이 뛰었다.

뛰어난 미색이 순진한 소년을 홀렸다.

"너, 넌 이름이 뭐야?"

아클이 간신히 한마디 떼었다.

"뤽."

"혹시 왕관 필요 없어? 이거 되게 귀한 건데."

아클이 그토록 아끼는 서릿발 왕관을 벗어줬다.

뤽은 고개를 가로저었다.

그때 강윤수가 난입해 벗어 둔 왕관을 가로챘다.

"너, 너 이 자식!"

"돌아가."

아클이 불평을 토로하지도 못한 채 소환계로 강제로 돌아갔다. 애당초 아클을 소환한 것은 서릿발 왕관을 돌려받기 위해서였다.

강윤수는 다음 소환수를 불러냈다.

"백랑괴수 화이트 소환."

"카르르릉-!"

화이트가 투지를 태우며 소환됐다.

은빛 갈기의 웨어울프는 성장해 울티카 유적에 있을 때보다 훨씬 늠름해졌다.

강윤수는 그에 맞는 명령을 내렸다.

"뤽을 설득해."

"……리마쿠로. 라케둔."

'주인의 명령이니 어쩔 수 없이 따르겠다'라는 의미였다.

화이트는 뤽에게 어슬렁어슬렁 접근했다.

"라쿠라므르."

"……."

"키모르쟈나?"

"……."

"하키모크. 하키모크."

"……."

"라추미름? 하키모크릴."

"……."

"……우르노크라!"

화이트가 울부짖었다.

강윤수는 화이트를 소환계로 돌려보냈다.

헨릭이 기가 차서 웃었다.

"……대체 웨어울프는 왜 불러냈냐?"

"맞아, 웨어울프는 무섭단다."

아이리스는 숨었던 나무 뒤편에서 덜덜 떨며 나왔다.

도플갱어인 그녀는 웨어울프를 무서워했다.

강윤수는 마지막 소환수를 불러냈다.

"꼬마 리치 소환."

땅딸막한 해골이 나크론의 일기장을 꼭 쥔 채 소환됐다.

"스승, 이 일기장에 이상한 글귀가 많다. 비밀 내용을 암호로 숨긴 것 같은데, 도무지 이해할 수가 없다."

"그 부분들은 나크론의 사적 생활이다. 해독하지 않아도 괜찮아."

"고맙다."

강윤수는 뤽을 가리켰다.

"뤽을 설득해."

꼬마 리치는 뤽에게 다가갔다.

"너한테서 죽음의 냄새가 난다."

"해골이네. 너를 죽이고 싶은걸."

"너는 날 죽일 수 없다."

"어째서?"

"나는 생명 그릇이 깨지지 않는 이상 죽지 않기 때문이다."

"그럼 그걸 깨뜨리면 되겠다."

"……."

꼬마 리치는 자신의 약점만 알려주고 말았다.

결국 리치도 소환계로 돌아갔고, 뤽의 성향은 바꾸지 못했다.

헨릭은 마나의 실을 휘감았다.

"하기야 미쳤던 놈이 그리 쉽게 제정신으로 돌아오겠냐."

그는 뤽을 인형소환상자에 넣었다.

소녀의 작은 몸뚱이가 상자 속으로 사라졌다.

헨릭이 투덜댔다.

"평생 혼자 살다가 애 하나 떠맡으려니 죽겠구먼."

샤네트가 픽 웃었다.

"그러게 제가 그랬죠? 여자 마음 신경 안 쓰다가, 나중에 여자 생기면 골치 아파질 거라고."

"설마 여자가 생겨도 이런 식으로 생길 줄 누가 알았겠냐?"

강윤수는 헨릭이 홀로 뤽을 육성했던 삶을 떠올렸다.

그때 뤽의 클래스는 '술꾼'이었다.

'……이번엔 다른 일행이 있어서 다행이군.'

그가 소환수까지 불러낸 것도 그런 이유에서였다.

뤽은 어떻게 키우느냐에 따라 강력한 인형이 되어 주인을 돕지만, 때론 쓸모없는 인형으로 전락할 수도 있다.

이 모든 것은 마황을 죽이기 위해서였다.

'서둘러야 한다.'

마지막 삶이란 것을 안 이후.

마황이 일찍 나타난다고 들은 이후.

마음은 언제나 조급했다.

"가자."

다음 목적지인 블페힌까지 얼마 남지 않았다.

그들은 짐을 챙겨 숲을 떠나갔다.

아이리스는 울적하게 말했다.

"백설이가 살아 있었다면, 걷지 않아도 됐을 텐데."

헨릭이 빈정거렸다.

"그놈의 백설이 타령, 지겹지도 않냐?"

"헨릭은 정말 매정하구나."

아이리스가 울먹이며 주먹을 꽉 쥐었을 때였다.

헨릭이 품에서 세공품을 꺼내 그녀에게 줬다.

한 손에 쥘 수 있을 만큼, 작은 크기의 백마였다.

"헨릭?"

"그거 줄 테니까 그만 좀 징징대."

희고 세련된 세공품이었다.

척 보더라도 세공품을 만든 사람의 정성이 느껴졌다.

샤네트가 싱긋 웃었다.

"이제 와서라도 여자의 마음을 이해해 보시려구요?"

"인마. 어쩌다가 피나무 조각을 발견해서 만든 거다."

피나무는 목질이 연하고 색깔이 하얘 세공하기 알맞았다.

"원래 내가 세공품 주고받는 거 유치해서 잘 안 하는데 오늘은 어째 하나가 남더라. 뭐, 추우면 땔감으로 써도 되고."

"헨릭, 고맙구나."

아이리스는 백마상(白馬狀)을 쓰다듬었다.
"정말 고맙구나."
그녀는 눈물을 글썽였다.
동시에 가슴 속 흰 그림자의 생각이 전해져 왔다.

지긋지긋하군.

"의심스럽군."
셰릴이 말했다.
1급 수사관 일동은 당황했다.
그들은 경험상 셰릴의 말은 무조건 주의 깊게 경청했다.
"뭐가 말입니까?"
"그 남자."
셰릴은 유명했다.
3계급 특진으로 수사본부를 떠들썩하게 만들어서도 남다르게 황홀한 외견 탓도 아니었다.
그녀의 촉감은 예리하기로 정평이 나 있었다.
"어제 만났던 0급 수사관님 말씀이십니까?"
0급 수사관.
드래곤 발톱 무늬 아뮬렛을 내보였던 남자.
1급 수사관들은 고개를 끄덕였다.
"실은 저도 뭔가 걸리긴 했습니다."

"0급 수사관이나 라펜터힐 경감님 얘기는 일반인이 알기 어렵죠. 드래곤 발톱 무늬 아뮬렛도 정말 드래곤 것이 아닐까 의심이 갈 정도였고."

"하지만 제 눈에는 오히려 자기가 0급 수사관이니 믿으라고 변명하는 것만 같았습니다."

심증만으로 의심하는 것은 그다지 유쾌한 일이 못 된다.

그러나 이들, 1급 수사관들은 유독 감이 남달랐다.

하루에도 수십 번씩 사건 케이스를 읽어온 대뇌가 의심해 보라며 명령을 내리고 있었다.

"내가 수사본부를 찾아가 보지."

셰릴이 말했다.

1급 수사관들은 모두 의아한 표정을 지었다.

그들은 손수건으로 입을 둘러맨 채 급사병에 걸린 시체인형들을 태우고 있었다. 어느 유적에서 발견한 인형들이었는데 급사병에 감염됐는지 보랏빛 반점이 선명했다.

"굳이 지금 움직일 필요가 있으십니까? 돌아가는 길에 확인해도 될 텐데요."

"아니, 지금 꼭 가봐야겠어."

셰릴은 단호히 말했다.

그러곤 수사관들을 흘깃 봤다.

"일 빼먹으려는 건 아니다."

1급 수사관 일동은 뜨끔한 표정을 지었다.

비록 인원이 없어서라지만, 그들은 자신 정도 계급이 이런 잡일을 맡는다는 것이 탐탁지 않았다.

"남은 일은 처리할 수 있겠나?"

"물론입니다."

한 수사관이 대표로 말했다.

셰릴은 곧장 말을 몰아 숲을 벗어났다.

남은 남자들은 한숨을 쉬었다.

"왜 갑자기 저러시죠?"

"좀처럼 예정된 계획을 바꾸시는 분이 아니지 않습니까."

"혹시 모르죠. 우리 여왕님께서 드디어 눈에 맞는 남자를 찾은 걸지도."

모두가 웃음을 터뜨렸다.

셰릴은 아름다운 외견과 우월한 몸매와 대조적으로 성격이 차가웠다. 오죽하면 그녀에게 눈독 들인 수사관 남성들도 '여왕'이란 별명을 체감하고 돌아올 정도다.

'마음에 걸린다.'

셰릴은 말을 타며 생각했다.

그녀의 살짝 솟아오른 금발이 목 주위에서 찰랑거렸다.

어젯밤 본 남자의 모습은 머릿속에 각인되어 있었다.

'그 나이라곤 믿기지 않는 눈빛이었지.'

감정이 담기지 않은 얼굴.

무심한 눈빛.

완벽한 연기를 할지라도 셰릴에게서 그것을 감출 순 없었다.

'젊은 남자가 가질 법한 기운이 아니다.'

셰릴은 그와 비슷한 눈빛을 한 번 본 적이 있다.

수십 년의 세월을 견뎌온 사형수.

그 남자의 눈빛은 죽어 가는 사형수의 그것과 비슷했다. 그렇기에 더더욱 그 남자가 수사관이 아니라는 확신이 들었다.

'그저 예감에 불과할 수도 있겠지.'

어디까지나 심증이다. 하지만 셰릴은 자신이 원하는 일은 반드시 행했다. 그런 뛰어난 행동력이 특진의 1급 공신이었다.

'0급 수사관 목록에 그가 있는지 확인하면 된다.'

0급 수사관 목록은 높은 기밀 사항이다.

그러나 1급 수사관인 셰릴은 그 목록을 확인할 수 있었다.

그리 어려운 일도 아니었다.

'그저 목록만 확인하고, 수사관이 맞다면 그걸로 된 일이지.'

행여나 그가 0급 수사관이 아니라면?

'수사관 사칭죄로 체포한다. 그리고 심판대로 보낼 것이다.'

수사관 사칭, 그것도 0급 수사관 사칭은 중죄다.

수사본부 입장에선 귀족을 사칭하고 다닌 것이나 다름없다. 판사에 따라 종신형이나 교수형이 선고될 가능성도 충분했다.

'내 감이 맞았을 때 얘기지만.'

셰릴은 말을 빠르게 몰았다.

9장
블페힌의 적포도주

피는 거짓말을 하지 않는다.

-흡혈귀 왕

"뭔 모기가 이렇게 많아?"

헨릭이 신경질적으로 손을 휘저었다.

샤네트는 불가에 부채질을 하며 연기를 흩뿌렸다.

모기들이 윙윙거리며 멀어졌다.

"그러게요. 블페힌 도시에 가까워지니 날벌레가 많아지네요."

아이리스는 모기떼를 노려봤다.

"피를 빨리는 것은 썩 유쾌하지 않구나."

다른 일행들이 한두 곳 물릴 때, 그녀의 하얀 살결에는 모기 물린 자국이 선명했다.

아이리스는 풍만한 가슴 언저리에 손가락을 가져갔다.
"모기가 문 곳은 무척 가렵구나."
"인마, 남자들 앞에서 가릴 건 가려라."
헨릭이 얼굴을 찌푸렸다.
아이리스는 아무것도 모르는 듯 고개를 갸웃거렸다.
그는 혀를 차며 비아냥거렸다.
"유독 네 피에 영양가가 많은가 보다."
"어째서 말이니?"
"내 입으로 말해야 아냐?"
헨릭은 턱짓으로 텅 빈 수프 냄비와 빵부스러기를 가리켰다.
갑자기 아이리스는 심각한 표정을 지었다.
"뭘 생각하냐?"
"내가 모기를 먹으면 잃은 피를 되찾을 수 있지 않겠느냐?"
"……그건 아무리 봐도 아니에요, 언니."
한편 강윤수는 나무에 등을 기대고 편히 앉아 있었다.
아주 멀리 희미한 건물들의 형체가 보였다.
도시 블페힌.
"기대돼."
"……네?"
샤네트는 평생 듣지 못할 말을 듣기라도 한 것처럼 움찔했다. 헨릭과 아이리스는 눈을 치켜세우며 그를 바라봤다.
강윤수는 '뭐, 어쩌라고'라는 듯한 눈빛을 해 보였다.
"포도주."
"하기야 블페힌의 적포도주가 맛좋기로 유명하긴 하지."

헨릭이 고개를 끄덕였다.
아이리스가 눈을 반짝였다.
“블페힌의 적포도주는 맛이 좋니?”
“맛이 좋다마다. 향기롭기로 따지면 대륙 제일이요, 목 넘김으로 따지면 모유요, 빛깔로 보면 천하일색이지.”
“극찬이시네요. 드셔 보신 적 있으신가 봐요?”
“황녀 전하 세공품 만들 때 몇 잔 시음해 봤지. 꽤 좋더라.”
헨릭이 입맛을 다셨다.
샤네트의 눈동자에 기대감이 담겼다.
“저도 저곳 포도주를 마셔보고 싶어요.”
“허어. 매일 금주 타령만 해대던 아가씨가 웬일로 술 얘기냐?”
“강윤수 님이랑 헨릭 아저씨처럼 과음하는 게 안 좋다는 거예요. 안 취할 정도로 적당히 마시면 저도 뭐라고 안 한다구요.”
샤네트가 퉁명스레 말했다.
헨릭은 오히려 혀를 쯧쯧 찼다.
“안 취할 거면 술을 뭐 하러 마시냐?”
“그게 술꾼들이 인생 망치는 전형적인 말버릇인 것 아세요?”
“인생이 망해갈 때 기울이는 술 한 잔의 묘미를 모르는군.”
“저는 죽을 때까지 몰랐으면 하네요.”
샤네트는 나뭇가지로 불가를 뒤적였다.
아이리스도 한껏 기대감에 젖었다.
“나도 그 와인이 마시고 싶구나.”
“왜, 저번에는 술 맛없다면서?”

"그래도 맛있다는 소리를 들으니, 이상하게 구미가 당긴단다."

"희한한 놈."

미적지근한 바람이 흘렀다.

밤공기는 아늑했고, 별은 아이들의 눈처럼 반짝였다.

강윤수는 마지막 술병을 마셨다.

'이번엔 피를 조심해야겠군.'

그는 이번 싸움을 일으킬 구도를 머리에 그리고 있었다.

전투를 앞선 순간이 아닐지라도, 그는 언제나 전투의 양면을 머릿속에 설계했다. 수백 번을 회귀한 지식을 바탕으로 그려지는 전략은 다양했다.

'가장 빠르고 쉽게 이길 수 있는 방안.'

전략을 결정하면 솎아낸다. 개중 가장 우월하고 자신이 이득 볼 수 있는 전략을 챙겨낸다. 마침내 한 가지 전략을 결정해내면, 그는 다시금 되묻는다.

'나의 목적은 무엇인가?'

마황을 죽이는 것.

세상을 지키는 것.

'없어야 할 자'를 찾아 여신 의뢰를 완수하는 것.

그리고…….

'이들 중 누구도 죽지 않게 하는 것.'

강윤수는 술을 마시며 일행을 주시했다.

지난 삶들에서 가지각색의 인연을 피어냈던 자들.

초반에 아이리스는 일행으로 들일 생각이 없었지만, 흰 그림자라는 존재를 품고 있다.

'일을 마치고 황궁에 돌아가면 흰 그림자의 존재도 파악해야겠지.'

아직은 먼일이다.

강윤수는 고요히 다짐했다.

'아무도 죽게 하지 않는다.'

술병을 쥔 손아귀에 힘이 들어갔다.

'그리고 나도 죽지 않는다.'

다짐은 반드시 지켜 내리라.

날이 저물어갔고, 모두가 잠들었다.

그도 잠을 청했다.

이날 밤, 강윤수는 유일하게 단 한 마리의 모기한테도 물리지 않았다.

다음 날.

헨릭은 눈살을 찌푸렸다.

"이게 뭐요?"

"포도주지, 뭐겠습니까?"

와인가게 주인도 눈살을 찌푸렸다.

헨릭은 키가 작고 통통한 주인을 내려 봤다.

"이보쇼."

깡마르고 키가 큰 헨릭과 마주 섰음에도 와인 가게 주인은 당당했다.

헨릭은 목소리를 깔고 물었다.

"지금 외지인이라고 깔보는 거요?"

"지금 뭐라고 했어요? 날 뭐로 보는 겁니까?"

"고객 등쳐 먹으려는 장사꾼."

와인가게 주인은 덤덤히 물 한 바가지를 퍼왔다.

그가 오랜 경력을 담아 물을 뿌려 쫓아내기 전에 샤네트가 재빨리 나섰다.

"아니에요, 와인 한 병 주시겠어요?"

"은화 두 닢이요."

와인가게 주인은 퉁명스레 말했다.

그래도 와인 시세는 다른 도시에 비해 저렴했다.

가게에서 나오며 헨릭이 빈정거렸다.

"저 인간이 장사하기 싫나."

"뭐, 헨릭 아저씨 태도도 그리 좋진 않았잖아요."

"인마, 이 와인 꼴을 봐라. 꼭지 안 돌게 생겼나."

샤네트는 방금 산 와인을 바라봤다.

그녀도 영지에서 활동할 땐 포도주를 몇 번 본 적이 있지만, 빛깔은 별다르지 않았다.

"겉모양은 괜찮은데요?"

"그럼 마셔 봐라."

샤네트는 코르크 마개를 어떻게 따야 할지 몰랐다.

그러자 강윤수가 와인병을 가져갔다.

그는 소매에서 나이프를 꺼내 마개에 쑤셔 박아 돌렸다.

뻐엉—

청량한 소리와 함께 와인병이 열렸다.

헨릭이 하품을 하며 말했다.

"자식, 선수네. 나이프는 또 언제 가져왔어?"

"아까 샀어."

강윤수는 손아귀에서 나이프를 한 바퀴 돌린 뒤 소매에 넣었다.

아이리스가 신기해했다.

"강윤수는 재주가 참 많구나. 소매에 나이프를 넣는데 어떻게 안 떨어뜨리니?"

"오래 하면 익숙해."

샤네트는 와인을 조심스레 맛봤다.

그녀는 곧장 얼굴을 찌푸렸다.

"컥! 커헉! 너무 시큼해요!"

"그럴 줄 알았다."

헨릭은 와인병을 빼앗듯 가져와 한 모금 꿀꺽 삼켰다.

"흐음, 향기롭기로는 시궁창이고, 목 넘김으로 따지면 바닷물이며, 빛깔로 보면 하수구인데?"

"맛이 왜 이렇게 떨어졌죠? 아까 그 가게가 이상한 건가?"

헨릭은 고개를 가로저었다.

"아냐, 비단 저 가게뿐만이 아니다. 다른 술집들도 대충 견적을 재보니 비슷할 거야."

그는 눈살을 찌푸렸다.

"이 도시에서 취급하는 와인 자체가 맹물보다 못할 정도로 질이 떨어졌어. 대체 왜 이렇게 된 거야?"

일행은 오늘 아침 블페힌 도시에 도착했다.

황홀한 적포도주를 기대한 일행은 실망할 수밖에 없었다.

예상했던 것보다 와인의 질이 훨씬 떨어져 있던 것이다.

"어째 사람이 한 명 없더니만."

블페힌의 상징인 와인 골목은 한적하기 그지없었다. 제아무리 아침 시간이라곤 해도 행인 한 명 찾기 힘들 정도다.

"이 정도면 도시의 상업에도 타격이 크겠는데?"

"아이고, 제대로 보셨습니다요."

일행의 시선이 순간 한 사람에게로 몰렸다.

꼬부랑한 노인이 지팡이를 쥔 채 다가왔다.

헨릭이 물었다.

"당신 뭐요?"

"참, 참. 제 소개를 안 했구만요. 저는 뒤쪽 골목에서 조그만 가게를 운영하는 와인상입니다. 포도 농가에 땅을 갖고 있기도 합니다요. 가르문이라고 합죠."

가르문은 우울한 표정이었다.

딱히 뭐라 묻지도 않았는데, 그는 줄줄이 사정을 털어놨다.

"얼마 전까지만 해도 저희 도시의 와인은 최상급이었습죠. 시음가들도 호평 일색에, 와인하면 블페힌이란 소리까지 돌았습니다. 그러나 한순간에 모든 것이 무너져 내리고 말았습니다."

가르문은 지팡이를 쥔 손을 부르르 떨었다.

"코볼트! 그놈의 코볼트들만 아니었다면 이런 일이 벌어지지도 않았을 텐데!"

헨릭은 불안한 듯 눈썹을 떨었다.

"설마…… 그 코볼트들이 포도 농가를 점령했다거나 하는 뻔한 사정은 아니겠지?"

"어랍쇼. 어떻게 아셨습니까요?"

가르문이 눈을 껌뻑였다.

헨릭이 속삭였다.

"야, 이거 뭔가 전형적인 사건 흐름 같은데."

"그러게요. 여기서 포도 농가를 점령한 코볼트를 처치해 달라는 말만 나오면 진부함 그 자체에요."

두 사람은 심각한 표정을 지었다.

여행을 해오며 깨달은 사실이 있다. 일이 원만히 흘러가면 꼭 굳이 나서서 흐름을 파괴하는 놈이 있단 것을.

"흑흑! 그놈의 코볼트들이 우리 도시의 자랑인 포도 농가만 점령하지 않았더라도 와인 생산량과 품질이 이토록 떨어지는 일은 없었을 텐데! 억울해서 못 살겠습니다요!"

가르문은 눈물까지 왈칵 쏟아냈다.

그러더니 슬그머니 용건을 꺼냈다.

"부디 용감하신 모험가분들께서 저희 와인상들을 위해 코볼트를 처치하고 포도 농가를 되찾아주시면 경제도 활성화되고 참 좋을 것 같습니다만……."

"우린 고작 네 명인데 다른 놈들 시키지 그러십니까?"

헨릭은 '설마 보상이 누추해서 아무도 돕지 않았다고 하는 건 아니겠지'라는 생각을 하며 물었다.

"흑흑! 가진 것이 없습니다! 보상이 누추하니 아무도 도와주지 않았습니다!"

"도시의 용병단에게 의뢰를 해보는 건요?"

"그, 그건 다른 가게가 못하게 막아서……."

"그게 무슨 말씀이시죠?"

"아, 아닙니다! 와인상회에 자본금이 부족해져서 그렇습니다."

가르문이 울적하게 말했다.

아이리스가 동정심 가득한 표정을 지었다.

"정말 안됐구나. 우리가 도와줘야 하지 않겠느냐?"

"안 돼."

"미쳤냐?"

강윤수와 헨릭이 동시에 말했다.

그는 노인에게 성큼성큼 다가갔다.

"거, 웃기네. 그럼 지금 우리한테 무보수로 일해 달라는 거요?"

"보, 보상으로 지금 있는 포도주 한 상자 정도는 드릴 수 있는데……."

"까짓 포도주 한 상자 해봤자 얼마나 한다고. 거기다 아까 마셔보니 맛도 없더만."

헨릭은 가르문의 어깨를 탁탁 두드렸다.

"이보쇼, 댁은 우리가 뭔 옛날얘기에 나오는 선량한 주인공 무리처럼 보이는 모양인데 그거 다 헛것이요. 우리가 미쳤나? 난생처음 보는 댁이 뭐 예쁘다고 그런 보수로 몬스터 사냥을 하겠습니까?"

"하, 하지만 보통 다른 세계에서 온 여행자들은 이렇게 하면 많이들 도와준다던데……."

"그건 그쪽 세상사는 놈들이 이상한 거고. 우린 그런 거 몰라."

헨릭의 비판은 신랄했다.

"와인상회라는 명함까지 있으면, 어떻게든 남은 와인이라도 팔든지 아니면 파산해서 남은 거라도 배분해야지. 길 가는 사람들한테 시답잖은 의뢰나 주면 어쩌자는 겁니까? 도울 생각 없으니 그런 줄 아쇼."

그는 휙 돌아섰다.

가르문은 슬쩍 눈치를 봤다.

그러더니 단말기를 찬 강윤수에게 매달려 통곡했다.

"아이고! 제발 저희 좀 도와주십시오! 코볼트 이백 마리라도 처치하면 훨씬 사정이 나아질 겁니다요!"

강윤수는 가르문의 주름진 손을 양손으로 쥐었다.

노인이 감격했다.

"가, 감사합니다!"

"와인상회는 재기할 수 없습니다."

"예?"

"포도 농가를 점령한 것은 코볼트가 아닙니다. 코볼트는 그들의 수족에 불과합니다."

"수족이라니…… 그럼 누가 포도 농가를 점령했단 말입니까?"

"흡혈귀입니다."

가르문의 얼굴이 새하얗게 변했다.

"그, 그런 말도 안 되는!"

"그리고 당신이 포도 농가를 되찾는다고 근본적인 문제는 해결되지 않습니다."

노인은 어안이 벙벙한 표정을 지었다.

"……그, 그걸 어떻게 압니까요?"

강윤수는 대답하지 않았다.

그는 노인의 손을 놓고 돌아섰다.

아이리스가 따라오며 말했다.

"강윤수는 비정하구나."

"와인상회가 망한 이유는 포도의 공급 때문이 아니야."

"그럼 뭐 때문인데요?"

"가게 간의 상권 다툼."

"결국 겉만 번드르르한 거짓말이었구먼. 어쩐지 같은 와인상이면서도 방금 가게랑 저 노인네 태도가 확연히 다르더라고."

헨릭이 혀를 찼다.

"대충 상황 보니 알겠군. 저 가르문이란 노인네는 농가에 지분을 많이 갖고 있거나, 뭐 그 비슷한 상황이다. 다른 가게들은 저 노인네가 복귀하는 게 탐탁지 않아서 외부 도움을 막는 거고. 결국 다 같이 망해가는 꼴 같긴 하다만."

그는 쩝 하고 입맛을 다셨다.

"그래도 진짜배기 포도주를 못 마셔서 아쉽구먼."

강윤수는 말했다.

"밤이 되면, 포도 농가의 흡혈귀를 사냥하러 가자."

"……예?"

샤네트를 비롯한 세 일행이 기겁한 표정을 지었다.

헨릭이 골치 아파 죽겠다는 표정을 지었다.

"거길 또 왜 가?"

강윤수는 당연하다는 듯 말했다.

"진짜배기 포도주 마시려고."

블페힌 수사본부 극비 서고.

3급 이상의 수사관들만 출입이 허용된 공간이었다.

개중 2, 3급은 미리 승인 절차를 밟아둬야 이곳에 들어올 수 있었다.

'0급 수사관 목록.'

셰릴은 오래도록 손대지 않은 서류철을 서재로부터 꺼냈다.

먼지 덮인 서류를 펼쳐 내용을 확인했다.

그녀는 차분하고 꼼꼼히 서류를 끝까지 훑었다.

'내 감이 맞았군.'

수사본부 초기부터 지금에 이르기까지 0급 수사관은 11명이다. 그들 모두 초상화가 그려져 있었으나 그날 밤 조우했던 남자는 찾아볼 수 없었다.

무엇보다 여행자 출신 0급 수사관은 없다.

'수사관 사칭이었어.'

셰릴은 자신이 속았단 사실에 흥분하지 않았고, 실적 올릴 생각에 기뻐하지도 않았다. 그녀는 서류를 제자리에 꽂은 뒤 차분한 발걸음으로 사무실에 들어갔다.

챙이 넓은 솜브레로를 착용한 콧수염 노년이 커피를 마시고 있었다.

"라펜터힐 경감님."

경감은 평소 자리를 비우는 경우가 잦았다.

매번 실적 타령하는 경감이 농땡이를 피우는 일이 많으니 불만을 가진 자들도 제법 많았다. 따라서 그가 지금 이 자리에 앉아 있는 것은 나름의 행운이었다.

"셰릴, 생각보다 일찍 돌아왔군. 실적 올릴 순간이 온 것이 아니라면, 내 티타임을 방해하지 말게나."

"0급 수사관을 사칭한 자가 있습니다."

"커헉!"

라펜터힐 경감은 마시던 커피를 바지에다가 쏟고 말았다.

체면조차 잊고 경감은 얼굴을 붉히며 격노했다.

"0급 수사관 사칭? 겁도 없는 놈!"

"바지부터 닦으세요."

셰릴은 동요하지 않는 눈동자로 손수건을 내밀었다.

라펜터힐 경감은 커피를 묻은 바지를 손수건으로 치덕치덕 닦았다.

경감은 헛기침을 하며 말했다.

"아, 그러고 보니 그 전염병을 퍼뜨린다는 흑마법사 건은 잘 처리하고 왔나?"

"예, 저 이외의 남은 수사관들이 발병 원인이 된 시체인형들을 태우고 있습니다."

"시체인형?"

경감이 헛웃음을 지었다.

"정말 자네 곁에는 희한한 사건만 따라다니는군. 혹시 저번에 소녀를 연기하던 귀부인 생각나나? 백작의 유산을 물려받기 위해 작은 체구로 어린애 흉내 내던 그 여자 말이야."

"해결한 사건은 머릿속에 남겨 두지 않습니다."

"그건 좋지 않은 습관인데…… 뭐, 하기야 자네 정도의 능력이라면야."

뱃살이 풍만한 경감은 커다란 코트를 걸쳤다.

"하여간 0급 수사관을 사칭했다는 그 몰상식한 녀석은 누구인가?"

"다른 세계에서 온 여행자. 외견상 20대 초중반의 남자란 것 외의 정보는 없습니다."

"그것만으론 정보가 너무 부족한데. 그 외의 별다른 인상착의는 없나?"

"몹시 무표정합니다."

"그 점은 자네 평소 모습이랑 비슷하군. 아, 혹시 자네의 천생연분은 아닐까?"

셰릴은 곧바로 눈매를 세웠다.

그녀는 기본적으로 남성에게 호감을 가진 적이 없다.

경감은 뜨끔한 표정을 지었다.

"농담일세. 농담이야."

셰릴은 경감을 흘깃 보며 말했다.

"그 남자는 경감님과 연관된 험담까지 여유롭게 하더군요."

"나에 관한 험담?"

"가령 폭풍 같은 잔소리라거나."

"내가 언제 그랬다고!"

천둥 같은 호통에 다른 수사관들이 놀라 어깨를 움츠렸다.

라펜터힐 경감은 붉어진 얼굴로 씩씩거렸다.

"아주 몰상식한 놈이군. 반드시 잡아서 감옥에서 평생 동안 썩게 해주마."

셰릴은 주제를 전환했다.

"용의자는 이곳, 블페힌에 있는 것은 확실합니다. 숲에서 도시로 올 때 익숙한 발자국을 봤습니다."

"허. 남의 족적까지 기억한단 말인가?"

"당연하지 않습니까."

라펜터힐 경감은 남은 커피를 후루룩 마시며 일어났다.

"동행하겠습니다."

"방금 돌아오지 않았나? 조금 쉬어도 되네만."

"제가 없으면 그 남자의 얼굴을 구분하지 못할 것 아닙니까?"

"안 그래도 몽타주를 그려달라고 하려던 참이었네."

셰릴은 테이블에 있는 종이와 깃펜으로 즉석에서 몽타주를 그렸다.

금세 휘갈겼는데도 인상착의가 또렷했다.

라펜터힐 경감은 몽타주를 받아들이곤 물었다.

"자네도 갈 건가? 정말 쉬어도 좋은데."

"제가 직접 수사하는 편이 정확하고 빠릅니다."

어째선지 라펜터힐 경감은 싱긋 웃었다.

"좋아. 0급 수사관을 사칭한 그 괘씸한 녀석을 잡으러 가보세!"

차가운 여수사관과 통통한 노년 경감은 수사본부를 나섰다.

흡혈귀.

뱀파이어(Vampire).

피를 마시며 영생을 사는 존재.

황혼의 귀족.

절세의 미모와 뛰어난 마법을 갖춘 상급 몬스터.

"그런 놈들을 우리가 어떻게 죽이냐?"

"일단 한 마리야."

"……그 '일단'이란 말이 엄청 거슬리는데요."

블페힌 외곽 어느 포도 농가 앞.

강윤수 일행은 수풀로 숨어들었다.

달콤한 포도 향기가 진득하게 번졌다.

"도저히 못 참겠구나."

"뭘 말이냐?"

아이리스는 포도나무를 반짝이는 눈동자로 바라봤다.

"당장에라도 저것들을 따먹고 싶구나."

"아서라. 저기 밑에 있는 것들 안 보이냐?"

탐스러운 포도송이 아래로 코볼트들이 진을 치고 있었다. 향기롭고 달콤한 포도 덩굴 아래에서도 코볼트들은 예리하게 진을 치고 있었다.

헨릭이 턱을 쓰다듬었다.

"세뇌마법에 홀린 것 같군. 그렇지 않으면 코볼트들은 저렇게 체계적으로 활동 안 해."

"흡혈귀의 소행이겠죠?"

샤네트는 자기도 모르게 목덜미를 쓰다듬었다.

그러자 헨릭이 슬쩍 말했다.

"흡혈귀는 미녀의 피를 좋아한다던데."

"그냥 만져 본 거거든요!"

샤네트가 괜히 얼굴을 붉혔다.

아이리스는 벌써부터 혈색이 파리해졌다.

"흡혈귀는 피를 먹느냐?"

"그러니까 흡혈귀지."

"그럼 내 피도 좋아하니?"

"모기들이 널 얼마나 물었는지 생각해 봐라."

그녀는 안색이 창백해졌다.

아이리스는 눈물을 글썽이며 강윤수의 옷깃을 잡았다.

"강윤수, 피를 빼앗기지 않으려면 어떻게 해야 하느냐?"

그러자 강윤수가 말했다.

"저기 있는 흡혈귀는 여자야."

"……."

헨릭은 저도 모르게 목덜미를 쓰다듬었다.
샤네트가 슬쩍 말했다.
"여자 흡혈귀는 미남의 피를 좋아한다던데요."
"나는 좀 걱정할 만하지 않냐?"
"세상에."
"……농담이야, 인마. 뭘 그리 정색해?"
강윤수는 포도 농가를 바라보며 말했다.
"저기 흡혈귀는 여자를 좋아해."
"……대체 어느 리듬에 맞추란 거냐?"
"알아서 해."
강윤수는 흰 칼자루를 매만졌다.
신탁의 검.
'카르테온을 상대로 사용할 기회가 없었단 게 흠이었지.'
신탁의 검은 죽었던 자들에게 강력한 피해를 준다.
한 번 되살아난 카르테온과의 전투에서 사용했다면 굉장히 적절한 무기였을 것이다. 물론 그때는 강윤수가 악마로 변해 사용할 수 없었던 것이지만.
'하지만 지금은 다르다.'
신탁의 검은 사막의 대신전에서 뽑은 신성력이 담긴 무기.
흡혈귀를 상대로도 강한 위력을 발휘한다.
'흡혈귀와의 레벨 차이를 극복하기 위한 수단이다.'
현재 강윤수의 레벨은 224. 샤이돌 유적에서 시체인형들과 싸우며 3레벨을 올릴 수 있었다.
반면 저 포도 농가에 서식하는 흡혈귀의 레벨은 367이다.

'흡혈귀는 피의 순도가 낮아도 레벨이 높은 종족이지.'

뱀파이어의 계급은 피의 순도로 나뉜다.

피의 순도가 높고 진할수록 흡혈귀의 계급이 높다.

저곳에 있는 흡혈귀는 상급이다.

'그러니 단 한 마리라도 방심할 순 없다.'

흡혈귀는 마법 능력이 뛰어난 종족. 비록 대비책을 생각했다 하더라도 기본 레벨 차이가 크니 속수무책으로 당할 가능성도 있다.

'정신 똑바로 차리고 싸운다.'

일천 번째 삶을 사는 자신이라도 마찬가지였다.

이토록 무모하게 도전하며 살아온 삶은 이제껏 없었다.

방심했다간 그대로 죽는다.

'우선 흡혈귀를 끌어내 전면전 구도를 형성한다.'

강윤수는 말했다.

"헨릭."

"왜 그러냐?"

"뤽을 꺼내."

헨릭이 얼굴을 구겼다.

"그 녀석은 왜 갑자기?"

"필요해."

그는 구시렁대며 인형소환상자를 꺼냈다.

검은 머리칼의 아름다운 소녀 인형이 나타났다.

"상자 안은 지루해."

뤽이 하품을 하며 말했다.

"그냥 나 걸어 다니면 안 돼?"

"나 보고 하루 종일 마나의 실만 쥐고 있으란 거냐?"

"에이이."

뤽이 고개를 흔들며 아양을 부렸다.

아이리스는 활짝 웃으면서 소녀를 뒤에서 꼭 껴안았다.

"뤽은 정말 귀엽구나."

그러나 헨릭은 손톱만큼의 정도 느끼지 못했다.

"너, 연쇄살인마 아니었냐?"

"미쳤을 때는 그랬어."

"……정말 시한폭탄이 따로 없군."

뤽의 정신상태는 왔다 갔다 한다.

지금은 어여쁜 소녀이지만, 미쳤을 때는 무슨 일이 일어날지 모른다.

"헨릭, 뤽을 포도 농가로 보내."

"지금 이놈 혼자 싸우게 하란 거냐?"

헨릭이 기가 막혀 물었다.

강윤수는 고개를 가로저었다.

"보내면 흡혈귀가 나올 거야."

"코볼트까지 경비로 세웠는데 제 발로 나온다고?"

"어."

헨릭은 반신반의하며 마나의 실을 흔들었다.

뤽은 단아한 걸음걸이로 농가를 향해 걸어갔다.

소녀를 발견한 코볼트들이 울부짖었다.

"컹! 컹!"

"가르르릉-!"
당장에라도 달려들 듯 코볼트들이 무기를 거머쥐었다.
그 순간, 높은 목소리가 울렸다.
"그만."
코볼트들이 제자리에서 곧장 멈춰 섰다. 동공은 공중의 한 점을 바라보듯 풀려 있었다.
어두운 농가에서 한 미녀가 걸어 나왔다. 살결이 드러난 상의 너머로 밤하늘 같은 망토가 살랑였다.
"소녀가 여길 찾아온 건 처음이야."
희다 못해 창백한 피부. 새빨간 눈동자. 입 틈 사이로 보이는 송곳니.
"뱀파이어네."
뤽은 전혀 당황하지 않았다.
키가 큰 여자 흡혈귀는 흘깃 웃으며 다가왔다.
"너는 날 보고도 놀라지 않는구나. 이름이 뭐지?"
"뤽."
"뤽? 아주 옛날에 어디선가 들어본 것 같았는데. 부모님께 들었던가."
여자 흡혈귀는 뤽의 부드러운 입술을 매만졌다.
"나는 레펠카야. 너는 아주 귀엽고…… 또래답지 않게 아름다워."
레펠카의 손길이 뤽의 어깨를 쓰다듬었다.
느릿하고 매혹적인 손놀림이었다.
헨릭은 질색하며 강윤수를 돌아봤다.

"저 꼴을 언제까지 봐야 하냐?"

"조금만 더하면 수사관한테 신고해도 되겠어요."

"기다려."

뤽은 차분히 가만히 서 있었다.

그러나 레펠카의 어조는 점차 격앙됐다.

흡혈귀의 숨소리가 거칠어졌다.

"넌 꼭 인형 같아. 아아, 내 오랜 평생 이렇게 아름다운 소녀는 처음 봐. 눈밭 위의 산딸기도 너처럼 탐스럽진 않을 거야."

레펠카는 뤽의 하얀 목을 쓰다듬었다.

그녀는 소녀의 귓가에 대고 속삭였다.

"나는 어린 소녀의 피를 아주 좋아하지. 너는 무슨 맛일까. 얼마나 달고 농후할까."

그 순간, 레펠카가 송곳니를 내보였다.

"아아, 도저히, 도저히 못 참겠어!"

레펠카가 뤽의 목덜미를 콱 물었다.

콰직-!

"세상에!"

샤네트가 깜짝 놀라 입을 손으로 가렸다.

아이리스도 눈을 크게 떴다.

반면 헨릭은 덤덤했다.

"아저씨는 왜 안 놀라세요?"

"인형이 피가 어디 있냐?"

곧바로 비명이 울렸다.

"꺄아아악-!"

레펠카의 송곳니에 금이 갔다.

반면 뤽의 목덜미는 이빨 자국 하나 없이 멀쩡했다.

샤네트가 놀라며 말했다.

"전에 시체인형들은 부쉈을 때는 피가 나오지 않았어요?"

"그건 싸구려 솜씨로 만든 것들이고. 저놈은 인체 자체를 최상급 인형사가 개조한 거라 웬만해선 흠집도 안 가."

헨릭이 평가했다.

뤽은 눈썹을 가느다랗게 올리며 목을 쓰다듬었다.

"별로야."

「뤽이 흡혈귀에게 물렸습니다.

뤽은 앞으로 흡혈귀를 싫어하게 될 것입니다.

정신력 -5

현재 정신력: 45점

*주인이 자신을 미끼로 썼단 사실을 눈치채면 추가적으로 정신상태가 불안전해집니다.」

헨릭이 기가 차서 웃었다.

"이건 뭐 모의 육아도 아니고."

강윤수는 신탁의 검을 빼 들었다.

그는 앞으로 나서 라펠카를 겨눴다.

"죽어."

라펠카가 송곳니를 감싸 쥔 채 정신을 못 차리던 찰나였다. 강윤수가 돌격해 검을 휘둘렀다.

흰 칼날이 흡혈귀의 왼쪽 가슴을 노렸다.

서걱-!

"크윽……!"

라펠카는 재빨리 몸을 피했으나 칼날은 옆구리를 스쳤다.

신성력이 담긴 검에 베이자 상처가 먼지처럼 부스러졌다.

불현듯 라펠카의 눈매가 사나워졌다.

"캬악-!

붉은 두 눈동자가 창백한 얼굴 위에서 예리하게 빛났다.

순간 라펠카의 몸이 사라졌다. 동시에 날카로운 이빨을 내세워 강윤수를 습격해 왔다.

강윤수는 반사적으로 검을 내세워 막았다.

챙-!

강윤수의 칼과 흡혈귀의 이빨이 맞부딪혔다. 강한 충격에 밀려 그는 뒤쪽으로 나가떨어지듯 굴렀다.

라펠카도 신성력에 이빨이 부식되어 오만상을 지었다.

"캬악!"

그때 아이리스의 주먹이 흡혈귀의 면상을 갈겼다.

퍽-!

이빨 너덧 대가 부러지며 라펠카는 뒤로 쓰러졌다.

동시에 샤네트가 불길을 휘두른 대낫을 휘둘렀다.

"염화술!"

대낫의 궤적을 따라 뜨거운 불의 구슬이 라펠카의 몸에 직격했다. 뜨거운 화염에 휩싸인 라펠카는 유독 고통스러워했다.
"캬아악-!"
흡혈귀의 약점은 햇빛, 마늘, 불꽃, 신성력이다.
강윤수의 검에 깃든 신성력과 샤네트의 불꽃은 라펠카의 신경을 건드렸다.
"괘씸한 것들!"
라펠카는 왼손을 크게 휘둘렀다. 그러자 뒤쪽에서 경비를 서고 있던 코볼트 수십 마리가 돌진해 왔다. 흡혈귀와 코볼트 떼를 동시에 상대하면 전황은 불리해지고 만다.
"백랑괴수 화이트 소환."
강윤수는 은빛 웨어울프를 소환했다.
"카르르릉-!"
화이트는 흡혈귀를 보자마자 으르렁거렸다.
웨어울프와 뱀파이어는 타고난 앙숙.
본능적으로 서로를 피하는 존재였다.
"너는 코볼트를 상대해."
"카르르릉…… 우르노크라……!"
화이트는 한껏 으르렁거린 뒤 코볼트 떼를 향해 달려갔다.
정령들이나 리치를 소환할 수도 있었다. 그러나 한꺼번에 많은 소환수를 소환하면 경험치가 분산된다. 비단 샤네트, 헨릭, 아이리스만의 경험만을 위해서가 아니었다.
강윤수 본인의 감각도 한계까지 일깨울 필요가 있었다. 그동안은 반복된 회귀에 지쳐 안정적이고 평탄한 성장만을 고수해 왔다.

'이제는 다르다.'

지금 시기의 자신보다 훨씬 강력한 몬스터를 상대해야만 했다. 가령 라펠카도 상급 흡혈귀인 만큼 고유명이 붙어 있어 레이드 난이도가 높다. 이름을 가진 흡혈귀는 흡혈을 통해 자신의 계급을 높일 가능성을 가지고 있다.

'강한 몬스터다.'

강윤수는 피 묻은 칼을 올렸다.

동시에 라펠카의 날 서린 눈초리가 닿았다.

그는 시선을 피하지 않고 마주했다.

'죽여야 내가 성장한다.'

강윤수는 뛰었다.

동시에 라펠카도 그를 향해 달려들었다.

흡혈귀의 손아귀에서 혼탁한 기운이 흘러나왔다.

"어둠의 처형이 피의 희생양에게!"

상급 어둠마법.

라펠카의 손아귀로부터 흘러나온 어둠은 무형의 칼처럼 강력한 파괴력을 지녔다.

강윤수는 몸을 낮추는 동시에 칼을 휘둘렀다.

"심연의 검술."

심연의 검술은 자신보다 강력한 몬스터일수록 치명타 확률을 높여주는 스킬. 현재 강윤수가 가장 애용하는 검술 스킬이었다.

흑색 기운이 감도는 검신이 라펠카의 어깨를 세차게 찔렀다.

"캬악-!"

라펠카가 고개를 돌려 강윤수의 목덜미를 노렸다.

그 순간 샤네트가 불길을 휘감은 대낫을 거칠게 내리찍었다.

"파이어 스트라이크!"

그러나 라펠카는 손아귀로 낫을 막아냈다. 불타는 낫을 감싸 쥔 손아귀가 이글거리며 타들어 갔다.

라펠카는 곧장 새 마법을 영창했다.

"심도 높은 타락의 손길이 어리석은 존재의 강약을……."

퍽-!

"캬악-!"

아이리스의 주먹이 흡혈귀의 뺨을 갈겼다.

라펠카가 죽일 듯이 노려보자 그녀는 고개를 갸웃거렸다.

"원래 주문을 다 외우기 전에 공격하는 것이 당연하지 않느냐?"

"당연한 말, 고맙다!"

헨릭이 마나의 실을 휘감은 손을 휘저었다.

뤽은 벌새처럼 움직여 라펠카의 복부에 주먹을 꽂아 넣었다.

그 조그만 손이 빠르고 간결히 움직였다.

퍼- 거- 걱-!

"캬아악-!"

라펠카가 피를 울컥 토해냈다.

3연타.

뤽은 아이리스의 괴력 못지않은 힘과 속도로 3연속 정권을 날렸다.
아이리스는 놀라워했다.
"같은 인간이라곤 믿기지 않는 힘이구나."
"언니, 뤽은 인형이에요."
"그리고 너도 인간 아니지 않냐?"
아이리스는 울상을 짓는 동시에 라펠카를 향해 달려들었다. 샤네트도 낫에 불을 지핀 채 달려들었다.
"파이어 스트라이크!"
아이리스와 뤽이 주먹으로 라펠카를 갈겼고, 빠져나올 즈음이면 샤네트의 낫이 흡혈귀를 불태웠다.
세 여자는 미친 듯이 흡혈귀를 몰아넣어 공격했다.
콰직-!
퍽-!
퍼- 거- 걱-!
치열한 전투 속에 끼어들 틈이 없었다.
두 남자는 점잖게 얘기를 나눴다.
"우린 정말 드센 여자들하고 다니는 것 같지 않냐?"
"그러게."
상처투성이가 된 라펠카는 손을 휘저었다.
"캬아아악-!"
라펠카의 괴성과 함께 세 여자가 나가떨어졌다.
흡혈귀의 살점이 찢어지더니 덩치가 커지고 시커먼 털이 부숭숭 올랐다. 그리고 등에선 커다란 날개가 솟았다.

「상급 흡혈귀 라펠카가 본모습을 드러냈습니다.」

거대한 핏빛박쥐의 모습이었다.

"박쥐로 변했어요!"

샤네트가 곧장 사이드를 움켜쥐었다.

그러나 핏빛박쥐는 달려들지 않고 커다란 날개를 퍼덕였다.

"도망치려고 한다!"

헨릭이 입술을 깨물었다.

핏빛박쥐가 밤하늘을 향해 날아올랐다.

그 순간, 뤽이 날아가는 박쥐를 향해 손아귀를 올렸다.

파락-!

소녀의 손아귀가 꺾이듯 열리더니 마나의 실로 엮인 그물이 튀어나왔다.

푸른 그물이 박쥐를 포박해 추락시켰다.

「뤽이 새로운 포박스킬을 개방했습니다.
새로운 스킬-[마나의 그물]」
「최후의 걸작은 때론 성장하며 봉인된 스킬을 개방합니다.
+광분 상태에서만 개방할 수 있는 스킬도 존재합니다.」

"뭔 놈의 인형이 이렇게 강해?"

헨릭은 괜히 눈살을 찌푸렸다.

강윤수는 박쥐의 목덜미를 향해 칼날을 내세웠다. 검의 신성력 탓에 커다란 박쥐는 몸을 버둥거리며 괴로워했다.

"심연의 검술. 심연의 검술. 심연의 검술."

재빠른 3연속 공격이 박쥐의 목덜미를 꿰뚫었다.

"캬아악-!"

핏빛박쥐는 버둥거리며 저항했다.

강윤수는 등에 멘 십자궁을 쥐고 박쥐의 아가리를 겨눴다.

타다당-!

화염볼트가 핏빛 박쥐의 체내에 작렬했다.

강윤수는 라펠카의 생명을 앗아갔다.

「상급 흡혈귀 라펠카를 처치했습니다.

흡혈귀 종족과 적대 관계가 됩니다.」

흡혈귀의 사체는 재가 되어 사라졌다.

그는 라펠카가 흘린 아이템을 챙겼다. 포도 농가를 점령할 만큼 부하를 거느린 흡혈귀여서인지 전리품이 제법 있었다.

「라펠카의 망토」

상급 흡혈귀 라펠카의 망토. 착용하면 밤에 움직임이 빨라지고, 이성이 호감을 느낀다.

「흡혈귀 이빨」

상급 흡혈귀의 이빨. 강철만큼 단단하다.

「오래된 핏빛 열쇠」

녹이 슬어 부서져 있다.

온몸에 코볼트 피를 흠뻑 적신 화이트도 돌아왔다.

화이트는 아이리스를 보더니 곧장 으르렁거렸다.

"카르르릉-! 드폴캉어?"

"나는 인간이란다!"

아이리스는 겁을 집어먹고 강윤수 뒤로 숨어버렸다.

웨어울프는 체취를 맡고 상대의 취향을 구별할 수 있었다.

도플갱어인 그녀가 두려워하는 종족이었다.

"가, 강윤수. 어떻게든 해주렴."

아이리스는 그의 어깨를 꽉 쥔 채 덜덜 떨었다.

강윤수는 이빨을 드러낸 화이트를 향해 오른손을 뻗었다.

"소환계로 돌아가."

화이트는 마지못해 소환계로 사라졌다.

아이리스는 안도의 한숨을 쉬었다.

한편 헨릭은 뤽을 인형소환상자에 넣었다.

"자주 불러줘."

"싫으니까, 가서 쉬기나 해, 인마."

강윤수는 핏빛열쇠를 만지작거렸다.

'샌게니움으로 가는 열쇠.'

블페힌에 숨어 있는 흡혈귀들을 찾아내 죽이고 재료를 모아 핏빛열쇠를 수리할 수 있다.

그럼 아이템명이 바뀌고, 숨겨진 문을 열어 샌게니움으로 이동할 수 있다.

샌게니움.

'흡혈귀들의 납골당.'

흡혈귀가 모여 사는 도시.

각 영지마다 전대 흡혈귀 왕의 유골을 모아둬 납골당이란 별명이 붙었다.

샌게니움은 일반 흡혈귀조차 라펠카 이상의 강력함을 지니고 있다.

'어렵지만, 어쩔 수 없지.'

강윤수가 고른 다음 목적지가 바로 샌게니움이었다. 강력하고 사악한 흡혈귀들이 도사리는 도시.

'그러나 시간이 없다.'

그는 손아귀에 쥔 핏빛열쇠를 꽉 쥐어 부쉈다.

샤네트가 놀랐다.

"갑자기 열쇠는 왜 부수세요?"

"어차피 필요 없어."

핏빛열쇠를 수리하기 위한 절차는 너무 번거롭다. 도시 안의 흡혈귀 위치는 파악하고 있으나 죽이는 데만 석 달은 걸릴 것이다. 그럴 바엔 차라리 열쇠 수리를 포기하고 다른 방안을 궁리하는 것이 낫다.

'계획은 정해 뒀다. 하지만 지금은 그보다 중요한 것이 있어.'

강윤수가 말했다.

"일단."

그는 포도 농가를 가리켰다.

"포도주부터 마시자."

"아주 좋은 생각이구나."

아까부터 향긋한 포도나무를 호시탐탐 보던 아이리스는 기쁘게 웃었다.

샤네트는 나무에 주렁주렁 달린 포도송이 하나를 따내 맛보았다.

"와! 이 포도, 정말 맛있는데요? 그런데 여기가 양조장이 아닌데 포도주가 있을까요?"

강윤수는 코볼트 시체들을 넘어 포도 농가로 들어갔다.

인적이 끊긴 지 오래됐는지 흙 묻은 갈퀴만 보였다.

그는 깊숙이 들어가 나무통 하나를 열었다.

자줏빛 빛깔의 포도주병이 가득 담겨 있었다.

"이것 봐라? 아무래도 여기 지주가 나중에 마시려고 꿍쳐놨던 것 같은데?"

헨릭이 반색했다.

강윤수는 소매에서 나이프를 꺼내 코르크 마개를 능숙히 땄다.

그러자 향긋한 와인 향이 퍼졌다.

"그래, 바로 이 향이 그리웠다."

헨릭이 킬킬 웃었다.

아이리스는 호기심 가득한 얼굴로 잔에 코를 대고 킁킁거렸다.

"다른 술과 달리 아주 좋은 향기가 나는구나."

네 사람은 와인 잔을 부딪쳤다.

쨍—!

네 사람은 포도주를 한 모금 마셨다.

모두 눈동자가 동그래졌다.

"진짜 맛있는데요?"

"목에 향기가 아직까지 머물러 있구나."

"거, 이 맛 오랜만이네."

금세 포도주 한 병이 동났다.

다들 뭔가 아쉬운 표정으로 샤네트를 바라봤다.

그녀도 참지 못하고 슬그머니 말했다.

"……한 병 더 마실래요?"

강윤수는 블페힌산 적포도주를 배낭에 한가득 채웠다.

어제 마신 것만 해도 수십 병은 됐지만, 나무통에 쟁여진 와인병의 수가 의외로 많았다.

그는 세 사람을 돌아봤다.

"가자."

"넌 진짜 숙취도 없냐?"

헨릭이 질렸다는 듯 말했다.

샤네트는 이마에 손을 짚은 채 얼굴을 찡그렸다.

"머리 아파요."

아이리스는 아예 짚더미에 누워 끙끙거렸다.

"어지럽구나. 속이 울렁여. 이런 기분은 처음이구나."

그나마 멀쩡한 헨릭이 두 여자에게 물이 담긴 잔을 주며 쯧쯧댔다.

"평소 술을 안 마시다 마시니 그렇지. 그래서 내가 자주 마셔 놓으라고 하지 않았냐."

"그게 정말이니? 앞으론 술을 자주 마셔야겠구나."

"거짓말이에요. 언니."

일행은 포도 농가를 나왔다.

샤네트가 파리한 얼굴로 물었다.

"다음은 어디로 가요?"

"생게니움, 흡혈귀들의 납골당."

"흐, 흡혈귀들의 납골당이요?"

"흡혈귀만 사는 도시야."

아이리스는 길바닥에 토했다.

헨릭이 쯧쯧거리며 그녀의 등을 두드렸다.

"인마, 그렇게 충격적인 말은 제발 예고 좀 하고 말해라."

아이리스는 입을 닦고 물을 삼킨 뒤 몸을 덜덜 떨었다.

"흡혈귀의 도시! 피 빨리는 것이 너무 무섭구나."

'생게니움에서의 일정이 문제군.'

흡혈귀들의 납골당에 가는 것은 어렵지 않지만 가고 나서가 문제다. 자신이 계획한 것을 행하려면 준비할 것이 상당했다.

강윤수는 고민에 깊이 잠긴 채 걸었다.

"어. 저놈들 뭐냐?"

그는 얼핏 고개를 들었다. 아주 멀리서 수사관 제복을 입은 사람들이 이쪽으로 매섭게 뛰어왔다.

강윤수는 상황을 파악했다.
"샤네트, 헨릭, 아이리스. 도망쳐."
"네?"
"나중에 너희가 어디 있든, 내가 찾아갈게."
"그게 뭔 소리야?"
"빨리."
샤네트와 아이리스는 어안이 벙벙한 표정을 지었다.
헨릭은 눈매를 세우고 두 여자를 떠밀었다.
"지금 뭔가 이상하다. 일단 물러나자."
세 사람은 뒤쪽으로 달려갔다.
수사관들은 험악한 표정으로 칼자루를 쥐었다.
"손들어."
홀로 남은 강윤수는 양손을 들었다.
"자네들, 무슨 일인가? 지금 내가 누구인지 알고는 있나?"
"너를 0급 수사관 사칭죄로 체포한다."
그는 손을 내렸다.
동시에 소매에서 나이프를 꺼내 재빠르게 휘둘렀다.
"으윽-!"
방심했던 수사관들이 뒤쪽으로 물러났다.
강윤수는 벽면의 난간을 짚고 그들 너머로 도망쳤다. 곡예를 하듯 벽을 타고 달리며 그는 수사관들을 따돌렸다.
'일이 귀찮아졌군.'
쫓아오는 수사관들은 황실특별수사대의 전력이었다. 계급은 3급에 불과하지만, 황실기사급의 전투력을 지녔다.

지금의 강윤수보다 무력이 강하다. 아무리 자신이라도, 포위망을 좁혀오면 체포될 것이다.

'차라리 투항한 뒤, 야바위로 승부를 봐야겠어.'

그 순간, 매서운 채찍이 벽을 잡은 손을 갈겼다.

짜악-!

강윤수는 더러운 바닥에 쓰러졌다.

제복을 갖춰 입은 미녀가 골목 끝자락으로부터 걸어왔다.

세릴은 그의 뺨을 훑으며 속삭였다.

"다시 만나게 되어 기쁘군요. 0급 수사관님."

"……."

강윤수의 손목에 굵은 수갑이 채워졌다.

to be continued

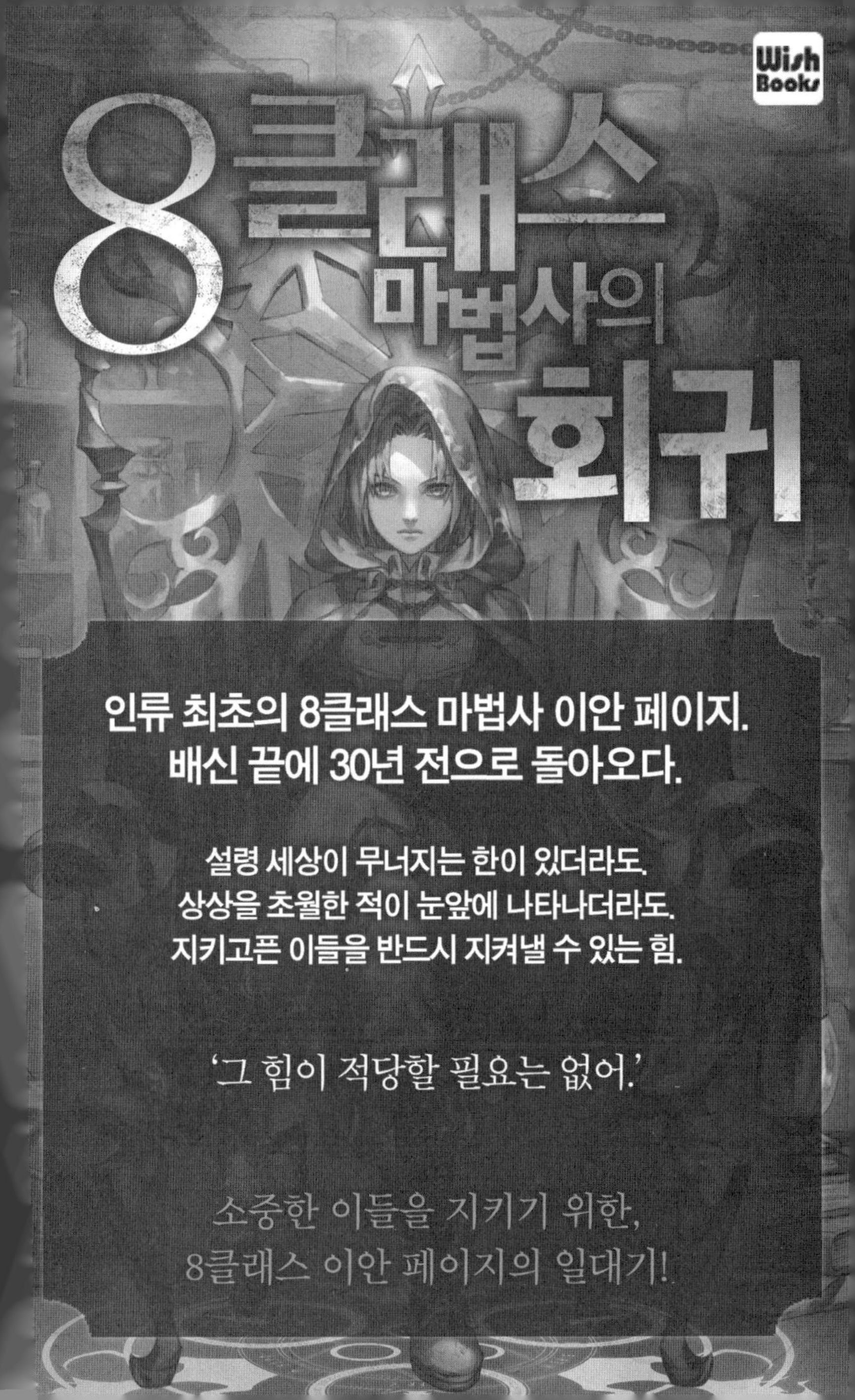
Wish Books
8클래스 마법사의 회귀
인류 최초의 8클래스 마법사 이안 페이지.
배신 끝에 30년 전으로 돌아오다.
설령 세상이 무너지는 한이 있더라도.
상상을 초월한 적이 눈앞에 나타나더라도.
지키고픈 이들을 반드시 지켜낼 수 있는 힘.
'그 힘이 적당할 필요는 없어.'
소중한 이들을 지키기 위한,
8클래스 이안 페이지의 일대기!

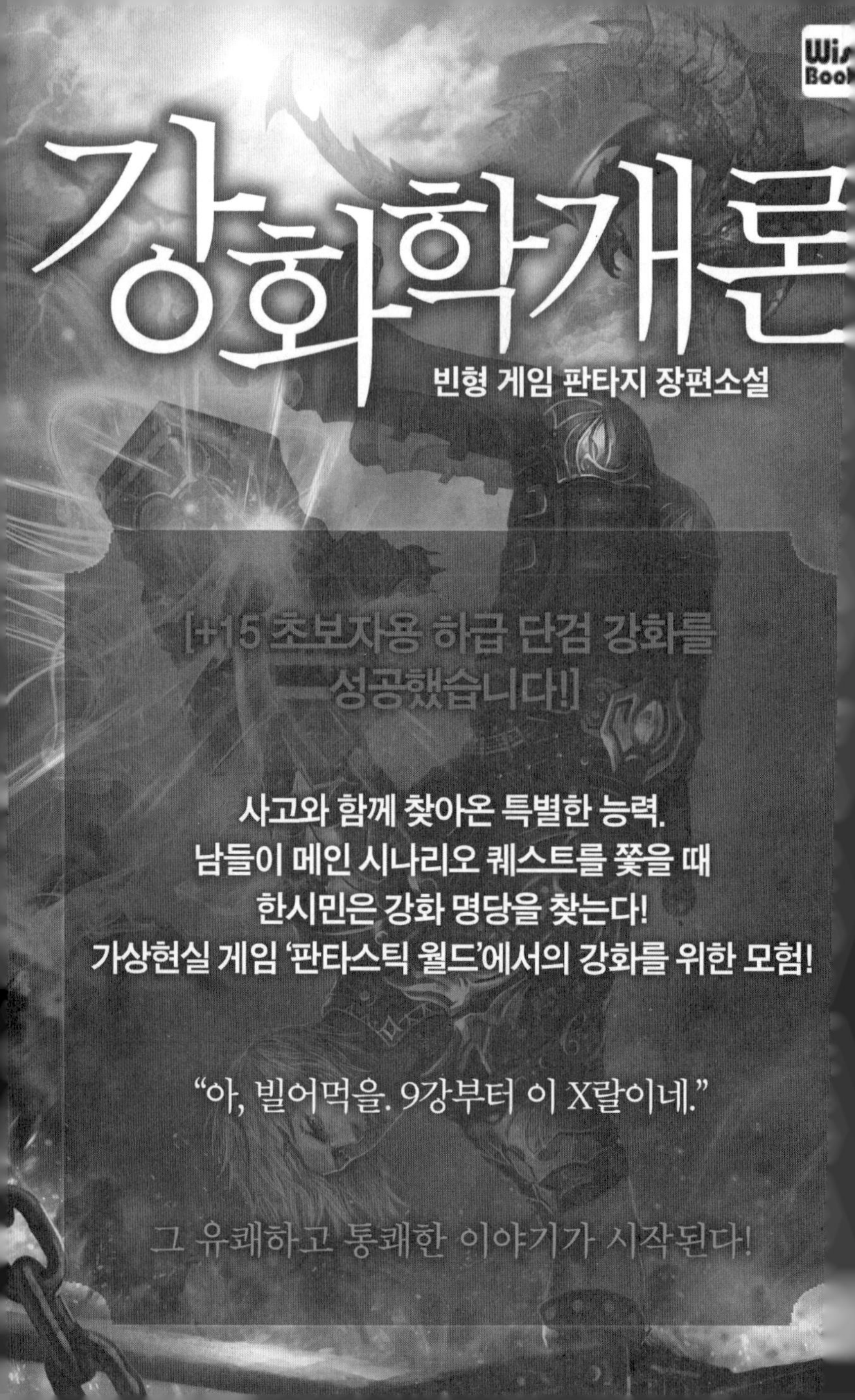
강화학개론
빈형 게임 판타지 장편소설
[+15 초보자용 하급 단검 강화를 성공했습니다!]
사고와 함께 찾아온 특별한 능력.
남들이 메인 시나리오 퀘스트를 쫓을 때
한시민은 강화 명당을 찾는다!
가상현실 게임 '판타스틱 월드'에서의 강화를 위한 모험!
"아, 빌어먹을. 9강부터 이 X랄이네."
그 유쾌하고 통쾌한 이야기가 시작된다!